中华散文
插图珍藏本

冰心散文

b i n g　x i n　s a n　w e n

人民文学出版社

图书在版编目(CIP)数据

冰心散文/冰心著.—北京:人民文学出版社,2020(2021.1 重印)
(中华散文插图珍藏本)
ISBN 978-7-02-016316-8

Ⅰ.①冰… Ⅱ.①冰… Ⅲ.①散文集—中国—现代 Ⅳ.①I266

中国版本图书馆 CIP 数据核字(2020)第 081519 号

责任编辑 杜 丽
装帧设计 黄云香
责任印制 徐 冉

出版发行 人民文学出版社
社　　址 北京市朝内大街 166 号
邮政编码 100705
网　　址 http://www.rw-cn.com

印　　刷 中国电影出版社印刷厂
经　　销 全国新华书店等

字　　数 208 千字
开　　本 880 毫米×1230 毫米 1/32
印　　张 9.625 插页 5
印　　数 5001—8000
版　　次 2000 年 1 月北京第 1 版
印　　次 2021 年 1 月第 2 次印刷

书　　号 978-7-02-016316-8
定　　价 45.00 元

作者像

1938 年夏，冰心夫妇与三个孩子在燕南园寓所前

冰心为采访的儿童们讲故事

冰心与女儿吴青一家（左为外孙陈钢，中立者为女婿陈恕）

出版说明

五四新文化运动以降,现代意义的"散文"逐步成为与小说、诗歌、戏剧并称的文体,并取得了蓬勃的发展,涌现了鲁迅、周作人、朱自清、梁实秋、孙犁、汪曾祺、张中行、史铁生等一批优秀的散文家。为了全面展示二十世纪以来中华散文的创作成就,我社曾先后编辑出版了"中华散文珍藏本""中华散文插图珍藏版"等多套丛书,受到读者的欢迎。

此次"中华散文插图珍藏本"是在原有基础上的进一步提升,我们优中选优,计划收录近七十位散文名家的作品,分辑出版。第一辑(十一种)先行推出,以飨读者,只愿这套"美文"大书能让世间的心灵多一份温暖,多一点明亮。

人民文学出版社编辑部

目　　录

遥寄印度哲人泰戈尔[①]

泰戈尔！美丽庄严的泰戈尔！当我越过“无限之生”的一条界线——生——的时候，你也已经越过了这条界线，为人类放了无限的光明了。

只是我竟不知道世界上有你——

在去年秋风萧瑟、月明星稀的一个晚上，一本书无意中将你介绍给我，我读完了你的传略和诗文——心中不作别想，只深深的觉得澄澈……凄美。

你的极端信仰——你的“宇宙和个人的灵中间有一大调和”的信仰；你的存蓄“天然的美感”，发挥“天然的美感”的诗词，都渗入我的脑海中，和我原来的“不能言说”的思想，一缕缕的合成琴弦，奏出缥缈神奇无调无声的音乐。

泰戈尔！谢谢你以快美的诗情，救治我天赋的悲感；谢谢你以超卓的哲理，慰藉我心灵的寂寞。

这时我把笔深宵，追写了这篇赞叹感谢的文字，只不过倾吐我的心思，何尝求你知道！

然而我们既在“梵”中合一了，我也写了，你也看见了。

一九二〇年八月三十夜

---

① 泰戈尔，印度诗人、作家、艺术家、社会活动家。1861 年 5 月 7 日出生在西孟加拉邦加尔各答市。1878 年赴英国学法律，继转入伦敦大学学习英国文学。1880 年回国，专门从事文学活动。1913 年荣获诺贝尔文学奖。

笑

雨声渐渐的住了，窗帘后隐隐的透进清光来。推开窗户一看，呀！凉云散了，树叶上的残滴，映着月儿，好似萤光千点，闪闪烁烁的动着。——真没想到苦雨孤灯之后，会有这么一幅清美的图画！

凭窗站了一会儿，微微的觉得凉意侵人。转过身来，忽然眼花缭乱，屋子里的别的东西，都隐在光云里；一片幽辉，只浸着墙上画中的安琪儿。——这白衣的安琪儿，抱着花儿，扬着翅儿，向着我微微的笑。

"这笑容仿佛在哪儿看见过似的，什么时候，我曾……"我不知不觉的便坐在窗口下想，——默默的想。

严闭的心幕，慢慢的拉开了，涌出五年前的一个印象。——一条很长的古道。驴脚下的泥，兀自滑滑的。田沟里的水，潺潺的流着。近村的绿树，都笼在湿烟里。弓儿似的新月，挂在树梢。一边走着，似乎道旁有一个孩子，抱着一堆灿白的东西。驴儿过去了，无意中回头一看。——他抱着花儿，赤着脚儿，向着我微微的笑。

"这笑容又仿佛是哪儿看见过似的！"我仍是想——默默的想。

又现出一重心幕来，也慢慢的拉开了，涌出十年前的一个印象。——茅檐下的雨水，一滴一滴的落到衣上来。土阶边的水泡儿，泛来泛去的乱转。门前的麦垄和葡萄架上，都濯得新黄嫩绿的非常鲜丽。——一会儿好容易雨晴了，连忙走下坡儿去。迎头看见月儿从海面上来了，猛然记得有件东西忘下了，站住了，回过头来。这茅屋里的老妇人——她倚着门儿，抱着花儿，向着我微微的笑。

这同样微妙的神情，好似游丝一般，飘飘漾漾的合了拢来，绾在一起。

这时心下光明澄静，如登仙界，如归故乡。眼前浮现的三个笑容，一时融化在爱的调和里看不分明了。

一九二〇年

山中杂感

溶溶的水月，螭头上只有她和我。树影里对面水边，隐隐的听见水声和笑语。我们微微的谈着，恐怕惊醒了这浓睡的世界。——万籁无声，月光下只有深碧的池水，玲珑雪白的衣裳。这也只是无限之生中的一刹那顷！然而无限之生中，哪里容易得这样的一刹那顷！

夕照里，牛羊下山了，小蚁般缘走在青岩上。绿树丛颠的嫩黄叶子，也衬在红墙边。——这时节，万有都笼盖在寂寞里，可曾想到北京城里的新闻纸上，花花绿绿的都载的是什么事？

只有早晨的深谷中，可以和自然对语。计划定了，岩石点头，草花欢笑。造物者呵！我们星驰的前途，路站上，请你再遥遥的安置下几个早晨的深谷！

陡绝的岩上，树根盘结里，只有我俯视一切。——无限的宇宙里，人和物质的山，水，远村，云树，又如何比得起？然而人的思想可以超越到太空里去，它们却永远只在地面上。

一九二一年六月二十日，在西山。

图　画

信步走下山门去,何曾想寻幽访胜?

转过山坳来,一片青草地,参天的树影无际。树后弯弯的石桥,桥后两个俯蹲在残照里的狮子。回过头来,只一道的断瓦颓垣,剥落的红门,却深深掩闭。原来是故家陵阙!何用来感慨兴亡,且印下一幅图画。

半山里,凭高下视,千百的燕子,绕着殿儿飞。城垛般的围墙,白石的甬道,黄绿琉璃瓦的门楼,玲珑剔透。楼前是山上的晚霞鲜红,楼后是天边的平原村树,深蓝浓紫。暮霭里,融合在一起。难道是玉宇琼楼?难道是瑶宫贝阙?何用来搜索诗肠,且印下一幅图画。

低头走着,一首诗的断句,忽然浮上脑海来。“四月江南无矮树,人家都在绿阴中。”何用苦忆是谁的著作,何用苦忆这诗的全文。只此已描画尽了山下的人家!

(本篇最初发表于北京《晨报》1921年7月5日。)

回　忆

雨后,天青青的,草青青的。土道上添了软泥,削岩下却留着一片澄清的水,更开着一枝雪白的花。也只是小小的自然,何至便低徊不能去?

风狂雨骤,黑暗里站在楼阑边。要拿书却怎的不推开门,只凝立在新凉里?——我要数着这涛声里,岛塔上,灯光明灭的数儿,一——二——三——四——五。

沉郁的天气。浪儿侵到裙儿边。紫花儿掉下去了,直漾到浪圈外,沉思的界线里。低头看时,原来水上的花,是手里的花。

水里只荡漾着堂前的灯光人影。——一会儿,灯也灭了,人也散了。——一时沉黑。——是我的寂寞?是山中的寂寞?是宇宙的寂寞?这池旁本自无人,只剩得夜凉如水,树声如啸。

这些事是遽隔数年,这些地也相离千里,却怎的今朝都想起,料想是其中贯穿着同一的我,潭呵,池呵,江呵,海呵,和今朝的雨儿,也贯穿着同一的水。

一九二一年七月十八日。

往　　事(一)(节选)

——生命历史中的几页图画

在别人只是模糊记着的事情，
　然而在心灵脆弱者，
　已经反复而深深地
　　镂刻在回忆的心版上了！

索性凭着深刻的印象，
　将这些往事
　移在白纸上罢——
再回忆时
　不向心版上搜索了！

一

将我短小的生命的树，一节一节的斩断了，圆片般堆在童年的草地上。我要一片一片的拾起来看；含泪的看，微笑的看，口里吹着短歌的看。

难为他装点得一节一节，这般丰满而清丽！

我有一个朋友，常常说，“来生来生！”——但我却如此说：“假如生命是乏味的，我怕有来生。假如生命是有趣的，今生已是满足的了！”

第一个厚的圆片是大海;海的西边,山的东边,我的生命树在那里萌芽生长,吸收着山风海涛。每一根小草,每一粒沙砾,都是我最初的恋慕,最初拥护我的安琪儿。

这圆片里重叠着无数快乐的图画,憨嬉的图画,寂寞的图画,和泛泛无着的图画。

放下罢,不堪回忆!

第二个厚的圆片是绿阴;这一片里许多生命表现的幽花,都是这绿阴烘托出来的。有浓红的,有淡白的,有不可名色的……

晚晴的绿阴,朝雾的绿阴,繁星下指点着的绿阴,月夜花棚秋千架下的绿阴!

感谢这曲曲屏山!它圈住了我许多思想。

第三个厚的圆片,不是大海,不是绿阴,是什么?我不知道!

假如生命是无味的,我不要来生。假如生命是有趣的,今生已是满足的了。

三

"只是等着,等着,母亲还不回来呵!"

乳母在灯下睁着疲倦下垂的眼睛,说:"莹哥儿!不要尽着问我,你自己上楼去,在阑边望一望,山门内露出两盏红灯时,母亲便快来到了。"

我无疑地开了门出去,黑暗中上了楼——望着,望着,无有消息。

绕过那边阑旁,正对着深黑的大海,和闪烁的灯塔。

幼稚的心,也和成人一般,一时的光明朗澈——我深思,我数着灯光明灭的数儿,数到第十八次。我对着未曾想见的命运,自己假定的起了怀疑。

"人生!灯一般的明灭,飘浮在大海之中。"——我起了无知的长太息。

生命之灯燃着了，爱的光从山门边两盏红灯中燃着了！

四

在堂里忘了有雪，并不知有月。

匆匆的走出来，捻灭了灯，原来月光如水！

只深深的雪，微微的月呵！地下很清楚的现出扫除了的小径。我一步一步的走，走到墙边，还觉得脚下踏着雪中沙沙的枯叶。墙的黑影覆住我，我在影中抬头望月。

雪中的故宫，云中的月，甍瓦上的兽头——我回家去，在车上，我觉得这些熟见的东西，是第一次这样明澈生动的入到我的眼中，心中。

七

父亲的朋友送给我们两缸莲花，一缸是红的，一缸是白的，都摆在院子里。

八年之久，我没有在院子里看莲花了——但故乡的园院里，却有许多；不但有并蒂的，还有三蒂的，四蒂的，都是红莲。

九年前的一个月夜，祖父和我在园里乘凉。祖父笑着和我说，“我们园里最初开三蒂莲的时候，正好我们大家庭中添了你们三个姊妹。大家都欢喜，说是应了花瑞。”

半夜里听见繁杂的雨声，早起是浓阴的天，我觉得有些烦闷。从窗内往外看时，那一朵白莲已经谢了，白瓣儿小船般散飘在水面。梗上只留个小小的莲蓬，和几根淡黄色的花须，那一朵红莲，昨夜还是菡萏的，今晨却开满了，亭亭地在绿叶中间立着。

仍是不适意！——徘徊了一会子，窗外雷声作了，大雨接着就来，愈下愈大。那朵红莲，被那繁密的雨点，打得左右欹斜。在无遮蔽的天空之下，我不敢下阶去，也无法可想。

对屋里母亲唤着，我连忙走过去，坐在母亲旁边——一回头忽然看见红莲旁边的一个大荷叶，慢慢的倾侧了来，正覆盖在红莲上面……我不宁的心绪散尽了！

雨势并不减退，红莲却不摇动了。雨点不住的打着，只能在那勇敢慈怜的荷叶上面，聚了些流转无力的水珠。

我心中深深的受了感动——

母亲呵！你是荷叶，我是红莲。心中的雨点来了，除了你，谁是我在无遮拦天空下的荫蔽？

一九二二年七月二十一日

八

原是儿时的海，但再来时却又不同。

倾斜的土道，缓缓的走了下去——下了几天的大雨，溪水已涨抵桥板下了。再下去，沙上软得很，拣块石头坐下，伸手轻轻的拍着海水……儿时的朋友呵，又和你相见了！

一切都无改：灯塔还是远立着，海波还是粘天的进退着，坡上的花生园子，还是有人在耕种着。——只是我改了，膝上放着书，手里拿着笔，对着从前绝不起问题的四围的环境思索了。

居然低头写了几个字，又停止了，看了看海，坐的太近了，凝神的时候，似乎海波要将我飘起来。

年光真是一件奇怪的东西！一次来心境已变了，再往后时如何？也许是海借此要拒绝我这失了童心的人，不让我再来了。

天色不早了。采了些野花，也有黄的，也有紫的，夹在书里。

冰心（左）与父亲谢葆璋、大弟谢为涵于山东烟台（1908 年）

冰心（左）与母亲杨福慈、三弟谢为楫于北京（1918 年）

无聊的走上坡去——华和杰他们却从远远的沙滩上，拾了许多美丽的贝壳和卵石，都收在篮里，我只站在桥边等着……

他们原和我当日一般，再来时，他们也有像我今日的感想么？

九

只在夜半忽然醒了的时候，半意识的状态之中，那种心情，我相信是和初生的婴儿一样的。——每一种东西，每一件事情，都渐渐的，清澈的，侵入光明的意识界里。

一个冬夜，只觉得心灵从渺冥黑暗中渐渐的清醒了来。

雪白的墙上，哪来些粉霞的颜色，那光辉还不住的跳动——是月夜么？比它清明。是朝阳么？比它稳定。欠身看时，却是薄帘外熊熊的炉火。是谁临睡时将它添得这样旺！

这时忽然了解是一夜的正中。我另到一个世界里去了，澄澈清明，不可描画；白日的事，一些儿也想不起来了，我只静静的……

回过头来，床边小几上的那盆牡丹，在微光中晕红着脸，好像浅笑着对我说，“睡人呵！我守着你多时了。”水仙却在光影外，自领略她凌波微步的仙趣，又好像和倚在她旁边的梅花对语。

看守我的安琪儿呵！在我无知的浓睡之中，都将你们辜负了！

火光仍是漾着，我仍是静着——我意识的界限，却不只牡丹，不只梅花，渐渐的扩大起来了。但那时神清若水，一切的事，都像剔透玲珑的石子般，浸在水里，历历可数。

一会儿渐渐的又沉到无意识界中去了——我感谢睡神，他用梦的帘儿，将光雾般的一夜，和尘嚣的白日分开了，使我能完全的留一个清绝的记忆！

一〇

晚餐的时候。灯光之下，母亲看着我半天，忽然想起笑着说：“从前在海边住的时候，我闷极了，午后睡了一觉，醒来遍处找不见你。”

我知道母亲要说什么——我只不言语，我忆起我五岁时的事情了。

弟弟们都问，“往后呢？”

母亲笑着看着我说：“找到大门前，她正呆呆的自己坐在石阶上，对着大海呢！我睡了三点钟，她也坐了三点钟了。可怜的寂寞的小人儿呵！你们看她小时已经是这样的沉默了——我连忙上前去，珍重地将她揽在怀里……”

母亲眼里满了欢喜慈怜的珠泪。

父亲也微笑了。——弟弟们更是笑着看我。

母亲的爱，和寂寞的悲哀，以及海的深远：都在我的心中，又起了一回不可言说的惆怅！

一一

忘记了是哪一个春天的早晨——

手里拿着几朵玫瑰，站在廊上——马莲遍地的开着，玫瑰更是繁星般在绿叶中颤动。

她们两个在院子里缓步，微微的互视的谈着。

这一切都与我无关涉——朝阳照着她们，和风吹着她们；她们的友情在朝阳下酝酿，她们的衣裙在和风中整齐地飘扬。

春浸透了这一切——浸透了花儿和青草……

上帝呵！独立的人不知道自己也浸在春光中。

一九二二年七月七日

一四

每次拿起笔来，头一件事忆起的就是海。我嫌太单调了，常常因此搁笔。

每次和朋友们谈话，谈到风景，海波又侵进谈话的岸线里，我嫌太单调了，常常因此默然，终于无语。

一夜和弟弟们在院子里乘凉，仰望天河，又谈到海。我想索性今夜彻底的谈一谈海，看词锋到何时为止，联想至何处为极。

我们说着海潮，海风，海舟……最后便谈到海的女神。

涵说，“假如有位海的女神，她一定是‘艳如桃李，冷若冰霜’的。”我不觉笑问，“这话怎讲！”

涵也笑道，“你看云霞的海上，何等明媚；风雨的海上，又是何等的阴沉！”

杰两手抱膝凝听着，这时便运用他最丰富的想象力，指点着说：“她……她住在灯塔的岛上，海霞是她的扇旗，海鸟是她的侍从；夜里她曳着白衣蓝裳，头上插着新月的梳子，胸前挂着明星的璎珞；翩翩地飞行于海波之上……”

楫忙问，“大风的时候呢？”杰道：“她驾着风车，狂飙疾转的在怒涛上驱走；她的长袖拂没了许多帆舟。下雨的时候，便是她忧愁了，落泪了，大海上一切都低头静默着。黄昏的时候，霞光灿然，便是她回波电笑，云发飘扬，丰神轻柔而潇洒……”

这一番话，带着画意，又是诗情，使我神往，使我微笑。

楫只在小椅子上，挨着我坐着，我抚着他，问，“你的话必是更好了，说出来让我们听听！”他本静静地听着，至此便抱着我的臂儿，笑道，“海太大了，我太小了，我不会说。”

我肃然——涵用折扇轻轻的击他的手，笑说，“好一个小哲学家！”

涵道：“姊姊，该你说一说了。”我道，“好的都让你们说尽了——我只希望我们都像海！”

杰笑道，“我们不配做女神，也不要‘艳如桃李，冷若冰霜’的。”

他们都笑了——我也笑说，“不是说做女神，我希望我们都做个‘海化’的青年。像涵说的，海是温柔而沉静。杰说的，海是超绝而威严。楫说的更好了，海是神秘而有容，也是虚怀，也是广博……”

我的话太乏味了，楫的头渐渐的从我臂上垂下去，我扶住了，回身轻轻地将他放在竹榻上。

涵忽然说：“也许是我看的书太少了，中国的诗里，咏海的真是不多；可惜这么一个古国，上下数千年，竟没有一个‘海化’的诗人！”

从诗人上，他们的谈锋便转移到别处去了——我只默默的守着楫坐着，刚才的那些话，只在我心中，反复地寻味——思想。

一五

黄昏时下雨，睡得极早，破晓听见钟声续续的敲着。

这钟声不知是哪个寺里的，起的稍早，便能听见——尤其是冬日——但我从来未曾数过，到底敲了多少下。

徐徐的披衣整发，还是四无人声，只闻啼鸟。开门出去，立在阑外，润湿的晓风吹来，觉得春寒还重。

地下都潮润了，花草更是清新，在濛濛的晓烟里笼盖着，秋千的索子，也被朝露压得沉沉下垂。

忽然理会得枝头渐绿，墙内外的桃花，一番雨过，都零落了——

忆起断句“落尽桃花澹天地”，临风独立，不觉悠然！

一七

我坐在院里，仪从门外进来，悄悄地和我说，“你睡了以后，叔叔骑马去了，是那匹好的白马……”我连忙问，“在哪里?”他说，“在山下呢，你去了，可不许说是我告诉的。”我站起来便走。仪自己笑着，走到书室里去了。

出门便听见涛声，新雨初过，天上还是轻阴。曲折平坦的大道，直斜到山下，既跑了就不能停足，只身不由己的往下走。转过高岗，已望见父亲在平野上往来驰骋。这时听得乳娘在后面追着，唤，“慢慢的走！看道滑掉在谷里！”我不能回头，索性不理她。我只不住的唤着父亲，乳娘又不住的唤着我。

父亲已听见了，回身立马不动。到了平地上，看见董自己远远的立在树下。我笑着走到父亲马前，父亲凝视着我，用鞭子微微的击我的头，说，“睡好好的，又出来作什么！”我不答，只举着两手笑说，“我也上去！”

父亲只得下来，马不住的在场上打转，父亲用力牵住了，扶我骑上。董便过来挽着辔头，缓缓地走了。抬头一看，乳娘本站在岗上望着我，这时才转身下去。

我和董说，“你放了手，让我自己跑几周！”董笑说，“这马野得很，姑娘管不住，我快些走就得了。”

渐渐的走快了，只听得耳旁海风，只觉得心中虚凉，只不住的笑，笑里带着欢喜与恐怖。

父亲在旁边说，“好了，再走要头晕了！”说着便走过来。我撩开脸上的短发，双手扶着鞍子，笑对父亲说，“我再学骑十年的马，就可以从军去了，像父亲一般，做勇敢的军人！”父亲微笑不答。

马上看了海面的黄昏——

董在前牵着，父亲在旁扶着。晚风里上了山，直到门前。母亲和仪，还有许多人，都到马前来接我。

一八

我最怕夏天白日睡眠，醒时使人惆怅而烦闷。

无聊的洗了手脸，天色已黄昏了，到门外园院小立，抬头望见了一天金黄色的云彩。——世间只有云霞最难用文字描写，心里融会得到，笔下却写不出。因为文字原是最着迹的，云霞却是最灵幻的，最不着迹的，徒唤奈何！

回身进到院里，隔窗唤涵递出一本书来，又到门外去读。云彩又变了，半圆的月，渐渐的没入云里去了。低头看了一会子的书。听得笑声，从圆形的缘满豆叶的棚下望过去，杰和文正并坐在秋千上；往返的荡摇着，好像一幅活动的影片，——光也从圆片上出现了，在后面替他们推送着。光夏天瘦了许多，但短发拂额，仍掩不了她的憨态。

我想随处可写，随时可写，时间和空间里开满了空灵清艳的花，以供慧心人的采撷，可惜慧心人写不出！

天色更暗了，书上的字已经看不见。云色又变了，从金黄色到了暗灰色。轻风吹着纱衫，已是太凉了，月儿又不知哪里去了。

一九二二年七月五日

往　　事（二）（节选）

她是翩翩的乳燕，
　横海飘游，
月明风紧，
　不敢停留——
在她频频回顾的
　　　飞翔里
　总带着乡愁！

一

那天大雪，郁郁黄昏之中，送一个朋友出山而去。绒绒的雪上，极整齐分明的镌着我们偕行的足印。独自归来的路上，偶然低首，看见洁白匀整的雪花，只这一瞬间，已又轻轻的掩盖了我们去时的踪迹。——白茫茫的大地上，还有谁知道这一片雪下，一刹那前，有个同行，有个送别？

我的心因觉悟而沉沉的浸入悲哀！

苏东坡的：

人生到处知何似？
应似飞鸿踏雪泥——
泥上偶然留指爪，

鸿飞那复计东西！

…………

那几句还未曾说到尽头处，岂但鸿飞不复计东西？连雪泥上的指爪都是不得而留的……于是人生到处都是渺茫了！

生命何其实在？又何其飘忽？它如迎面吹来的朔风，扑到脸上时，明明觉得砭骨劲寒；它又匆匆吹过，飒飒的散到树林子里，到天空中，渺无来因去果，纵骑着快马，也无处追寻。

原也是无聊，而薄纸存留的时候，或者比时晴的快雪长久些——今日不乐，松涛细响之中，四面风来的山亭上，又提笔来写《往事》。生命的历史一页一页的翻下去，渐渐翻近中叶，页页佳妙，图画的色彩也加倍的鲜明，动摇了我的心灵与眼目。这几幅是造物者的手迹。他轻描淡写了，又展开在我眼前；我瞻仰之下，加上一两笔点缀。

点缀完了，自己看着，似乎起了感慨，人生经得起追写几次的往事？生命刻刻消磨于把笔之顷……

这时青山的春雨已洒到松梢了！

一九二四年三月七日，青山。

三

今夜林中月下的青山，无可比拟！仿佛万一，只能说是似娟娟的静女，虽是照人的明艳，却不飞扬妖冶；是低眉垂袖，璎珞矜严。

流动的光辉之中，一切都失了正色：松林是一片浓黑的，天空是莹白的，无边的雪地，竟是浅蓝色的了。这三色衬成的宇宙，充满了凝静，超逸与庄严；中间流溢着满空幽哀的神意，一切言词文字都丧失了，几乎不容凝视，不容把握！

今夜的林中，决不宜于将军夜猎——那从骑杂沓，传叫风生，会踏毁了这平整匀纤的雪地；朵朵的火燎，和生寒的铁甲，会缭乱了静冷的月光。

今夜的林中，也不宜于燃枝野餐——火光中的喧哗欢笑，杯盘狼藉，会惊起树上稳栖的禽鸟；踏月归去，数里相和的歌声，会叫破了这如怨如慕的诗的世界。

今夜的林中，也不宜于爱友话别，叮咛细语——凄意已足，语音已微；而抑郁缠绵，作茧自缚的情绪，总是太“人间的”了，对不上这晶莹的雪月，空阔的山林。

今夜的林中，也不宜于高士徘徊，美人掩映——纵使林中月下，有佳句可寻，有佳音可赏，而一片光雾凄迷之中，只容意念回旋，不容人物点缀。

我倚枕百般回肠凝想，忽然一念回转，黯然神伤……

今夜的青山只宜于这些女孩子，这些病中倚枕看月的女孩子！

假如我能飞身月中下视，依山上下曲折的长廊，雪色侵围阑外，月光浸着雪净的衾裯，逼着玲珑的眉宇。这一带长廊之中：万籁俱绝，万缘俱断，有如水的客愁，有如丝的乡梦，有幽感，有彻悟，有祈祷，有忏悔，有万千种话……

山中的千百日，山光松影重叠到千百回，世事从头减去，感悟逐渐侵来，已滤就了水晶般清澈的襟怀。这时纵是顽石钝根，也要思量万事，何况这些思深善怀的女子？

往者如观流水——月下的乡魂旅思，或在罗马故宫，颓垣废柱之旁；或在万里长城，缺堞断阶之上；或在约旦河边，或在麦加城里；或超渡莱因河，或飞越落玑山；有多少魂销目断，是耶非耶？只她知道！

来者如仰高山，——久久的徘徊在困弱道途之上，也许明日，也许今年，就揭卸病的细网，轻轻的试叩死的铁门！

天国泥犁，任她幻拟：是泛入七宝莲池？是参谒白玉帝座？

是欢悦？是惊怯？有天上的重逢，有人间的留恋，有未成而可成的事功，有将实而仍虚的愿望；岂但为我？牵及众生，大哉生命！

这一切，融合着无限之生一刹那顷，此时此地的，宇宙中流动的光辉，是幽忧，是彻悟，都已宛宛氤氲，超凡入圣——

万能的上帝，我诚何福？我又何辜？……

一九二四年二月三十日夜，沙穰。

六

从来未曾感到的，这三夜来感到了，尤其是今夜！——与其说“感”不如说“刺”——今夜感到的，我恳颤的希望这一生再也不感到！

阴历八月十四夜，晚餐后同一位朋友上楼来，从塔窗中，她忽然赞赏的唤我看月。撩开幔子，我看见一轮明月，高悬在远远的塔尖。地上是水银泻地般的月光。我心上如同着了一鞭，但感觉还散漫模糊，只惘然的也赞美了一句，便回到屋里，放下两重帘子来睡了。

早起一边理发，忽又惘惘的忆起昨夜的印象。我想起“……看月多归思，晓起开笼放白鹇”这两句来。如有白鹇可放，我昨夜一定开笼了，然而她纵有双飞翼，也怎生飞渡这浩浩万里的太平洋？我连替白鹇设想的希望都绝了的时候，我觉得到了最无可奈何的境界！

中秋日，居然晴明，我已是心慑，仪又欢笑的告诉我，今夜定在湖上泛舟，我尤其黯然！但这是沿例，旧同学年年此夜请新同学荡舟赏月，我如何敢言语？

黄昏良来召唤我时，天竟阴了，我一边和她走着，说不出心里的感谢。

我们七人，坐了三只小舟，一篙儿点开，缓缓从桥下穿过，已到湖上。

四顾廓然，湖光满眼。环湖的山黯青着，湖水也翠得很凄然。水底看见黑云浮动，湖岸上的秋叶，一丛丛的红意迎人，几座楼台在远处，旋转的次第入望。

我们荡到湖心，又转入水枝低亚处，错落的谈着，不时的仰望云翳的天空。云彩只严遮着，月意杳然。——“千金也买不了她这一刻的隐藏！”我说不出的心里的感谢。

云影只严遮着，月意杳然，夜色渐渐逼人，湖光渐隐。几片黑云，又横曳过湖东的丛树上，大家都怅惘，说：“无望了！我们回去罢！”

归棹中我看见舟尾的秋。她在桨声里，似吟似叹的说：“月呵！怎么不做美呵！”她很轻巧的又笑了，我也报她一笑。——这是“释然”，她哪儿知道我的心绪？

到岸后，还在堤边留连仰望了片晌。——我想：“真可怜——中秋夜居然逃过了！”人人怅惘的归途中，我有说不尽的心里的感谢。

十六夜便不防备，心中很坦然，似乎忘却了。

不知如何，偶然敲了楼东一个朋友的室门，她正灭了灯在窗前坐着。月光满室！我一惊，要缩回也来不及了，只能听她起身拉着我的手，到窗前来。

没有一点缺憾！月儿圆满光明到十二分。我默然，我咬起唇儿，我几乎要迸出一两句诅咒的话！

假如她知道我这时心中的感伤是到了如何程度，她也必不忍这般的用双臂围住我，逼我站在窗前。我惨默无声，我已拚着鼓勇去领略。正如立近万丈的悬崖，下临无际的酸水的海。与其徘徊着惊悸亡魂，不如索性纵身一跃，死心的去感觉那没顶切肤的辛酸的感觉。

我神摇目夺的凝望着：近如方院，远如天文台，以及周围的高高下下的树，都逼射得看出了红，蓝，黄的颜色。三个绿半球针竿高指的圆顶下，不断的白圆穹门，一圈一圈的在地的月影，如墨线画的一般的清晰。十字道四角的青草，青得四片绿绒似的，光天化日之下，也没有这样的分明呵，何况这一切都浸透在这万里迷濛的光影里……

我开始的诅咒了！

乡愁麻痹到全身，我掠着头发，发上掠到了乡愁；我捏着指尖，指上捏着了乡愁。是实实在在的躯壳上感着的苦痛，不是灵魂上浮泛流动的悲哀！

我一翻身匆匆的辞了她，回到屋里来。匆匆的用手绢蒙起了桌上嵌着父亲和母亲相片的银框。匆匆的拿起一本很厚的书来，扶着头苦读——茫然的翻了几十页，我实在没有气力再敷衍了，推开书，退到床上，万念俱灰的起了呜咽。

我病了……

那夜的惊和感，如夏空的急电，奔腾闪掣到了最高尖。过后回思，使我怃然叹异，而且不自信！如今反复的感着乡愁的心，已不能再飙起。无数的月夜都过去了，有时竟是整夜的看着，情感方面，却至多也不过"惘然"。

痛定思痛，我觉悟了明月为何千万年来，伤了无数的客心！静夜的无限光明之中，将四围衬映得清晰浮动，使她彻底的知道，一身不是梦，是明明白白的去国客游。一切离愁别恨，都不是淡荡的，犹疑的；是分明的，真切的，急如束湿的。

对于这事，我守了半年的缄默；只在今春与友人通讯之间，引了古人月夜的名句之后，我写："呜呼！赏鉴好文学，领略人生，竟须付若大代价耶？"

至于代价如何，"呜呼"两字之后，藏有若干的伤感，我竟没有提，我的朋友因而也不曾问起。

一九二三年九月二十六日夜，闭壁楼。

八

是除夜的酒后，在父亲的书室里。父亲看书，我也坐近书几，已是久久的沉默——

我站起，双手支颐，半倚在几上，我唤："爹爹！"父亲抬起头来。"我想看守灯塔去。"

父亲笑了一笑，说："也好，整年整月的守着海——只是太冷寂一些。"说完仍看他的书。

我又说："我不怕冷寂，真的，爹爹！"

父亲放下书说："真的便怎样？"

这时我反无从说起了！我耸一耸肩，我说："看灯塔是一种最伟大，最高尚，而又最有诗意的生活……"

父亲点头说："这个自然！"他往后靠着椅背，是预备长谈的姿势。这时我们都感着兴味了。

我仍旧站着，我说："只要是一样的为人群服务，不是独善其身；我们固然不必避世，而因着性之相近，我们也不必避'避世'！"

父亲笑着点头。

我接着："避世而出家，是我所不屑做的，奈何以青年有为之身，受十方供养？"

父亲只笑着。

我勇敢的说："灯台守的别名，便是'光明的使者'。他抛离田里，牺牲了家人骨肉的团聚，一切种种世上耳目纷华的娱乐，来整年整月的对着渺茫无际的海天。除却海上的飞鸥片帆，天上的云涌风起，不能有新的接触。除了骀荡的海风，和岛上崖旁转青的小草，他不知春至。我抛却‘乐群’，只知‘敬业’……”

父亲说：“和人群大陆隔绝，是怎样的一种牺牲，这情绪，我们航海人真是透彻中边的了！”言次，他微叹。

我连忙说：“否，这在我并不是牺牲！我晚上举着火炬，登上天梯，我觉得有无上的倨傲与光荣。几多好男子，轻侮别离，弄潮破浪，狎习了海上的腥风，驱使着如意的桅帆，自以为不可一世，而在狂飙浓雾，海水山立之顷，他们却蹙眉低首，捧盘屏息，凝注着这一点高悬闪烁的光明！这一点是警觉，是慰安，是导引，然而这一点是由我燃着！”

父亲沉静的眼光中，似乎忽忽的起了回忆。

“晴明之日，海不扬波，我抱膝沙上，悠然看潮落星生。风雨之日，我倚窗观涛，听浪花怒撼崖石。我闭门读书，以海洋为师，以星月为友，这一切都是不变与永久。

“三五日一来的小艇上，我不断的得着世外的消息，和家人朋友的书函；似暂离又似永别的景况，使我们永驻在‘的的如水’的情谊之中。我可读一切的新书籍，我可写作，在文化上，我并不曾与世界隔绝。”

父亲笑说：“灯塔生活，固然极其超脱，而你的幻象，也未免过于美丽。倘若病起来，海水拍天之间，你可怎么办？”

我也笑道：“这个容易——一时虑不到这些！”

父亲道：“病只关你一身，误了燃灯，却是关于众生的光明……”

我连忙说：“所以我说这生活是伟大的！”

父亲看我一笑，笑我词支，说：“我知道你会登梯燃灯；但倘若有大风浓雾，触石沉舟的事，你须鸣枪，你须放艇……”

我郑重的说：“这一切，尤其是我所深爱的。为着自己，为着众生，我都愿学！”

父亲无言，久久，笑道：“你若是男儿，是我的好儿子！”

我走近一步,说:“假如我要得这种位置,东南沿海一带,爹爹总可为力?”

父亲看着我说:“或者……但你为何说得这般的郑重?”

我肃然道:“我处心积虑已经三年了!”

父亲敛容,沉思的抚着书角,半天,说:“我无有不赞成,我无有不为力。为着去国离家,吸受海上腥风的航海者,我忍心舍遣我唯一的弱女,到岛山上点起光明。但是,唯一的条件,灯台守不要女孩子!”

我木然勉强一笑,退坐了下去。

又是久久的沉默——

父亲站起来,慰安我似的:“清静伟大,照射光明的生活,原不止灯台守,人生宽广的很!”

我不言语。坐了一会,便掀开帘子出去。

弟弟们站在院子的四隅,燃着了小爆竹。彼此抛掷,欢呼声中,偶然有一两支掷到我身上来,我只笑避——实在没有同他们追逐的心绪。

回到卧室,黑沉沉的歪在床上。除夕的梦纵使不灵验,万一能梦见,也是慰情聊胜无。我一念至诚的要入梦,幻想中画出环境,暗灰色的波涛,岿然的白塔……

一夜寂然——奈何连个梦都不能做!

这是两年前的事了,我自此后,禁绝思虑,又十年不见灯塔,我心不乱。

这半个月来,海上瞥见了六七次,过眼时只悄然微叹。失望的心情,不愿它再兴起。而今夜浓雾中的独立,我竟极奋迅的起了悲哀!

丝雨濛濛里,我走上最高层,倚着船阑,忽然见天幕下,四塞的雾点之中,夹岸两嶂淡墨画成似的岛山上,各有一点星光闪烁——

船身微微的左右攲斜，这两点星光，也徐徐的在两旁隐约起伏。光线穿过雾层，莹然，灿然，直射到我的心上来，如招呼，如接引，我无言，久——久，悲哀的心弦，开始策策而动！

有多少无情有恨之泪，趁今夜都向这两点星光挥洒！凭吟啸的海风，带这两年前已死的密愿，直到塔前的光下——

从兹了结！拈得起，放得下，愿不再为灯塔动心，也永不作灯塔的梦，无希望的永古不失望，不希冀那不可希冀的，永古无悲哀！

愿上帝祝福这两个塔中的燃灯者！——愿上帝祝福有海水处，无数塔中的燃灯者！愿海水向他长绿，愿海山向他长青！愿他们知道自己是这一隅岛国上无冠的帝王，只对他们，我愿致无上的颂扬与羡慕！

一九二三年八月二十八日，太平洋舟中。

附注

每篇末的日月，是那段“往事”发生的时期与地点，和写作的时地，是不相干的。

于协和女子大学（1919 年）

冰心与父亲在北京（1923 年春）

梦

她回想起童年的生涯,真是如同一梦罢了！穿着黑色带金线的军服,佩着一柄短短的军刀,骑在很高大的白马上,在海岸边缓辔徐行的时候,心里只充满了壮美的快感,几曾想到现在的自己,是这般的静寂,只拿着一枝笔儿,写她幻想中的情绪呢?

她男装到了十岁,十岁以前,她父亲常常带她去参与那军人娱乐的宴会。朋友们一见都夸奖说,“好英武的一个小军人！今年几岁了?”父亲先一面答应着,临走时才微笑说,“他是我的儿子,但也是我的女儿。”

她会打走队的鼓,会吹召集的喇叭。知道毛瑟枪里的机关。也会将很大的炮弹,旋进炮腔里。五六年父亲身畔无意中的训练,真将她做成很矫健的小军人了。

别的方面呢？平常女孩子所喜好的事,她却一点都不爱。这也难怪她,她的四围并没有别的女伴,偶然看见山下经过的几个村里的小姑娘,穿着大红大绿的衣裳,裹着很小的脚。匆匆一面里,她无从知道她们平居的生活。而且她也不把这些印象,放在心上。一把刀,一匹马,便堪过尽一生了！女孩子的事,是何等的琐碎烦腻呵！当探海的电灯射在浩浩无边的大海上,发出一片一片的寒光,灯影下,旗影下,两排儿沉豪英毅的军官,在剑佩锵锵的声里,整齐严肃的一同举起杯来,祝中国万岁的时候,这光景,是怎样的使人涌出慷慨的快乐的眼泪呢?

她这梦也应当到了醒觉的时候了！人生就是一梦么?

十岁回到故乡去，换上了女孩子的衣服，在姊妹群中，学到了女儿情性：五色的丝线，是能做成好看的活计的；香的，美丽的花，是要插在头上的；镜子是妆束完时要照一照的；在众人中间坐着，是要说些很细腻很温柔的话的；眼泪是时常要落下来的。女孩子是总有点脾气，带点娇贵的样子的。

这也是很新颖，很能造就她的环境——但她父亲送给她的一把佩刀，还长日挂在窗前。拔出鞘来，寒光射眼，她每每呆住了。白马呵，海岸呵，荷枪的军人呵……模糊中有无穷的怅惘。姊妹们在窗外唤她，她也不出去了。站了半天，只掉下几点无聊的眼泪。

她后悔么？也许是，但有谁知道呢！军人的生活，是怎样的造就了她的性情呵！黄昏时营幕里吹出来的笳声，不更是抑扬凄婉么？世界上软款温柔的境地，难道只有女孩儿可以占有么？海上的月夜，星夜，眺台独立倚枪翘首的时候：沉沉的天幕下，人静了，海也浓睡了，——“海天以外的家！”这时的情怀，是诗人的还是军人的呢？是两缕悲壮的丝交纠之点呵！

除了几点无聊的英雄泪，还有甚么？她安于自己的境地了！生命如果是圈儿般的循环，或者便从“将来”，又走向“过去”的道上去，但这也是无聊呵！

十年深刻的印象，遗留于她现在的生活中的，只是矫强的性质了——她依旧是喜欢看那整齐的步伐，听那悲壮的军笳。但与其说她是喜欢看，喜欢听，不如说她是怕看，怕听罢。

横刀跃马，和执笔沉思的她，原都是一个人，然而时代将这些事隔开了……

童年！只是一个深刻的梦么？

一九二一年十月一日。

一朵白蔷薇

怎么独自站在河边上？这朦胧的天色，是黎明还是黄昏？何处寻问，只觉得眼前竟是花的世界。中间杂着几朵白蔷薇。

她来了，她从山上下来了。靓妆着，仿佛是一身缟白，手里抱着一大束花。

我说，“你来，给你一朵白蔷薇，好簪在襟上。”她微笑说了一句话，只是听不见。然而似乎我竟没有摘，她也没有戴，依旧抱着花儿，向前走了。

抬头望她去路，只见得两旁开满了花，垂满了花，落满了花。

我想白花终比红花好；然而为何我竟没有摘，她也竟没有戴？

前路是什么地方，为何不随她走去？

都过去了，花也隐了，梦也醒了，前路如何？便摘也何曾戴！

一九二一年八月二十日追记。

闲　情

弟弟从我头上，拔下发针来，很小心的挑开了一本新寄来的月刊。看完了目录，便反卷起来，握在手里笑说："莹哥，你真是太沉默了，一年无有消息。"

我凝思地，微微答以一笑。

是的，太沉默了！然而我不能，也不肯忙中偷闲；不自然地，造作地，以应酬为目的地，写些东西。

病的神慈悲我，竟赐予我以最清闲最幽静的七天。

除了一天几次吃药的时间，是苦的以外，我觉得没有一时，不沉浸在轻微的愉快之中。——庭院无声。枕簟生凉。温暖的阳光，穿过苇帘，照在淡黄色的壁上。浓密的树影，在微风中徐徐动摇。窗外不时的有好鸟飞鸣。这时世上一切，都已抛弃隔绝，一室便是宇宙，花影树声，都含妙理。是一年来最难得的光阴呵，可惜只有七天！

黄昏时，弟弟归来，音乐声起，静境便砉然破了。一块暗绿色的绸子，蒙在灯上，屋里一切都是幽凉的，好似悲剧的一幕。镜中照见自己玲珑的白衣，竟悄然的觉得空灵神秘。当屋隅的四弦琴，颤动着，生涩的，徐徐奏起。两个歌喉，由不同的调子，渐渐合一。由悠扬，而宛转；由高吭，而沉缓的时候，怔忡的我，竟感到了无限的怅惘与不宁。

小孩子们真可爱，在我睡梦中，偷偷的来了，放下几束花，又走了。小弟弟拿来插在瓶里，也在我睡梦中，偷偷的放在床边儿上。——开眼瞥见了，黄的和白的，不知名的小花，衬着淡绿的短瓶。……原是不很香的，而每朵花里，都包含着天真的友情。

终日休息着，睡和醒的时间界限，便分得不清。有时在中夜，觉得精神很圆满。——听得疾雷杂以疏雨，每次电光穿入，将窗台上的金钟花，轻淡清澈的映在窗帘上，又急速的隐抹了去。而余影极分明的，印在我的脑膜上。我看见“自然”的淡墨画，这是第一次。

得了许可，黄昏时便出来疏散。轻凉袭人。迟缓的步履之间，自觉很弱，而弱中隐含着一种不可言说的愉快。这情景恰如小时在海舟上，——我完全不记得了，是母亲告诉我的，——众人都晕卧，我独不理会，颠顿的自己走上舱面，去看海。凝注之顷，不时的觉得身子一转，已跌坐在甲板上，以为很新鲜，很有趣。每坐下一次，便喜笑个不住，笑完再起来，希望再跌倒。忽忽又是十余年了，不想以弱点为愉乐的心情，至今不改。

一个朋友写信来慰问我，说：

“东波云‘因病得闲殊不恶’，我亦生平善病者，故知能闲真是大工夫，大学问。……如能于养神之外，偶阅《维摩经》尤妙，以天女能道尽众生之病，断无不能自己其病也！恐扰清神，余不敢及。”

因病得闲，是第一慊心事，但佛经却没有看。

一九二二年六月十二日

寄小读者(节选)

通　讯　三

亲爱的小朋友：

昨天下午离开了家，我如同入梦一般。车转过街角的时候，我回头凝望着——除非是再看见这缘满豆叶的棚下的一切亲爱的人，我这梦是不能醒的了！

送我的尽是小孩子——从家里出来，同车的也是小孩子，车前车后也是小孩子。我深深觉得凄恻中的光荣。冰心何福，得这些小孩子天真纯洁的爱，消受这甚深而不牵累的离情。

火车还没有开行，小弟弟冰季别到临头，才知道难过，不住的牵着冰叔的衣袖，说：“哥哥，我们回去罢。”他酸泪盈眸，远远的站着。我叫过他来，捧住了他的脸，我又无力的放下手来，他们便走了。——我们至终没有一句话。

慢慢的火车出了站，一边城墙，一边杨柳，从我眼前飞过。我心沉沉如死，倒觉得廓然，便拿起国语文学史来看，刚翻到“卿云烂兮”一段，忽然看见书页上的空白处写着几个大字：“别忘了小小。”我的心忽然一酸，连忙抛了书，走到对面的椅子上坐下——这是冰季的笔迹呵！小弟弟，如何还困弄我于别离之后？

夜中只是睡不稳，几次坐起，开起窗来，只有模糊的半圆的月，照着深黑无际的田野。——车只风驰电掣的，轮声轧轧里，奔向着无限的前途。明月和我,一步一步的离家远了!

今早过济南,我五时便起来,对窗整发。外望远山连绵不断,都没在朝霭里,淡到欲无。只浅蓝色的山峰一线,横亘天空。山坳里人家的炊烟,濛濛的屯在谷中,如同云起。朝阳极光明的照临在无边的整齐青绿的田畦上。我梳洗毕凭窗站了半点钟,在这庄严伟大的环境中,我只能默然低头,赞美万能智慧的造物者。

过泰安府以后,朝露还零。各站台都在浓阴之中,最有古趣,最清幽。到此我才下车稍稍散步,远望泰山,悠然神往。默诵"高山仰止,景行行止,虽不能至,心向往之"四句,反复了好几遍。

自此以后,站台上时闻皮靴拖踏声,刀枪相触声,又见黄衣灰衣的兵丁,成队的来往逡巡。我忽然忆起临城劫车的事,知道快到抱犊冈了,我切愿一见那些持刀背剑来去如飞的人。我这时心中只憬憧着梁山泊好汉的生活,武松林冲鲁智深的生活。我不是羡慕什么分金阁,剥皮亭,我羡慕那种激越豪放,大刀阔斧的胸襟!

因此我走出去,问那站在两车挂接处荷枪带弹的兵丁。他说快到临城了,抱犊冈远在几十里外,车上是看不见的。他和我说话极温和,说的是纯正的山东话。我如同远客听到乡音一般,起了无名的喜悦。——山东是我灵魂上的故乡,我只喜欢忠恳的山东人,听那生怯的山东话。

一站一站的近江南了,我旅行的快乐,已经开始。这次我特意定的自己一间房子,为的要自由一些,安静一些,好写些通讯。我靠在长枕上,近窗坐着。向阳那边的窗帘,都严严的掩上。对面一边,为要看风景,便开了一半。凉风徐来,这房里寂静幽阴已极。除了单调的轮声以外,与我家中的书室无异。窗内虽然没有满架的书,而窗外却旋转着伟大的自然。笔在手里,句在心里，只要我不按铃，便没有人进来搅我。龚定庵有句云："……都道西湖清怨极，谁分这般浓福？……"今早这样恬静喜悦的心境，是我所梦想不到的。书此不但自慰，并以慰弟弟们和记念我的小朋友。

冰　心

一九二三年八月四日，津浦道中。

通　讯　七

亲爱的小朋友：

八月十七的下午，约克逊号邮船无数的窗眼里，飞出五色飘扬的纸带，远远的抛到岸上，任凭送别的人牵住的时候，我的心是如何的飞扬而凄恻！

痴绝的无数的送别者，在最远的江岸，仅仅牵着这终于断绝的纸条儿，放这庞然大物，载着最重的离愁，飘然西去！

船上生活，是如何的清新而活泼。除了三餐外，只是随意游戏散步。海上的头三日，我竟完全回到小孩子的境地中去了，套圈子，抛沙袋，乐此不疲，过后又绝然不玩了。后来自己回想很奇怪，无他，海唤起了我童年的回忆，海波声中，童心和游伴都跳跃到我脑中来。我十分的恨这次舟中没有几个小孩子，使我童心来复的三天中，有无猜畅好的游戏！

我自少住在海滨，却没有看见过海平如镜。这次出了吴淞口，一天的航程，一望无际尽是粼粼的微波。凉风习习，舟如在冰上行。到过了高丽界，海水竟似湖光。蓝极绿极，凝成一片。斜阳的金光，长蛇般自天边直接到阑旁人立处。上自穹苍，下至船前的水，自浅红至于深翠，幻成几十色，一层层，一片片的漾开了来。……小朋友，恨我不能画，文字竟是世界上最无用的东西，写不出这空灵的妙景！

八月十八夜,正是双星渡河之夕。晚餐后独倚阑旁,凉风吹衣。银河一片星光,照到深黑的海上。远远听得楼阑下人声笑语,忽然感到家乡渐远。繁星闪烁着,海波吟啸着,凝立悄然,只有惆怅。

十九日黄昏,已近神户,两岸青山,不时的有渔舟往来。日本的小山多半是圆扁的,大家说笑,便道是"馒头山"。这馒头山沿途点缀,直到夜里,远望灯光灿然,已抵神户。船徐徐停住,便有许多人上岸去。我因太晚,只自己又到最高层上,初次看见这般璀璨的世界,天上微月的光,和星光,岸上的灯光,无声相映。不时的还有一串光明从山上横飞过,想是火车周行。……舟中寂然,今夜没有海潮音,静极心绪忽起:"倘若此时母亲也在这里……"我极清晰的忆起北京来,小朋友,恕我,不能往下再写了。

冰　心

一九二三年八月二十日,神户。

朝阳下转过一碧无际的草坡,穿过深林,已觉得湖上风来,湖波不是昨夜欲睡如醉的样子了。——悄然的坐在湖岸上,伸开纸,拿起笔,抬起头来,四围红叶中,四面水声里,我要开始写信给我久违的小朋友。小朋友猜我的心情是怎样的呢?

水面闪烁着点点的银光,对岸意大利花园里亭亭层列的松树,都证明我已在万里外。小朋友,到此已逾一月了,便是在日本也未曾寄过一字,说是对不起呢,我又不愿!

我平时写作,喜在人静的时候。船上却处处是公共的地方,舱面阑边,人人可以来到。海景极好,心胸却难得清平。我只能在晨间绝早,船面无人时,随意写几个字,堆积至今,总不能整理,也不愿草草整理,便迟延到了今日。我是尊重小朋友的,想小朋友也能尊重原谅我!

许多话不知从哪里说起，而一声声打击湖岸的微波，一层层的没上杂立的湖石，直到我蔽膝的毡边来，似乎要求我将她介绍给我的小朋友。小朋友，我真不知如何的形容介绍她！她现在横在我的眼前。湖上的月明和落日，湖上的浓阴和微雨，我都见过了，真是仪态万千。小朋友，我的亲爱的人都不在这里，便只有她——海的女儿，能慰安我了。Lake Waban，谐音会意，我便唤她做“慰冰”。每日黄昏的游泛，舟轻如羽，水柔如不胜桨。岸上四围的树叶，绿的，红的，黄的，白的，一丛一丛的倒影到水中来，覆盖了半湖秋水。夕阳下极其艳冶，极其柔媚。将落的金光，到了树梢，散在湖面。我在湖上光雾中，低低的嘱咐它，带我的爱和慰安，一同和它到远东去。

小朋友！海上半月，湖上也过半月了，若问我爱哪一个更甚，这却难说。——海好像我的母亲，湖是我的朋友。我和海亲近在童年，和湖亲近是现在。海是深阔无际，不着一字，她的爱是神秘而伟大的，我对她的爱是归心低首的。湖是红叶绿枝，有许多衬托，她的爱是温和妩媚的，我对她的爱是清淡相照的。这也许太抽象，然而我没有别的话来形容了！

小朋友，两月之别，你们自己写了多少，母亲怀中的乐趣，可以说来让我听听么？——这便算是沿途书信的小序，此后仍将那写好的信，按序寄上，日月和地方，都因其旧；“弱游”的我，如何自太平洋东岸的上海绕到大西洋东岸的波士顿来，这些信中说得很清楚，请在那里看罢！

不知这几百个字，何时方达到你们那里，世界真是太大了！

冰　心

一九二三年十月十四日，慰冰湖畔，威尔斯利。

通讯十七

小朋友：

健康来复的路上，不幸多歧，这几十天来懒得很；雨后偶然看见几朵浓黄的蒲公英，在匀整的草坡上闪烁，不禁又忆起一件事。

一月十九晨，是雪后浓阴的天。我早起游山，忽然在积雪中，看见了七八朵大开的蒲公英。我俯身摘下握在手里，——真不知这平凡的草卉，竟与梅菊一样的耐寒。我回到楼上，用条黄丝带将这几朵缀将起来，编成王冠的形式。人家问我做什么，我说："我要为我的女王加冕。"说着就随便的给一个女孩子戴上了。

大家欢笑声中，我只无言的卧在床上——我不是为女王加冕，竟是为蒲公英加冕了。蒲公英虽是我最熟识的一种草花，但从来是被人轻忽，从来是不上美人头的。今日因着情不可却，我竟让她在美人头上，照耀了几点钟。

蒲公英是黄色，叠瓣的花，很带着菊花的神意，但我也不曾偏爱她。我对于花卉是普遍的爱怜。虽有时不免喜欢玫瑰的浓郁，和桂花的清远，而在我忧来无方的时候，玫瑰和桂花也一样的成粪土。在我心情怡悦的一刹那顷，高贵清华的菊花，也不能和我手中的蒲公英来占夺位置。

世上的一切事物，只是百千万面大大小小的镜子，重叠对照，反射又反射；于是世上有了这许多璀璨辉煌，虹影般的光彩。没有蒲公英，显不出雏菊，没有平凡，显不出超绝。而且不能因为大家都爱雏菊，世上便消灭了蒲公英；不能因为大家都敬礼超人，世上便消灭了庸碌。即使这一切都能因着世人的爱憎而生灭，只恐到了满山满谷都是菊花和超人的时候，菊花的价值，反不如蒲公英，超人的价值，反不及庸碌了。

所以世上一物有一物的长处，一人有一人的价值。我不能偏爱，也不肯偏憎。悟到万物相衬托的理，我只愿我心如水，处处相平。我愿菊花在我眼中，消失了她的富丽堂皇，蒲公英也解除了她的局促羞涩，博爱的极端，翻成淡漠。但这种普遍淡漠的心，除了博爱的小朋友，有谁知道？

书到此，高天萧然，楼上风紧得很，再谈了，我的小朋友！

冰　心

一九二四年五月九日，沙穰疗养院。

通讯二十七

小读者：

无端应了惠登大学（Wheaton College）之招，前天下午到梦野（Mansfield）去。

到了车站，看了车表，才知从波士顿到梦野是要经过沙穰的，我忽然起了无名的怅惘！

我离院后回到沙穰去看病友已有两次。每次都是很惘然，心中很怯，静默中强作微笑。看见道旁的落叶与枯枝，似乎一枝一叶都予我以“转战”的回忆！这次不直到沙穰去，态度似乎较客观些，而感喟仍是不免！我记得以前从医院的廊上，遥遥的能看见从林隙中穿过的白烟一线的火车。我记住地点，凝神远望，果然看见雪白的楼瓦，斜阳中映衬得如同琼宫玉宇一般……

清晨七时从梦野回来，车上又瞥见了！早春的天气，朝阳正暖，候鸟初来。我记得前年此日，山路上我的飘扬的春衣！那时是怎样的止水停云般的心情呵！

小朋友！一病算得什么？便值得这样的惊心？我常常这般的问着自己。然而我的多年不见的朋友，都说我改了。虽说不出不同处在哪里，而病前病后却是迥若两人。假如这是真的呢？是幸还是不幸，似乎还值得低徊罢！

昨天回来后，休息之余，心中只怅怅的，念不下书去。夜中灯下翻出病中和你们通讯来看。小朋友，我以一身兼作了得胜者与失败者，两重悲哀之中，我觉得我禁不住有许多欲说的话！

看见过力士搏狮么？当他屏息负隅，张空拳于狰狞的爪牙之下的时候，他虽有震恐，虽有狂傲，但他决不暇有萧瑟与悲哀。等到一阵神力用过，倏忽中掷此百兽之王于死的铁门之内以后，他神志昏瞆的抱头颓坐。在春雷般的欢呼声中，他无力的抬起眼来，看见了在他身旁鬣毛森张，似余残喘的巨物。我信他必忽然起了一阵难禁的战栗，他的全身没在微弱与寂寞的海里！

一败涂地的拿破仑，重过滑铁卢，不必说他有无限的忿激，太息与激昂！然而他的激感，是狂涌而不是深微，是一个人都可抵挡得住。而建了不世之功，退老闲居的惠灵吞，日暮出游，驱车到此战争旧地，他也有一番激感！他仿佛中起了苍茫的怅惘，无主的伤神。斜阳下独立，这白发盈头的老将，在百番转战之后，竟受不住这闲却健儿身手的无边萧瑟！悲哀，得胜者的悲哀呵！

小朋友，与病魔奋战期中的我，是怎样的勇敢与喜乐！我作小孩子，我作 Eskimo，我“足踏枯枝，静听着树叶微语”，我“试揭自然的帘幕，蹑足走入仙宫”。如今呢，往事都成陈迹！我“终日矜持”，我“低头学绣”，我“如同缓流的水，半年来无有声响”。是的呵，“一回到健康道上，世事已接踵而来”！虽然我曾应许“我至爱的母亲”说：“我既绝对的认识了生命，我便愿低首去领略。我便愿遍尝了人生中之各趣；人生中之各趣，我便愿遍尝！——我甘心乐意以别的泪与病的血为贽，推开了生命的宫门。”我又应许小朋友说：“领略人生，要如滚针毡，用血肉之躯去遍挨遍尝，要它针针见血！……来日方长，我所能告诉小朋友的，将来或不止此。”而针针见血的生命中之各趣，是须用一片一片天真的童心去换来的。互相叠积传递之间，我还不知要预备下多少怯弱与惊惶的代价！我改了，为了小朋友与我至爱的母亲，我十分情愿屈服于生命的权威之下。然而我愿小朋友倾耳听一听这弱者，失败者的悲哀！

在我热情忠实的小朋友面前，略消了我胸中块垒之后，我愿报告小朋友一个大家欢喜的消息。这时我的母亲正在东半球数着月亮呢！再经过四次月圆，我又可在母亲怀里，便是小朋友也不必耐心的读我一月前，明日黄花的手书了！我是如何的喜欢呵！

小朋友，我觉得对不起！我又以悱恻的思想，贡献给你们。然而我的“诗的女神”只是一个

满蕴着温柔，
微带着忧愁

的，就让她这样的抒写也好。

敬祝你们的喜乐与健康！

冰　心

一九二六年三月十二日，娜安辟迦楼。

到青龙桥去

如火如荼的国庆日，却远远的避开北京城，到青龙桥去。

车慢慢的开动了，只是无际的苍黄色的平野，和连接不断的天末的远山。——愈往北走，山愈深了。壁立的岩石，屏风般从车前飞过。不时有很浅的浓绿色的山泉，在岩下流着。山半柿树的叶子，经了秋风，已经零落了，只剩有几个青色半熟的柿子挂在上面。山上的枯草，迎着晨风，一片的和山偃动，如同一领极大的毛毡一般。

"原也是很伟秀的，然而江南……"我无聊的倚着空冷的铁炉站着。

她们都聚在窗口谈笑，我眼光穿过她们的肩上，凝望着那边角里坐着的几个军人。

"军人！"也许潜藏在我的天性中罢，我在人群中常常不自觉的注意军人。

世人呵！饶恕我！我的阅历太浅薄了，真是太浅薄了！我的阅历这样的告诉我，我也只能这样忠诚而勇敢的告诉世人，说："我有生以来，未曾看见过像我在书报上所看的，那种兽性的，沉沦的，罪恶的军人！"

也许阅历欺哄我，但弱小的我，却不敢欺哄世人！

一个朋友和我说，——那时我们正在院里，远远的看我们军人的同学盘杠子——"我每逢看见灰黄色的衣服的人，我就起一种憎嫌和恐怖的战栗。"我看着她郑重的说："我从来不这样想，我看见他们,永远起一种庄肃的思想!”她笑道:“你未曾经过兵祸罢!”我说:“你呢?”她道:“我也没有,不过我常常从书报上,看见关于恶虐的兵士们的故事……”

我深深的悲哀了!在我心中,数年来潜在的隐伏着不能言说的怜悯和抑屈!文学家呵!怎么呈现在你们笔底的佩刀荷枪的人,竟尽是这样的疯狂而残忍?平民的血泪流出来了,军人的血泪,却洒向何处?

笔尖下抹杀了所有的军人,将混沌的,一团黑暗暴虐的群众,铭刻在人们心里。从此严肃的军衣,成了赤血的标帜;忠诚的兵士,成了撒旦的随从。可怜的军人,从此在人们心天中,没有光明之日了!

虽然阅历决然毅然的这般告诉我,我也不敢不信,一般文学家所写的是真确的。军人的群众也和别的群众一般,有好人也更有坏人。然而造成人们对于全体的灰色黄色衣服的人,那样无缘故无条件,概括的厌恶,文学家,无论如何,你们不得辞其咎!

也讲一讲人道罢!将这些勇健的血性的青年,从教育的田地上夺出来,关闭在黑暗恶虐的势力范围里,叫他们不住的吸收冷酷残忍的习惯,消灭他友爱怜悯的本能。有事的时候,驱他们到残杀同类的死地上去;无事的时候,叫他穿着破烂的军衣,吃的是黑面,喝的是冷水,三更半夜的起来守更走队,在悲笳声中度生活。家里的信来了:“我们要吃饭!”回信说:“没有钱,我们欠饷七个月了!——”可怜的中华民国的青年男子呵!山穷水尽的途上,哪里是你们的歧路?……

我的思潮,那时无限制的升起。无数的观念奔凑,然而时间只不过一瞬。

车门开了,走进三个穿军服的人。第一个,头上是粉红色的帽箍,穿着深黄色的呢外套,身材很高,后面两个略矮一些,只穿

燕京大学毕业照（1923 年）

冰心（右）与燕大同学合影（1923 年）

着平常的黄色军服,鱼贯的从人丛中,经过我们面前,便一直走向那几个兵丁坐的地方去。

她们略不注意的仍旧看着窗外,或相对谈笑。我却静默的,眼光凝滞的随着他们。

那边一个兵丁站起来了。两块红色的领章,围住瘦长的脖子,显得他的脸更黑了。脸上微微的有点麻子,中人身材,他站起来,只到那稽查的肩际。

粉红色帽箍的那个稽查,这时正侧面对着我们。我看得真切:圆圆的脸,短短的眉毛,肩膊很宽,细细的一条皮带,束在腰上,两手背握着。白绒的手套已经微污了,臂上缠的一块白布,也成了灰色的了,上面写着“察哈尔总站,军警稽查……”以下的字背着我们看不见了。

他沉声静气的问:“你是哪里的,要往哪里去?”那个兵丁笔直的站着,听问便连忙解开外面军衣的钮扣,从里衣袋里,掏出一张名片和护照来,无言的递上。——也许曾说了几句话,但声音很低,我听不见。稽查凝视着他,说:“好,但是我们公事公办,就是大总统的片子,也当不了车票呵!而且这护照也只能坐慢车。弟兄!到站等着去罢,只差一点钟工夫!”

军人们!饶恕我那时不道德的揣想。我想那兵丁一定大怒了!我恐怕有个很大的争闹,不觉的退后了,更靠近窗户,好像要躲开流血的事情似的。

稽查将片子放在自己的袋里——那个兵丁低头的站着,微麻的脸上,充满了彷徨,无主,可怜。侧面只看见他很长的睫毛,不住的上下瞬动。

火车仍旧风驰电掣的走着。他至终无言的坐下,呆呆的望着窗外。背后看去,只有那戴着军帽,剪得很短头发的头,和我们在同一的速率中,左右微微动摇。

我深深吸了一口气,放下心来,却立时起了一种极异样的感觉！

到了站了！他无力的站起，提着包儿，往外就走。对面来了一个女人，他侧身恭敬的让过。经过稽查面前，点点头就下车去了。

稽查正和另一个兵丁问答。这个兵丁较老一点，很瘦的脸，眉目间处处显出困倦无力。这时却也很直的站着，声音很颤动，说："我是在……陈副官公馆里，他差我到……去。"一面也郑重的呈上一张片子。稽查的脸仍旧紧张着，除了眼光上下之外，不见有丝毫情感的表现，他仍旧凝重的说："我知道现在军事是很忙的，我不是不替弟兄们留一线之路。但是一张片子，公事上说不过去。陈副官既是军事机关上的人，他更不能不知道火车上的规矩——你也下去罢！"

老兵丁无言的也下车去了。

稽查转过身来，那边两个很年轻的兵丁，连忙站起，先说："我们到西苑去。"稽查看了护照，笑了笑说："好，你们也坐慢车罢！看你们的服章，军界里可有你们这样不整齐的？国家的体面，哪里去了？车上这许多外国人，你们也不怕他们笑话！"随在稽查后面的两个军人，微笑的上前，将他们带着线头，拖在肩上的两块领章扶起。那两个少年兵丁，惭愧的低头无语。

稽查开了门，带着两个助手，到前面车上去了。

车门很响的关了，我如梦方醒，周身起了一种细微的战栗。——不是憎嫌，不是恐怖，定神回想，呀！竟是最深的惭愧与赞美！

一共是七个人：这般凝重，这般温柔，这样的服从无抵抗！我不信这些情景，只呈露在我的前面……

登上万里长城了！乱山中的城头上，暗淡飘忽的日光下，迎风独立。四周充满了寂寞与荒凉。除了浅黄色一串的骆驼，从深黄色的山脚下，徐徐走过之外，一切都是单调的！看她们头上白色的丝巾，三三两两的，在城上更远更高处拂拂吹动。我自己留在城半。在我理想中易起感慨的，数千年前伟大建筑物的长城上，呆呆的站着，竟一毫感慨都没有起！

只那几个军人严肃而温柔的神情，平和而庄重的言语，和他们所不自知的，在人们心中无明不白的厌恶：这些事，都重重的压在我弱小的灵魂上——受着天风，我竟不知道世界上还有个我没有！

一九二二年十月十二日夜。

新年试笔

新年试笔。

因为是“试”笔，所以要拿起笔来再说。

拿起笔来仍是无话可说；许多时候不说了，话也涩，笔也涩，连这时扫在窗上的枯枝也作出“涩——涩”的声音。

我愿有十万斛的泉水，湖水，海水，清凉的，碧绿的，蔚蓝的，迎头洒来，泼来，冲来，洗出一个新鲜，活泼的我。

这十万斛的水，不但洗净了我，也洗净了宇宙间山川人物。——如同太初洪水之后，有只雪白的鸽子，衔着嫩绿的叶子，在响晴的天空中飞翔。

大地上处处都是光明，看不见一丝云影。山上没有一棵被吹断的树，没有一片焦黄的叶；一眼望去是参天的松柏，树下随意的乱生着紫罗兰，雏菊，蒲公英。松径中，石缝中，飞溅着急流的泉水。

江河里也看不见黄泥，也不飘浮着烂纸和瓜皮；只有朝霭下的轻烟，濛濛的笼罩着这浩浩的流水。江河两旁是沃野千里，阡陌纵横，整齐的灰瓦的农舍，家家开着后窗，男耕女织，歌声相闻。

城市像个花园，大树的浓阴护着杂花。整洁的道路上，看不见一个狂的男人，妖的女人，和污秽的孩子。上学的，上工的，个个挺着胸走，容光焕发，用着掩不住的微笑，互相招呼，似乎人人都彼此认识。

黄昏时从一座一座的建筑物里，涌出无数老的，少的，村的，俏的人来。一天结实的有成绩的工作，在他们脸上，映射出无限的快慰和满足。回家去，家家温暖的灯光下，有着可口的晚餐，亲爱的谈话。

蓝天隐去，星光渐生，孩子们都已在温软的床上，大开的窗户之下，在梦中向天微笑。

而在书室里，廊上，花下，水边都有一对或一对以上的人儿，在低低的或兴高采烈的谈着他们的过去，现在，将来所留恋，计划，企望的一切。

平凡人的笔下，只能抽出这平凡的希望。

然而这平凡的希望——

洪水，这迎头冲来的十万斛的洪水，何时才来到呢？

（本篇最初发表于1934年1月1日《文学》第2卷第1期。）

一日的春光

去年冬末，我给一位远方的朋友写信，曾说："我要尽量的吞咽今年北平的春天。"

今年北平的春天来的特别的晚，而且在还不知春在哪里的时候，抬头忽见黄尘中绿叶成荫，柳絮乱飞，才晓得在厚厚的尘沙黄幕之后，春还未曾露面，已悄悄的远引了。

天下事都是如此——

去年冬天是特别的冷，也显得特别的长。每天夜里，灯下孤坐，听着扑窗怒号的朔风，小楼震动，觉得身上心里，都没有一丝暖气，一冬来，一切的快乐，活泼，力量，生命，似乎都冻得蜷伏在每一个细胞的深处。我无聊地慰安自己说，"等着罢，冬天来了，春天还能很远么？"

然而这狂风，大雪，冬天的行列，排得意外的长，似乎没有完尽的时候。有一天看见湖上冰软了，我的心顿然欢喜，说，"春天来了！"当天夜里，北风又卷起漫天匝地的黄沙，忿怒的扑着我的窗户，把我心中的春意，又吹得四散。有一天看见柳梢嫩黄了，那天的下午，又不住的下着不成雪的冷雨，黄昏时节，严冬的衣服，又披上了身。有一天看见院里的桃花开了，这天刚刚过午，从东南的天边，顷刻布满了惨暗的黄云，跟着千枝风动，这刚放蕊的春英，又都埋罩在漠漠的黄尘里……

九十天看看过尽——我不信了春天！

几位朋友说，"到大觉寺看杏花去罢。"虽然我的心中，始终未曾得到春的消息，却也跟着大家去了。到了管家岭，扑面的风尘里，几百棵杏树枝头，一望已尽是残花败蕊；转到大工，向阳的山谷之中，还有几株盛开的红杏，然而盛开中气力已尽，不是那满树浓红，花蕊相间的情态了。

我想，“春去了就去了罢！”归途中心里倒也坦然，这坦然中是三分悼惜，七分憎嫌，总之，我不信了春天。

四月三十日的下午，有位朋友约我到挂甲屯吴家花园去看海棠，“且喜天气晴明”——现在回想起来，那天是九十春光中唯一的春天——海棠花又是我所深爱的，就欣然的答应了。

东坡恨海棠无香，我却以为若是香得不妙，宁可无香。我的院里栽了几棵丁香和珍珠梅，夏天还有玉簪，秋天还有菊花，栽后都很后悔。因为这些花香，都使我头痛，不能折来养在屋里。所以有香的花中，我只爱兰花，桂花，香豆花和玫瑰，无香的花中，海棠要算我最喜欢的了。

海棠是浅浅的红，红得“乐而不淫”，淡淡的白，白得“哀而不伤”，又有满树的绿叶掩映着，秾纤适中，像一个天真，健美，欢悦的少女，同是造物者最得意的作品。

斜阳里，我正对着那几树繁花坐下。

春在眼前了！

这四棵海棠在怀馨堂前，北边的那两棵较大，高出堂檐约五六尺。花后是响晴蔚蓝的天，淡淡的半圆的月，遥俯树梢。这四棵树上，有千千万万玲珑娇艳的花朵，乱烘烘的在繁枝上挤着开……

看见过幼稚园放学没有？从小小的门里，挤着的跳出涌出使人眼花缭乱的一大群的快乐，活泼，力量，和生命；这一大群跳着涌着的分散在极大的周围，在生的季候里做成了永远的春天！

那在海棠枝上卖力的春，使我当时有同样的感觉。

一春来对于春的憎嫌，这时都消失了，喜悦的仰首，眼前是烂漫的春，骄奢的春，光艳的春，——似乎春在九十日来无数的徘徊瞻顾，百就千拦，只为的是今日在此树枝头，快意恣情的一放！

看得恰到好处，便辞谢了主人回来。这春天吞咽得口有余香！过了三四天，又有友人来约同去，我却回绝了。今年到处寻春，总是太晚，我知道那时若去，已是“落红万点愁如海”，春来萧索如斯，大不必去惹那如海的愁绪。

虽然九十天中，只有一日的春光，而对于春天，似乎已得了报复，不再怨恨憎嫌了。只是满意之余，还觉得有些遗憾，如同小孩子打架后相寻，大家忍不住回嗔作喜，却又不肯即时言归于好，只背着脸，低着头，撅着嘴说，“早知道你又来哄我找我，当初又何必把我冰在那里呢？”

一九三六年五月八日夜，北平。

默庐试笔

一

我为什么潜意识的苦恋着北平？我现在真不必苦恋着北平，呈贡山居的环境，实在比我北平西郊的住处，还静，还美。我的寓楼，前廊朝东，正对着城墙，雉堞蜿蜒，松影深青，霁天空阔。最好是在廊上看风雨，从天边几阵白烟，白雾，雨脚如绳，斜飞着直洒到楼前，越过远山，越过近塔，在瓦檐上散落出错落清脆的繁音。还有清晨黄昏看月出，日上。晚霞，朝霭，变幻万端，莫可名状，使人每一早晚，都有新的企望，新的喜悦。下楼出门转向东北，松林下参差的长着荇菜，菜穗正红，而红穗颜色，又分深浅，在灰墙，黄土，绿树之间，带映得十分悦目。出荆门北上斜坡，便到川台寺东首，栗树成林，林外隐见湖影和山光，林间有一片广场，这时已在城墙之上，登墙，外望，高岗起伏，远村隐约。我最爱早起在林中携书独坐，淡云来往，秋阳暖背，爽风拂面，这里清极静极，绝无人迹，只两个小女儿，穿着橘黄水红的绒衣，在广场上游戏奔走，使眼前宇宙，显得十分流动，鲜明。

我的寓楼，后窗朝西，书案便设在窗下，只在窗下，呈贡八影，已可见其三，北望是“风岭松峦”，前望是“海潮夕照”，南望是“渔浦星灯”。窗前景物在第一段已经描写过，一百二十日夜之中，变化无穷，使人忘倦。出门南向，出正面荆门，西边是昆明西山。北边山上是三台寺。走到山坡尽处,有个平台,松柏丛绕,上有石礅和石块,可以坐立,登此下望,可见城内居舍,在树影中,错落参差。南望城外又可见三景,是龙街子山上之"龙山花坞",罗藏山之"梁峰兆雨";和城南印心亭下之"河洲月渚"。其余两景是白龙潭之"彩洞亭鱼",和黑龙潭之"碧潭异石",这两景非走到潭边是看不见的,所以我对于默庐周围的眼界,觉得爽然没有遗憾。

平台的石礅上,客来常在那边坐地,四顾风景全收。年轻些的朋友来,就欢喜在台前松柏阴下的草坡上,纵横坐卧,不到饭时,不肯进来。平台上四无屏障,山风稍劲。入秋以来,我独在时,常走出后门北上,到寺侧林中,一来较静,二来较暖。

回溯生平郊外的住宅,无论是长居短居,恐怕是默庐最惬心意。国外的如伍岛(Five Islands)白岭(White Mountains)山水不能两全,而且都是异国风光,没有亲切的意味。国内如山东之芝罘,如北平之海甸,芝罘山太高,海太深,自己那时也太小,时常迷茫消失于旷大寥阔之中,觉得一身是客,是奴,凄然怔忡,不能自主。海甸楼窗,只能看见西山,玉泉山塔,和西苑兵营整齐的灰瓦,以及颐和园内之排云殿和佛香阁。湖水是被围墙全遮,不能望见。论山之青翠,湖之涟漪,风物之醇永亲切,没有一处赶得上默庐。我已经说过,这里整个是一首华兹华斯的诗!

二

在这里住得妥贴,快乐,安稳,而旧友来到,欣赏默庐之外,谈锋又往往引到北平。

人家说想北平大觉寺的杏花,香山的红叶,我说我也想;人家说想北平的笔墨笺纸,我说我也想;人家说想北平的故宫北海,我说我也想;人家说想北平的烧鸭子涮羊肉,我说我也想;人家说想北平的火神庙隆福寺，我说我也想；人家说想北平的糖葫芦，炒栗子，我说我也想。而在谈话之时，我的心灵时刻的在自警说：“不，你不能想，你是不能回去的，除非有那样的一天！”

我口说在想，心里不想，但看我离开北平以后，从未梦见过北平，足见我控制得相当之决绝——

而且我试笔之顷，意马奔驰，在我自己惊觉之先，我已在纸上写出我是在苦恋着北平。

我如今镇静下来，细细分析：我的一生，至今日止在北平居住的时光，占了一生之半，从十一二岁，到三十几岁，这二十年是生平最关键，最难忘的发育，模塑的年光，印象最深，情感最浓，关系最切。一提到北平，后面立刻涌现了一副一副的面庞，一幅一幅的图画：我死去的母亲，健在的父亲，弟，侄，师，友，车夫，用人，报童，店伙……剪子巷的庭院，佟府堂前的玫瑰，天安门的华表，“五四”的游行，“九一八”黄昏时的卖报声，“国难至矣”的大标题，……我思潮奔放，眼前的图画和人面，也突兀变换，不可制止，最后我看见了景山最高顶，“明思宗殉国处”的方亭栏干上，有灯彩扎成的六个大字，是“庆祝徐州陷落！”

北平死去了！我至爱苦恋的北平，在不挣扎不抵抗之后，断续呻吟了几声，便恹然死去了！

二十六年七月二十八早晨，十六架日机，在晓光熹微中悠悠的低飞而来；投了三十二颗炸弹，只炸得西苑一座空营。——但这一声巨响，震得一切都变了色。海甸被砍死了九个警察，第二天警察都换了黑色的制服，因为穿黄制服的人，都当做了散兵，游击队，有砍死刺死的危险。

四野的炮声枪声，由繁而稀，由近而远，声音也死去了！

五光十色的旗帜都高高的悬起了：日本旗，意大利旗，美国旗，英国旗，黄卐字旗，红十字旗，……只看不见了青天白日旗。

西直门楼上，深黄色军服的日兵，箕踞在雉堞上，倚着枪，咧着厚厚的嘴唇，露着不整齐的牙齿，下视狂笑。

街道上死一般的静寂，只三三两两褴褛趑趄的人，在仰首围读着“香月入城司令”的通告。

晴空下的天安门，饱看过千万青年摇旗呐喊，高呼“打倒日本帝国主义”的，如今只镇定的在看着一队一队零落的中小学生的行列，拖着太阳旗，五色旗，红着眼，低着头，来“庆祝”保定陷落，南京陷落……后面有日本的机关枪队紧紧地监视跟随着。

日本的游历团一船一船一车一车的从神户横滨运来，挂着旗号的大汽车，在景山路东长安街横冲直撞的飞走。东兴楼，东来顺挂起日文的招牌，欢迎远客。

故宫北海颐和园看不见一个穿长褂和西服的中国人，只听见橐橐的军靴声，木屐声。穿长褂和西服的中国人都羞的藏起了，恨的溜走了。

街市忽然繁荣起来了，尤其是米市大街，王府井大街，店面上安起木门，挂上布帘，无线电机在广播着友邦的音乐。

我想起东京神户，想起大连沈阳，……北平也跟着大连沈阳死去了，一个女神王后般美丽尊严的城市，在蹂躏侮辱之下，恹然地死去了。

我恨了这美丽尊严的皮囊，躯壳！我走，我回顾这尊严美丽，瞠目瞪视的皮囊，没有一星留恋。在那高山丛林中，我仰首看到了一面飘扬的旗帜，我站在旗影下，我走，我要走到天之涯，地之角，抖拂身上的怨尘恨土，深深的呼吸一下兴奋新鲜的朝气；我再走，我要掮着这方旗帜，来招集一星星的尊严美丽的灵魂，杀入那美丽尊严的躯壳！

（本篇最初发表于香港《大公报》1940 年 2 月 28 日。）

再寄小读者(节选)

通　讯　二

小朋友：

今天让我们来谈“友谊”。

友谊是人我关系中最可宝贵的一段因缘——朋友虽列于五伦之末，而朋友的范围却包括得最广，你的君，臣，(现在可以说是领袖，上司)父，子，兄，弟，夫，妇，同时都可以是你的朋友。

朋友是不分国籍，不限年龄，不拘性别的；只要理想相同，兴趣相近，情感相洽，意气相投的人，都可以很坚固的联结在一起。世界上有多少崇高理想的实现，艰巨事业的创立，伟大艺术的产生，都是一班志同道合的朋友，共同努力，相互切磋的结果。这种例子，在中外古今的历史上，是到处可以找到的。

同时，不但相似相同的人格，容易成为朋友，而朋友往往还是你空虚的填满，缺憾的补足，心灵的加深——你自己率直豪爽，你更佩服你朋友的谦退深沉；你自己热情好动，你更欣赏你朋友的冲淡静默；你自己多愁善病，你更羡慕你朋友的健硕欢欣。各种不同的人格，如同琴瑟上不同的弦子，和谐合奏，就能发出天乐般悦耳的共鸣。

交友是一种艺术。

热情，活泼，而富于同情心的人，常常能吸引许多朋友，而磁石只吸引着钢铁，月亮只吸引着海潮。

你能择友，则你的朋友将加倍的宝贵你的友情。

不要只想你能从朋友那里得到什么，也要想你的朋友能从你这里得到什么。

肯耕种的才有收获，能贡献的才配接受。

友谊是宁神药，是兴奋剂。

使你堕落，消沉的，不是你的好朋友。同时也要警惕，你是否在使你的朋友奋兴，向上？

友谊是大海中的灯塔，沙漠里的绿洲。

当你的心帆飘流于“理”“欲”的三叉江口，波涛汹涌，礁石嶙峋，你要寻望你朋友的一点隐射的灵光，来照临，来指引。当你颠顿在人生枯燥炎热的旅途上，你的辛劳，你的担负，得不到一些酬报和支持的时候，你要奔憩在你朋友的亭亭绿阴之下，就饮于荡涤烦秽的甘泉。

古人有句说：“最难风雨故人来”，——不但气候上有风雨，心灵上也有风雨！

你的心灵曾否走失于空山荒野之中，风吹雨打，四顾茫茫，忽然有你的朋友，开启了“同情”的柴扉，延请你进入他“爱”的茅庐，卸去你劳苦的蓑衣，拭去你脸上的泪雨，而把你推坐在“友情”的温暖炉火之前。

同时你也常常开着同情的心门，生起友爱的炉火，在屋前瞭望。

友谊中只有快乐，只有慰安，只有奋兴，只有连结。

友谊中虽然也有痛苦，古人的诗文中，不少伤逝惜别之句，然而友谊是不死的，友谊是不因离别而断隔的。“海内存知己，天涯若比邻”，“得一知己，可以无恨”，这痛苦里是没有“寂寞”的，因为我们已经享有了那些朋友的友情！“寂寞”——心灵上的孤独，才是世界上最可怕的东西！

小朋友，在人生路上，我们虽然是孤身启程，而沿途却逐渐加入了许多同行的好伴，形成了一个整齐的队伍，并肩携手，载欣载奔，使我们克服了世路的险峻崎岖，忘却了长行的疲乏劳顿，我们要如何感谢人世间有这一种关系，这一段因缘？

愿你们永远是我的好朋友，假如我配，就请你们也让我做你们的好朋友。

冰　心

一九四二年十二月二十二日，重庆。

通　讯　四

亲爱的小朋友：

一位从军的小朋友，要我谈生命，这问题很费我思索。

我不敢说生命是什么，我只能说生命像什么。

生命像向东流的一江春水，它从最高处发源，冰雪是它的前身。它聚集起许多细流，合成一股有力的洪涛，向下奔注，它曲折的穿过了悬岩削壁，冲倒了层沙积土，挟卷着滚滚的沙石，快乐勇敢的流走，一路上它享乐着它所遭遇的一切——

有时候它遇到巉岩前阻，它愤激的奔腾了起来，怒吼着，回旋着，前波后浪的起伏催逼，直到它涌过了，冲倒了这危崖，它才心平气和的一泻千里。

有时候它经过了细细的平沙，斜阳芳草里，看见了夹岸红艳的桃花，它快乐而又羞怯，静静地流着，低低地吟唱着，轻轻的度过这一段浪漫的行程。

有时候它遇到暴风雨，这激电，这迅雷，使它心魂惊骇，疾风吹卷起它，大雨击打着它，它暂时浑浊了，扰乱了，而雨过天晴，只加给它许多新生的力量。

有时候它遇到了晚霞和新月，向它照耀，向它投影，清冷中带些幽幽的温暖：这时它只想憩息，只想睡眠，而那股前进的力量，仍催逼着它向前走……

终于有一天，它远远地望见了大海，呵！它已到了行程的终结，这大海，使它屏息，使它低头。她多么辽阔，多么伟大！多么光明，又多么黑暗！大海庄严的伸出臂儿来接引它。它一声不响的流入她的怀里。它消融了，归化了，说不上快乐，也没有悲哀！

也许有一天，它再从海上蓬蓬的雨点中升起，飞向西来，再形成一道江流，再冲倒两旁的石壁，再来寻夹岸的桃花。

然而我不敢说来生，也不敢信来生！

生命又像一棵小树，它从地底里聚集起许多生力，在冰雪下欠伸，在早春润湿的泥土中，勇敢快乐的破壳出来。它也许长在平原上，岩石中，城墙里，只要它抬头看见了天，呵，看见了天！它便伸出嫩叶来吸收空气，承受日光，在雨中吟唱，在风中跳舞。它也许受着大树的荫遮，也许受着大树的覆压，而它青春生长的力量，终使它穿枝拂叶的挣脱了出来，在烈日下挺立抬头！

它过着骄奢的春天，它也许开出满树的繁花，蜂蝶围绕着它飘翔喧闹，小鸟在它枝头欣赏唱歌，它会听见黄莺清吟，杜鹃啼血，也许还听见枭鸟的怪啼。

它长到最茂盛的中年，它伸展出它如盖的浓荫，来荫庇树下的幽花芳草，它结出累累的果实，来呈现大地无尽的甜美与芳馨。

秋风起了，将它的叶子，由浓绿吹到绯红，秋阳下它再有一番的庄严灿烂，不是开花的骄傲，也不是结果的快乐，而是成功后的宁静的怡悦！

青年冰心

冰心在威尔斯利女子大学的草坪上

终于有一天，冬天的朔风，把它的黄叶干枝，卷落吹抖，它无力的在空中旋舞，在根下呻吟。大地庄严的伸出手儿来接引它，它一声不响的落在她的怀里。它消融了，归化了，它说不上快乐，也没有悲哀！

也许有一天，它再从地下的果仁中，破裂了出来，又长成一棵小树，再穿过丛莽的严遮，再来听黄莺的歌唱。

然而我不敢说来生，也不敢信来生。

宇宙是一个大生命，我们是宇宙大气中之一息。江流入海，叶落归根，我们是大生命中之一叶，大生命中之一滴。

在宇宙的大生命中，我们是多么卑微，多么渺小，而一滴一叶，也有它自己的使命！

要知道：生命的象征是活动，是生长，一滴一叶的活动生长，合成了整个宇宙的进化运行。

要记住：不是每一道江流都能入海，不流动的便成了死湖；不是每一粒种子都能成树，不生长的便成了空壳！

生命中不是永远快乐，也不是永远痛苦，快乐和痛苦是相生相成的。等于水道要经过不同的两岸，树木要经过常变的四时。

在快乐中我们要感谢生命，在痛苦中我们也要感谢生命。快乐固然兴奋，苦痛又何尝不美丽？我曾读到一个警句，是："愿你生命中有够多的云翳，来造成一个美丽的黄昏"。——（May there be enough clouds in your life to make a beautiful sunset.）

世界，国家和个人生命中的云翳，没有比今天再多的了。

小朋友，我们愿不愿意有一个成功后快乐的回忆，就是这位诗人所谓之"美丽的黄昏"？

祝福你的朋友　冰　心

一九四四年十二月一日，雨夜，歌乐山。

从重庆到箱根

从羽田机场进入东京已经是夜里。呈现在街灯下的街道一片冷落，看不见人影，比起人声嘈杂、车辆拥挤的上海完全成了两样。

我想这才是真正的夜。白天决不是这样寂静。我到东京的第三天，友人带着去了箱根。从东京到横滨的途中，印象最深的是无边的瓦砾、衣衫褴褛的妇女、形容枯槁的人群。但是道路很平坦光洁。快到箱根，森林渐渐深起来，红叶映着夕阳，弯曲的道路，更增添了一层秀媚。在山路大转弯的地方，富士山头顶雪冠、裹着紫云、真有一种难以形容的美。

比起欧美的一流旅馆，箱根的旅馆也不算差。从窗口望去，到处溢满东洋风味。山岭、房檐、石塔、小桥等等，使人感到幽雅、舒适。

那一夜我怎么也不能入睡，各种各样的想法千头万绪，自己也说不清楚为什么有这样的感情。

第二天，天还没亮就起来，卷起窗帘，完全裹住了山峦的浓雾中隐约地露出青松的绿色。"啊！我的歌乐山！"突然间多么想这样叫一声——重庆的奇峰歌乐山是我的。

我必须在这里介绍那令人留恋的歌乐山。歌乐山比起箱根来要小得多，红叶也没有这样多。歌乐山被茂密的松林包裹着，一到春天，鲜红的杜鹃漫山盛开。

春夜里可以听到杜鹃那令人伤感的鸣叫，山上杜鹃花的红色据说就是杜鹃吐的血染的。

轰炸的日子，常常是晴空万里。

惊慌的尖叫的警报声中，带着食粮、饮水、蜡烛、毛毯、抱着孩子跑进阴冷的防空洞。

这里面，吓得发抖的妇人和孩子们，脸色变得发青。

我们没有声音，对着头上飞过的成群的飞机和轰轰的爆炸声、还有那猛烈摇动的狂风长长地叹息，然后好不容易爬上山顶，望着被滚滚白烟笼罩着的重庆、惦念着自己的亲人是否安全。

夜间轰炸一定是美丽的星月夜。在夜里我们不进入洞中。

让孩子们睡下之后，抱在膝上，等待在狭窄的洞口。

往下看萤火虫一样的光亮渐渐消失，很快街道被黑色完全包围，万籁俱静，只有远处传来的微弱的犬吠声。

嘉陵江犹如银白色的绢带。

淡淡的月光中看不见机影，只有爆炸声渐渐地传来，突然有几条探照灯光在天空中一扫而过。

"打中了！""打中了！"九架、六架、三架，白蛾一样的飞机摇晃着冲向重庆，紧接着是震撼大地的爆炸声，火光冲上了天空。

就这样流走了五年的日日夜夜。歌乐山的五年，是在"好天良夜"中度过的。

可怕的、令人诅咒的战争。

战争结束我们懂得了怨。而且我们虽然体验了激烈的战争，也懂得了同情和爱。因此，我在歌乐山最后的两年中，听到东京遭受轰炸的时候，感到有种说不出来的痛苦之情。我想象得出无数东京的年轻女性担心着丈夫和亲人，背着软弱的孩子在警报声中挤进防空壕那悲惨的样子。

看见了东京我想起了重庆，走在箱根感到是走在歌乐山。痛苦给了我们贵重的教训。最大的繁荣的安乐不能在侵略中得到，只有同情和互助的爱情才能有共存共荣。

今后永远再也不要使歌乐山和箱根成为疏散地，要让热爱山水的人们常常登上山顶享受美丽的风光，不能再从自然的美中挤进黑暗的防空壕。

（民国三十五年十月二十二日在东京）

（刘福春译）

（本篇最初发表于日本，原为日文。）

丢不掉的珍宝

文藻从外面笑嘻嘻的回来，胁下夹着一大厚册的《中国名画集》。是他刚从旧书铺里买的，花了六百日圆！

看他在灯下反复翻阅赏玩的样子，我没有出声，只坐在书斋的一角，静默的凝视着他。没有记性的可爱的读书人，他忘掉了他的伤心故事了！

我们两个人都喜欢买书，尤其是文藻。在他做学生时代，在美国，常常在一月之末，他的用费便因着恣意买书而枯竭了。他总是欢欢喜喜地以面包和冷水充饥，他觉得精神食粮比物质的食粮还要紧。在我们做朋友的时代，他赠送给我的，不是香花糖果或其他的珍品，乃是各种的善本书籍，文学的，哲学的，艺术的不朽的杰作。

我们结婚以后，小小的新房子里，客厅和书斋，真是"满壁琳琅"。墙上也都是相当名贵的字画。

十年以后，书籍越来越多了，自己买的，朋友送的，平均每月总有十本左右，杂志和各种学术刊物还不在内。我们客厅内，半圆雕花的红木桌上的新书，差不多每星期便换过一次。朋友和学生们来的时候，总是先跑到这半圆桌前面，站立翻阅。

同时，十年之中我们也旅行了不少地方，照了许多有艺术性的相片，买了许多古董名画，以及其他纪念品。我们在自己和朋友们赞叹赏玩之后，便珍重的将这些珍贵的东西，择起挂起或是收起。

民国二十六年六月二十九日，我们从欧洲，由西伯利亚铁路经过东三省，进了山海关，回到北平。到车站来迎接我们的家人朋友和学生，总有几十人，到家以后，他们争着替我们打开行李，抢着看我们远道带回的东西。

七月七日，芦沟桥上，燃起了战争之火……为着要争取正义与和平，我们决定要到抗战的大后方去。尽我们一分绵薄的力量，但因为我们的小女儿宗黎还未诞生，同时要维持燕京大学的开学，我们在北平又住了一学年。这一学年之中，我们无一日不作离开北平的准备：一切陈设家具，送人的送人，捐的捐了，卖的卖了，只剩下一些我们认为最宝贵的东西，不舍得让它与我们一同去流亡冒险的，我们就珍重的装起寄存在燕京大学课堂的楼上。那就是文藻从在清华做学起，几十年的日记；和我在美国三年的日记；我们两人整齐冗长六年的通信，我的母亲和朋友，以及许多不知名的“小读者”的来信，其中有许许多多，可以拿来当诗和散文读的，还有我的父亲年轻在海上时代，给母亲写的信和诗，母亲死后，由我保存的。此外还有作者签名送我的书籍，如泰戈尔《新月集》及其他；Virginia Wolfe 的 To The Light House 及其他；鲁迅，周作人，老舍，巴金，丁玲，雪林，淑华，茅盾……一起差不多在一百本以上，其次便是大大小小的相片，小孩子的相片，以及旅行的照片，再就是各种善本书，各种画集，笺谱，各种字画，以及许许多多有艺术价值的纪念品……收集起来，装了十五只大木箱。文藻十五年来所编的，几十布匣的笔记教材，还不在内！

收拾这些东西的时候，总是有许多男女学生帮忙，有人登记，有人包裹，有人装箱。……我们坐在地上忙碌地工作，累了就在地上休息吃茶谈话。我们都痛恨了战争！战争摧残了文化，毁灭了艺术作品，夺去了我们读书人研究写作的时间，这些损失是多少物质上的获得，都不能换取补偿的，何况侵略争夺，决不能有永久的获得！

在这些年轻人叹恨纵谈的时候，我每每因着疲倦而沉默着。

这时我总忆起宋朝金人内犯的时候，我们伟大的女诗人李易安，和她的丈夫赵明诚，仓皇避难，把他们历年收集的金石字画，都丢散失了。李易安在她的《金石录后序》中，描写他们初婚贫困的时候，怎样喜爱字画，又买不起字画！以后生活转好，怎样地慢慢收集字画，以及金石艺术品，为着这些宝物，他们盖起书楼，来保存，来布置；字里行间，横溢着他们同居的快乐与和平的幸福。最后是金人的侵略，丈夫的死亡，金石的散失，老境的穷困……充分的描写呈露了战争期中，文化人的末路！

我不敢自拟于李易安，但我的确有一个和李易安一样的，喜好收集的丈夫！我和李易安不同的，就是她对于她的遭遇，只有愁叹怨恨，我却从始至终就认为战争是暂时的，正义和真理是要最后得胜的。以文物惨痛的损失，来换取人类最高的理智的觉悟，还是一件值得的事！

话虽如此说，我总不能忘情于我留在北平的“珍宝”。今年七月，在我得到第一次飞回北平的机会，我就赶紧回到燕京大学去。在那里，我发现校景外观，一点没有改变，经过了半年的修缮，仍旧是富丽堂皇；树木比以前更葱郁了，湖水依旧涟漪！走到我的住宅院中，那一架香溢四邻的紫藤花，连架子都不在了，廊前的红月季与白玫瑰，也一株无存！走上阁楼，四壁是空的，文藻几十盒的笔记教材都不见了！

我心中忽然有说不出的空洞无着，默然的站了一会，就转身下来。

遇到了当年的工友，提起当年我们的房子，在日美宣战，燕大被封以后，就成了日本宪兵的驻在所，文藻的书室，就是拷问教授们的地方。那些笔记匣子，被日本兵运走了，不知去向。

两天以后，我才满怀着虚怯的心情，走上存放我们书箱的大楼顶阁上去——果然像我所想到的，那一间小屋是敞开的，捻开电灯一看，只是空洞的四壁！我的日记，我的书信，我的书籍，我的……一切都丧失了！

白发的工友，拿着钥匙站在门口，看见我无言的惨默，悄悄地走了过来，抱歉似的安慰我说："在珍珠港事变的第二天清早，日本兵就包围燕京大学，学生们都撵出去了，我们都被锁了起来。第二天我们也被撵了出去，一直到去年八月，我们回来的时候，发现各个楼里都空了，而且楼房拆改得不成样子。……您的东西……大概也和别人的一样，再也找不转来了。不过……我真高兴……这几年你倒还健康。"

我谢了他，眼泪忽然落了下来，转身便走下楼去。

迂缓的穿过翠绿的山坡，走到湖畔。远望岛亭畔的石船，我绕着湖走了两周，心里渐渐从荒凉寂寞，变成觉悟与欢喜。

从古至今，从东到西，不知道有多少人，占有过比我多上几百倍几千倍的珍宝。这些珍宝，毁灭的不必说了，未毁灭的，也不知已经换过几个主人！我的日记，我的书信，描写叙述当年当地的经过与心情的，当然可贵，但是，正如那老工友所说的，我还健在！我还能叙述，我还能描写，我还能传播我的哲学！

战争夺去了毁灭了我的一部分的珍宝，但它增加了我的最宝贵的，丢不掉的珍宝，那就是我对于人类的信心！

人类是进步的，高尚的，他会从无数的错误歪曲的小路上，慢慢的走回康庄平坦的大道上来。总会有一天，全世界的学校里又住满了健康活泼的学生，教授们的书室里，又垒着满满的书，他们攻读，他们研究，为全人类谋求福利。

人类也是善忘的，几年战争的惨痛，不能打消几十年的爱好。这次到了日本，我在各风景区旅行，对于照相和收集纪念品，都淡然不感兴趣，而我的书呆子的丈夫，却已经超过自己经济能力的，开始买他的书了！

一九四六年十二月四日于东京

归来以后

我回到祖国，回到我最熟识热爱的首都，我眼花缭乱了！几年不见，她已不再是“颜色憔悴、形容枯槁”，而是精神抖擞，容光焕发了。这些年来在我梦中涌现过多少次的胜地，尤其是“五四”纪念地的天安门，那黯旧的门楼，荒凉的广场，曾是万千天真纯洁的爱国青年，横遭反动统治阶级血腥迫害的处所，如今是金碧交辉，明光四射，成了中国和世界人民团结一致争取和平的象征，成了春秋节庆佳日，伟大的人民领袖检阅壮大的人民队伍的地方了。此外如雕阑玉砌的故宫，庄严矗立的天坛，玲珑高举的白塔……这些数百年来，万千劳动人民血汗的智慧的创造，终于回到了劳动人民的手里，在人民自己的政府的关怀和爱护之下，也都轮奂一新了！这些格外和谐的色彩，格外鲜明的情调，在北京秋日特有的晴天爽气之中，也格外显得光辉而静穆。成群的乳白的鸽子，在这水波涟漪，楼阁玲珑的上空，回绕飞翔，曳着嘹亮悠扬的哨声，不住地传播着和平的消息！

这一片新兴的朝气，不但笼罩着北京雄伟美丽的建筑，也笼罩着北京忽然加多的熙熙攘攘的劳动人民。他们在这新的美丽的城市里，辛勤地劳动着，快乐地游赏着，热情地学习着。

在这些熙熙攘攘的劳动人民中间，还夹杂着更加多的新中国的儿童。电车上，公园里，街头巷尾，花花簇簇，戴着红领巾的，背着书包的，还有在父母怀抱中的……一阵阵清朗活泼的笑声，叫出了新中国的希望。

到此就要引起我今后的创作问题了。

这又是一件旷古未有的盛事！我们全国的文艺工作者，在我们自己的政府的正确的领导和鼓舞之下，已在四年前动员起来，团结起来，组织起来了。我们不再走“闭户著书”、“孤芳自赏”的老路，千万个心灵，千万道目光，聚集到同一的方向。社会主义现实主义的创作原则，像一块大磁石，号召吸引着千万条文艺的钢针，向着它直指，跟着它转动。

我深深地感觉到，我过去的创作，范围是狭仄的，眼光是浅短的，也更没有面向着人民大众。原因是我的立场错了，观点错了，对象的选择也因而错了。但只要我不断努力地学习，我的文字工具还是可用的。我能以参加这次的全国文代大会，得到了学习的机遇，感到十分快乐，十分兴奋。我虽然细小，也还是紧紧挨着这块大磁石的一条钢针。在总的路线中，我选定了自己的工作，就是:愿为创作儿童文学而努力。我素来喜欢小孩子，喜欢描写快乐光明的事物，喜欢使用明朗清新的字句。在从前那种“四海皆秋气，一室春难暖”的环境中，我的创作的欲望，一天一天地萎缩淡薄下去，渐渐地至于消灭。如今在这万象更新的新中国的环境中，举目四望，有的是健康活泼的儿童，有的是快乐光明的新事物，有的是光辉灿烂的远景，我的材料和文思，应当是取之不尽，用之不竭的。我一定要好好学习社会主义现实主义的文艺理论，好好研读先进的文学作品，好好联系群众。在我的作品中，我要努力创造正面艺术形象，表现新型人物，让新中国的儿童看到祖国的新生的，前进的，蓬蓬勃勃的力量，鼓舞他们做一个有教养的，乐观的，英勇刚毅的社会主义社会的建设者。

我要永远和我们整齐的文艺队伍在一起，为祖国的社会主义现实主义文学的成长壮大而奋斗！

一九五三年九月

观舞记

——献给印度舞蹈家卡拉玛姐妹

我应当怎样地来形容印度卡拉玛姐妹的舞蹈?

假如我是个诗人,我就要写出一首长诗,来描绘她们的变幻多姿的旋舞。

假如我是个画家,我就要用各种的彩色,渲点出她们的清扬的眉宇,和绚丽的服装。

假如我是个作曲家,我就要用音符来传达出她们轻捷的舞步,和细响的铃声。

假如我是个雕刻家,我就要在玉石上模拟出她们的充满了活力的苗条灵动的身形。

然而我什么都不是!我只能用我自己贫乏的文字,来描写这惊人的舞蹈艺术。

如同一个婴儿,看到了朝阳下一朵耀眼的红莲,深林中一只旋舞的孔雀,他想叫出他心中的惊喜,但是除了咿哑之外,他找不到合适的语言!

但是,朋友,难道我就能忍住满心的欢喜和激动,不向你吐出我心中的“咿哑”?

我不敢冒充研究印度舞蹈的学者,来阐述印度舞蹈的历史和派别,来说明她们所表演的婆罗多舞是印度舞蹈的正宗。我也不敢像舞蹈家一般,内行地赞美她们的一举手一投足,是怎样的“出色当行”。

我只是一个欣赏者,但是我愿意努力地说出我心中所感受的飞动的“美”！

朋友，在一个难忘的夜晚——

帘幕慢慢地拉开，台中间小桌上供养着一尊湿婆天的舞像，两旁是燃着的两盏高脚铜灯，舞台上的气氛是静穆庄严的。

卡拉玛·拉克希曼出来了。真是光艳的一闪！她向观众深深地低头合掌，抬起头来，她亮出了她的秀丽的面庞，和那能说出万千种话的一对长眉，一双眼睛。

她端凝地站立着。

笛子吹起，小鼓敲起，歌声唱起，卡拉玛开始舞蹈了。

她用她的长眉，妙目，手指，腰肢；用她髻上的花朵，腰间的褶裙；用她细碎的舞步，繁响的铃声，轻云般慢移，旋风般疾转，舞蹈出诗句里的离合悲欢。

我们虽然不晓得故事的内容，但是我们的情感，却能随着她的动作，起了共鸣！我们看她忽而双眉颦蹙，表现出无限的哀愁，忽而笑颊粲然，表现出无边的喜乐；忽而侧身垂睫表现出低回宛转的娇羞；忽而张目嗔视，表现出叱咤风云的盛怒；忽而轻柔地点额抚臂，画眼描眉，表演着细腻妥帖的梳妆；忽而挺身屹立，按箭引弓，使人几乎听得见铮铮的弦响！像湿婆天一样，在舞蹈的狂欢中，她忘怀了观众，也忘怀了自己。她只顾使出浑身解数，用她灵活熟练的四肢五官，来讲说着印度古代的优美的诗歌故事！

一段一段的舞蹈表演过（小妹妹拉达，有时单独舞蹈，有时和姐姐配合，她是一只雏凤！形容尚小而工夫已深，将来的成就也是不可限量的），我们发现她们不但是表现神和人，就是草木禽兽：如莲花的花开瓣颤，小鹿的疾走惊跃，孔雀的高视阔步，都能形容尽致，尽态极妍！最精彩的是“蛇舞”，颈的轻摇，肩的微颤：一阵一阵的柔韧的蠕动，从右手的指尖，一直传到左手的指尖！我实在描写不出，只能借用白居易的两句诗："珠缨炫转星宿摇，花鬘斗薮龙蛇动"来包括了。

看了卡拉玛姐妹的舞蹈，使人深深地体会到印度的优美悠久的文化艺术：舞蹈、音乐、雕刻、图画……都如同一条条的大榕树上的树枝，枝枝下垂，入地生根。这许多树枝在大地里面，息息相通、吸收着大地母亲给予它的食粮的供养，而这大地就是有着悠久历史的印度的广大人民群众。

卡拉玛和拉达还只是这棵大榕树上的两条柔枝。虽然卡拉玛以她的二十二年华，已过了十七年的舞台生活；十二岁的拉达也已经有了四年的演出经验，但是我们知道印度的伟大的大地母亲，还会不断地给她们以滋润培养的。

最使人惆怅的是她们刚显示给中国人民以她们"游龙"般的舞姿，因着她们祖国广大人民的需求，她们又将在两三天内"惊鸿"般地飞了回去！

北京的早春，找不到像她们的南印故乡那样的丰满芬芳的花朵，我们只能学她们的伟大诗人泰戈尔的充满诗意的说法：让我们将我们一颗颗的赞叹感谢的心，像一朵朵的红花似地穿成花串，献给她们挂在胸前，带回到印度人民那里去，感谢他们的友谊和热情，感谢他们把拉克希曼姐妹暂时送来的盛意！

（本篇最初发表于《人民日报》1957年4月6日，后收入散文集《归来以后》。）

走进人民大会堂

走进人民大会堂，使你突然地敬虔肃穆了下来，好像一滴水投进了海洋，感到一滴水的细小，感到海洋的无边壮阔。

走进万人大礼堂，使你突然地开朗舒畅了起来，好像凝立在夏夜的星空之下，周围的空气里洋溢着田野的芬芳。

你静穆，你爽畅，你想开口，可是说不出话，你感到欢喜的热泉，在你血液里汹涌奔流，在你眼眶边盈盈欲坠！

你定了神，抬头望。你望见高高的圆穹上，饱满圆大的葵花蕊中，一颗伟大的红星，发射着条条灿烂的金光。

三重荡漾的波浪形的灯环内外，嵌满了璀璨的围拱的群星。

在这里，看不见一根"承天"的"八柱"。

从上下三层九千七百多个座位上，上望庄严阔大的主席台，群众和领导者之间，没有一丝视听上的间隔。

从主席台上向前看，这三层楼台连成一片，成了一望无际的浩荡的群众的海洋。

台上台下都围抱在无边无际的，万星熠熠的宇宙之中！

你走遍天下，你看见过这么伟大，这么崇高，这么瑰丽，这么充满了庄严的诗意的人民大会堂没有？

你没有想到你会用自己的肉眼，看到这么辉煌的奇迹吧？你的想象力太贫弱了，你经不起这童话般的强光的袭击，你以为是做梦。

你不是做梦，这是在共产党领导下，亿万群众以自己的聪明才智，在风里，雨里，冰里，雪里……把人人理想里的人民大会堂，用土，用石，用钢，用铜，用琉璃，用锦缎……以神眩目夺的速度，扎扎实实，坚坚固固地摆在我们面前的。

这是人民的力量和智慧的结晶！

人民的力量和智慧得到解放和发展，还不过十年。这种童话般的楼台，在眼前的北京，已不止十座八座。

试想十年以后，百年以后，人民的力量和智慧，更有无限量的发扬光大的时候，我们的祖国，该是怎样的一个美丽庄严的世界！

朋友，让我们把自己的一滴水，投进这浩荡无边的力量和智慧的海洋中去吧。

（本篇最初发表于《北京晚报》1959 年 9 月 25 日，后收入散文集《拾穗小札》，作家出版社 1964 年 3 月初版。）

樱花赞

樱花是日本的骄傲。到日本去的人,未到之前,首先要想起樱花;到了之后,首先要谈到樱花。你若是在夏秋之间到达的,日本朋友们会很惋惜地说:“你错过了樱花季节了!”你若是冬天到达的,他们会挽留你说:“多呆些日子,等看过樱花再走吧!”总而言之,樱花和“瑞雪灵峰”的富士山一样,成了日本的象征。

我看樱花,往少里说,也有几十次了。在东京的青山墓地看,上野公园看,千鸟渊看……;在京都看,奈良看……;雨里看,雾中看,月下看……日本到处都有樱花,有的是几百棵花树拥在一起,有的是一两棵花树在路旁水边悄然独立。春天在日本就是沉浸在弥漫的樱花气息里!

我的日本朋友告诉我,樱花一共有三百多种,最多的是山樱、吉野樱和八重樱。山樱和吉野樱不像桃花那样地白中透红,也不像梨花那样地白中透绿,它是莲灰色的。八重樱就丰满红润一些,近乎北京城里春天的海棠。此外还有浅黄色的郁金樱,花枝低垂的枝垂樱,“春分”时节最早开花的彼岸樱,花瓣多到三百余片的菊樱……掩映重叠、争妍斗艳。清代诗人黄遵宪的樱花歌中有:

…………

墨江泼绿水微波

万花掩映江之沱

冰心在慰冰湖畔

冰心（左）与林徽因于美国绮色佳（1925年夏）

倾城看花奈花何
人人同唱樱花歌
…………
花光照海影如潮
游侠聚作萃渊薮
…………
十日之游举国狂
岁岁欢虞朝复暮
…………

这首歌写尽了日本人春天看樱花的举国若狂的胜况。“十日之游”是短促的，连阴之后，春阳暴暖，樱花就漫山遍地的开了起来，一阵风雨，就又迅速地凋谢了，漫山遍地又是一片落英！日本的文人因此写出许多“人生短促”的凄凉感喟的诗歌，据说樱花的特点也在“早开早落”上面。

也许因为我是个中国人，对于樱花的联想，不是那么灰黯。虽然我在一九四七年的春天，在东京的青山墓地第一次看樱花的时候，墓地里尽是些阴郁的低头扫墓的人，间以喝多了酒引吭悲歌的醉客，当我穿过圆穹似的莲灰色的繁花覆盖的甬道的时候，也曾使我起了一阵低沉的感觉。

今年春天我到日本，正是樱花盛开的季节，我到处都看了樱花，在东京，大阪，京都，箱根，镰仓……但是四月十三日我在金泽萝香山上所看到的樱花，却是我所看过的最璀璨、最庄严的华光四射的樱花！

四月十二日，下着大雨，我们到离金泽市不远的内滩渔村去访问。路上偶然听说明天是金泽市出租汽车公司工人罢工的日子。金泽市有十二家出租汽车公司，有汽车二百五十辆，雇用着几百名的司机和工人。他们为了生活的压迫，要求增加工资，已经进行过五次罢工了,还没有达到目的,明天的罢工将是第六次。

那个下午,我们在大雨的海滩上和内滩农民的家里,听到了许多工农群众为反对美军侵占农田作打靶场,奋起斗争终于胜利的种种可泣可歌的事迹。晚上又参加了一个情况热烈的群众欢迎大会,大家都兴奋得睡不好觉,第二天早起,匆匆地整装出发,我根本就把今天汽车司机罢工的事情,忘在九霄云外了。

早晨八点四十分,我们从旅馆出来,十一辆汽车整整齐齐地摆在门口。我们分别上了车,徐徐地沿着山路,曲折而下。天气晴明,和煦的东风吹着,灿烂的阳光晃着我们的眼睛……

这时我才忽然想起,今天不是汽车司机们罢工的日子么?他们罢工的时间不是从早晨八时开始么?为着送我们上车,不是耽误了他们的罢工时刻么?我连忙向前面和司机同坐的日本朋友询问究竟。日本朋友回过头来微微地笑说:“为着要送中国作家代表团上车站,他们昨夜开个紧急会议,决定把罢工时间改为从早晨九点开始了!”我正激动着要说一两句道谢的话的时候,那位端详稳静、目光注视着前面的司机,稍稍地侧着头,谦和地说:“促进日中人民的友谊,也是斗争的一部分呵!”

我的心猛然地跳了一下,像点着的焰火一样,从心灵深处喷出了感激的漫天灿烂的火花……

清晨的山路上,没有别的车辆,只有我们这十一辆汽车,沙沙地飞驰。这时我忽然看到,山路的两旁,簇拥着雨后盛开的几百树几千树的樱花!这樱花,一堆堆,一层层,好像云海似地,在朝阳下绯红万顷,溢彩流光。当曲折的山路被这无边的花云遮盖了的时候,我们就像坐在十一只首尾相接的轻舟之中,凌驾着骀荡的东风,两舷溅起哗哗的花浪,迅捷地向着初升的太阳前进!

下了山,到了市中心,街上仍没有看到其他的行驶的车辆,只看到街旁许多的汽车行里,大门敞开着,门内排列着大小的汽车,门口插着大面的红旗,汽车工人们整齐地站在门边,微笑着目送我们这一行车辆走过。

到了车站，我们下了车，以满腔沸腾的热情紧紧地握着司机们的手，感谢他们对我们的帮助，并祝他们斗争的胜利。

热烈的惜别场面过去了，火车开了好久，窗前拂过的是连绵的雪山和奔流的春水，但是我的眼前仍旧辉映着这一片我所从未见过的奇丽的樱花！

我回过头来，问着同行的日本朋友："樱花不消说是美丽的，但是从日本人看来，到底樱花美在哪里？"他搔了搔头，笑着说："世界上没有不美的花朵……至于对某一种花的喜爱，却是由于各人心中的感触。日本文人从美而易落的樱花里，感到人生的短暂，武士们就联想到捐躯的壮烈。至于一般人民，他们喜欢樱花，就是因为它在凄厉的冬天之后，首先给人民带来了兴奋喜乐的春天的消息。在日本，樱花就是多！山上、水边、街旁、院里，到处都是。积雪还没有消融，冬服还没有去身，幽暗的房间里还是春寒料峭，只要远远地一丝东风吹来，天上露出了阳光，这樱花就漫山遍地的开起！不管是山樱也好，吉野樱也好，八重樱也好……向它旁边的日本三岛上的人民，报告了春天的振奋蓬勃的消息。"

这番话，给我讲明了两个道理。一个是：樱花开遍了蓬莱三岛，是日本人民自己的花，它永远给日本人民以春天的兴奋与鼓舞；一个是：看花人的心理活动，形成了对于某些花卉的特别喜爱。金泽的樱花，并不比别处的更加美丽。汽车司机的一句深切动人的、表达日本劳动人民对于中国人民的深厚友谊的话，使得我眼中的金泽的漫山遍地的樱花，幻成一片中日人民友谊的花的云海。让友谊的轻舟，激箭似地，向着灿烂的朝阳前进！

深夜回忆，暖意盈怀，欣然提笔作《樱花赞》。

一九六一年五月十八日夜。

国庆节前北京郊外之夜

这是一个宁静柔和的夜晚。我们在西郊动物园出租汽车站棚下的一条长凳上，坐着等车。

这夜是这样的宁静、这样的柔和。右边，动物园墙外的一行葱郁的柳树，笼罩在夜色之中，显得一片墨绿。隐约的灯光里，站着一长排的人，在等公共汽车。他们显然是游过园，或是看过电影，微风送过他们零星的笑语……

左边，高大的天文馆，也笼罩在夜色里，那乳白色的门墙，倒更加鲜明了。从那幽静的小径上，我们听到清脆的唧唧的虫声。

月亮从我们背后上来了。前面的广场上，登时洒上一层光影。天末的一线的西山，又从深灰色慢慢地转成淡紫……

这时出租汽车站的窗外，又来了几个人，听到他们说话的口音，我们回头一看，原来是三个外国学生。两个女的，皮肤白些，那一个男的，皮肤是黑的。他们没有坐下，只倚在窗外，用法语交谈，我猜想他们是喀麦隆和阿尔及利亚的青年。

忽然远处西边的树梢上，哗哗地喷出一阵华光，一朵朵红的、绿的，中间还不断爆发着灿白的火星。"放花了！"我们高兴地叫了起来，接着是一阵又一阵，映得天际通明……

那一个包着花头巾的女学生走了过来，用很熟练的中国话问："今天是一个节日吗？"我说："今天不是节日，我想他们是在试放国庆日晚上的焰火。"她点了点头，笑着就走回他们群里去。

我看见那一个穿深色衣裳的女学生，独自走到月光中，抬头看着焰火，又低下头，凝立在那里，半天不动。月影里看到她独立的身形，我自己年轻时候在异国寄居的许多往事，忽然涌上心头。她在想什么？在想她的受着帝国主义者践踏的国土？在想她的正在为自己的自由幸福而奋斗着的亲人？她看到我们这一阵阵欢乐的火花，她心里是什么滋味？……我的同情和激感，像一股奔涌的泉水，一直流向这几个在我们"家"里作客的青年……

两道很亮的车灯，从西边大道上向我们直驶而来，在广场上停住了。调度员从屋里出来，走到车边，向着我们微微地笑了一笑，却招呼那三个外国青年说："车来了，你们走吧。"他们连忙指着我们说："他们是先来的。"我们也连忙说："我们不忙，你们先请吧！"他们笑着道了谢，上了车，我们目送着这辆飞驰的小车，把他们载到天际发光的方向。

火花仍在一阵一阵地升起，调度员和我们都站着凝望，大家都没有说一句话。渐渐地焰火下去了，月亮已经升得很高，广场周围的深草里，又听到唧唧的虫声。国庆节前北京郊外之夜，就是这样地柔和，这样地宁静，而我的心中，却有着起伏的波涛一般的感动……

（本篇最初发表于《北京晚报》1961 年 9 月 29 日，后收入散文集《拾穗小札》。）

只拣儿童多处行

从香山归来,路过颐和园,看见颐和园门口,就像散戏似的,成千盈百的孩子,闹嚷嚷地从门内挤了出来。这几扇大红门,就像一只大魔术匣子,盖子敞开着,飞涌出一群接着一群的关不住的小天使。

这情景实在有趣!我想起两句诗:“儿童不解春何在,只拣游人多处行”,反过来也可以说,“游人不解春何在,只拣儿童多处行”。我们笑着下了车,迎着儿童的涌流,挤进颐和园去。

我们本想在知春亭畔喝茶,哪知道知春亭畔已是座无隙地!女孩子、男孩子,戴着红领巾的,把外衣脱下搭在肩上拿在手里的,东一堆,西一簇,唧唧呱呱地,也不知说些什么,笑些什么,个个鼻尖上闪着汗珠,小小的身躯上喷发着太阳的香气息。也有些孩子,大概是跑累了,背倚着树根坐在小山坡上,聚精会神地看小人书。湖面无数坐满儿童的小船,在波浪上荡漾,一面一面鲜红的队旗,在骀荡的东风里哗哗地响着。

我们站了一会,沿着湖边的白石栏杆向玉澜堂走,在转折的地方,总和一群一群的孩子撞个满怀,他们匆匆地说了声“对不起”,又匆匆地往前跑,知春亭和园门口大概是他们集合的地方,太阳已经偏西,是他们归去的时候了。

走进玉澜堂的院落里,眼睛突然地一亮,那几棵大海棠树,开满了密密层层的淡红的花,这繁花开得从树枝开到树梢,不留一点空隙,阳光下就像几座喷花的飞泉……

春光，就会这样地饱满，这样地烂漫，这样地泼辣，这样地华侈，它把一冬天蕴藏的精神、力量，都尽情地挥霍出来了！

我们在花下大声赞叹，引起一群刚要出门的孩子，又围聚过来了，他们抬头看看花，又看看我们。我拉住一个额前披着短发的男孩子，笑问："你说这海棠花好看不好看？"他忸怩地笑着说："好看。"我又笑问："怎么好法？"当他说不出来低头玩着纽扣的时候，一个在他后面的女孩子笑着说："就是开得旺嘛！"于是他们就像过了一关似的，笑着推着跑出门外去了。

对，就是开得旺！只要管理得好，给它适时地浇水施肥，花也和儿童一样，在春天的感召下，欢畅活泼地，以旺盛的生命力，舒展出新鲜美丽的四肢，使出浑身解数，这时候，自己感到快乐，别人看着也快乐。

朋友，春天在哪里？当你春游的时候，记住"只拣儿童多处行"，是永远不会找不到春天的！

（本篇最初发表于《北京晚报》1962年5月6日，后收入散文集《拾穗小札》。）

一只木屐

淡金色的夕阳，像这条轮船一样，懒洋洋地停在这一块长方形的海水上。两边码头上仓库的灰色大门，已经紧紧地关起了。一下午的嘈杂的人声，已经寂静了下来，只有乍起的晚风，在吹卷着码头上零乱的草绳和尘土。

我默默地倚伏在船栏上，周围是一片的空虚——沉重，时间一分一分地过去，苍茫的夜色，笼盖了下来。

猛抬头，我看见在离船不远的水面上，飘着一只木屐，它已被海水泡成黑褐色的了。它在摇动的波浪上，摇着、摇着，慢慢地往外移，仿佛要努力地摇到外面大海上去似的！

啊！我苦难中的朋友！你怎么知道我要悄悄地离开？你又怎么知道我心里丢不下那些把你穿在脚下的朋友？你从岸上跳进海中，万里迢迢地在船边护送着我？

过去几年的、在东京的苦闷不眠的夜晚——相伴我的只有瓦檐上的雨声，纸窗外的月色，更多的是空虚——沉重的、黑魆魆的长夜；而每一个不眠的夜晚，我都听到戛达戛达的木屐声音，一阵一阵的从我楼前走过。这声音，踏在石子路上，清空而又坚实；它不像我从前听过的、引人憎恨的、北京东单操场上日本军官的军靴声，也不像北京饭店的大厅上日本官员、绅士的皮鞋声。这是日本劳动人民的、风里雨里寸步不离的、清空而又坚实的木屐的声音……

我把双手交叉起，枕在脑后，随着一阵一阵的屐声，在想象中从穿着木屐的双脚，慢慢地向上看，我看到悲哀憔悴的穿着外褂、套着白罩衣的老人、老妇的脸；我看到痛苦愤怒的穿着工裤、披着蓑衣的工人、农民的脸；我看到忧郁徬徨的戴着四角帽、穿着短裙的青年、少女的脸……这些脸，都是我白天在街头巷尾不断看到的，这时都汇合了起来，从我楼前戛达戛达地走过。

“苦难中的朋友！在这黑魆魆的长夜，希望在哪里？你们这样戛达戛达地往哪里走呢？”在失眠的辗转反侧之中，我总是这样痛苦地想。

但是鲁迅的几句话，也常常闪光似地刺进我黑暗的心头，“我想：希望是本无所谓有，无所谓无的。这正如地上的路；其实地上本没有路，走的人多了，也便成了路。”

就这样，这清空而又坚实的木屐声音，一夜又一夜地从我的乱石嶙峋的思路上踏过；一声一声、一步一步地替我踏出了一条坚实平坦的大道，把我从黑夜送到黎明！

事情过去十多年了，但是我还常常想起那日那时日本横滨码头旁边水上的那只木屐。对于我，它象征着日本劳动人民，也使我回忆起那几年居留日本的一段生活，引起我许多复杂的情感。

从那日那时离开日本后，我又去过两次。这时候，日本人民不但是我的苦难中的朋友，也是我的斗争中的朋友了，我心中的苦乐和十几年前已大不相同。但是，当同去的人们，珍重地带回了些与富士山或樱花有关的纪念品的时候，我却收集一些小小的、引人眷恋的玩具木屐……

一九六二年六月八日，北京。

海　　恋

许多朋友听说我曾到大连去歇夏，湛江去过冬，日本和阿联去开会，都写信来说："你又到了你所热爱的大海旁边了，看到了童年耳鬓厮磨的游伴，不定又写了多少东西呢……"朋友们的期望，一部分是实现了，但是大部分没有实现。我似乎觉得，不论是日本海，地中海……甚至于大连湾，广州湾，都不像我童年的那片"海"，正如我一生中最好的朋友，不一定是我童年耳鬓厮磨的游伴一样。我的童年的游伴，在许多方面都不如我长大以后所结交的朋友，但是我对童年的游伴，却是异样地熟识，异样地亲昵。她们的姓名、声音、笑貌、甚至于鬓边的一绺短发，眉边的一颗红痣，几十年过去了，还是历历在目！越来越健忘的我，常常因为和面熟的人寒暄招呼了半天还记不起姓名，而暗暗地感到惭愧。因此，对于涌到我眼前的一幅一幅童年时代的、镜子般清澈明朗的图画，总是感到惊异，同时也感到深刻的喜悦和怅惘杂糅的情绪——这情绪，像一根温柔的针刺，刺透了我的纤弱嫩软的心！

谈到海——自从我离开童年的海边以后，这几十年之中，我不知道亲近过多少雄伟奇丽的海边，观赏过多少璀璨明媚的海景。如果我的脑子里有一座记忆之宫的话，那么这座殿宇的墙壁上，不知道挂有多少幅大大小小意态不同、神韵不同的海景的图画。但是，最朴素、最阔大、最惊心动魄的，是正殿北墙上的那一幅大画！这幅大画上，右边是一座屏幛似的连绵不断的南山，左边是一带围抱过来的丘陵,土坡上是一层一层的麦地,前面是平坦无际的淡黄的沙滩。在沙滩与我之间,有一簇依山上下高低不齐的农舍,亲热地偎倚成一个小小的村落。在广阔的沙滩前面,就是那片大海!这大海横亘南北,布满东方的天边,天边有几笔淡墨画成的海岛,那就是芝罘岛,岛上有一座灯塔。画上的构图,如此而已。

但是这幅海的图画,是在我童年,脑子还是一张纯素的白纸的时候,清澈而敏强的记忆力,给我日日夜夜、一笔一笔用铜钩铁划画了上去的,深刻到永不磨灭。

我的这片海,是在祖国的北方,附近没有秀丽的山林,高悬的泉瀑。冬来秋去,大地上一片枯黄,海水也是灰蓝灰蓝的,显得十分萧瑟。春天来了,青草给高大的南山披上新装,远远的村舍顶上,偶然露出一两树桃花。海水映到春天的光明,慢慢地也荡漾出翠绿的波浪……

这是我童年活动的舞台上,从不更换的布景。我是这个阔大舞台上的"独脚",有时在徘徊独白,有时在抱膝沉思。我张着惊奇探讨的眼睛,注视着一切。在清晨,我看见金盆似的朝日,从深黑色、浅灰色、鱼肚白色的云层里,忽然涌了上来;这时,太空轰鸣,浓金泼满了海面,染透了诸天。渐渐地,声音平静下去了,天边漾出一缕淡淡的白烟,看见桅顶了,看见船身了,又是哪里的海客,来拜访我们北山下小小的城市了。在黄昏,我看见银盘似的月亮,颤巍巍地捧出了水平,海面变成一道道一层层的,由浓墨而银灰,渐渐地漾成闪烁光明的一片。淡墨色的渔帆,一翅连着一翅,慢慢地移了过去,船尾上闪着橘红色的灯光。我知道在这淡淡的白烟里,橘红色的灯光中,都有许多人——从大人的嘴里,从书本、像《一千零一夜》里出来的、我所熟识的人,他们在忙碌地做工,喧笑着谈话。我看不见他们,但是我在幻想里一刻不停地替他们做工,替他们说话:他们嚓嚓地用椰子壳洗着甲板，哗哗地撒着沉重的渔网；他们把很大的“顶针”套在手掌上，用力地缝一块很厚的帆布，他们把粗壮的手指放在嘴里吮着，然后举到头边，来测定海风的方向。他们的谈话又紧张又热闹，他们谈着天后宫前的社戏，玉皇顶上的梨花，他们谈着几天前的暴风雨……这时我的心就狂跳起来了，我的嘴里模拟着悍勇的呼号，两手紧握得出了热汗，身子紧张得从沙滩上站了起来……

我回忆中的景色：风晨，月夕，雪地，星空，像万花筒一般，瞬息千变；和这些景色相配合的我的幻想活动，也像一出出不同的戏剧，日夜不停地在上演着。但是每一出戏都是在同一的，以高山大海为背景的舞台上演出的。这个舞台，绝顶静寂，无边辽阔，我既是演员，又是剧作者。我虽然单身独自，我却感到无限的欢畅与自由。

这些往事，再说下去，是永远说不完的，而且我所要说的并不是这些。我是说，每一个人都有他自己的童年往事，快乐也好，辛酸也好，对于他都是心动神移的最深刻的记忆。我恰巧是从小亲近了海，爱恋了海，而别的人就亲近爱恋了别的景物，他们说起来写起来也不免会“一往情深”的。其实，具体来说，爱海也罢，爱别的东西也罢，都爱的是我们自己的土地，我们自己的人民！就说爱海，我们爱的决不是任何一片四望无边的海。每一处海边，都有她自己的沙滩，自己的岩石，自己的树木，自己的村庄，来构成她自己独特的、使人爱恋的“性格”。她的沙滩和岩石，确定了地理的范围，她的树木和村庄，标志着人民的劳动。她的性格里面，有和我们血肉相连的历史文化、习惯风俗。她是属于我们的，我们是属于她的，她孕育了我们，培养了我们；我们依恋她，保卫她，我们愿她幸福繁荣，我们决不忍受人家对她的欺凌侵略。就是这种强烈沉挚的感情，鼓舞了我们写出多少美丽雄壮的诗文，做出多少空前伟大的事业，这些例子，古今中外，还用得着列举吗？

还有，我爱了童年的“海”，是否就不爱大连湾和广州湾了呢？决不是的。我长大了，海也扩大了，她们也还是我们自己的海！至于日本海和地中海——当我见到参加反对美军基地运动的日本内滩的儿童、参加反抗英法侵略战争的阿联塞得港的儿童的时候，我拉着他们温热的小手，望着他们背后蔚蓝的大海，童年的海恋，怒潮似地涌上心头。多么可爱的日本和阿联的儿童，多么可爱的日本海和地中海呵！

一九六二年九月十八夜，北京。

腊八粥

从我能记事的日子起，我就记得每年农历十二月初八，母亲给我们煮腊八粥。

这腊八粥是用糯米、红糖和十八种干果掺在一起煮成的。干果里大的有红枣、桂圆、核桃、白果、杏仁、栗子、花生、葡萄干等等，小的有各种豆子和芝麻之类，吃起来十分香甜可口。母亲每年都是煮一大锅，不但合家大小都吃到了，有多的还分送给邻居和亲友。

母亲说：这腊八粥本来是佛教寺煮来供佛的——十八种干果象征着十八罗汉，后来这风俗便在民间通行，因为借此机会，清理橱柜，把这些剩余杂果，煮给孩子吃，也是节约的好办法。最后，她叹一口气说："我的母亲是腊八这一天逝世的，那时我只有十四岁。我伏在她身上痛哭之后，赶忙到厨房去给父亲和哥哥做早饭，还看见灶上摆着一小锅她昨天煮好的腊八粥，现在我每年还煮这腊八粥，不是为了供佛，而是为了纪念我的母亲。"

我的母亲是一九三〇年一月七日逝世的，正巧那天也是农历腊八！那时我已有了自己的家，为了纪念我的母亲，我也每年在这一天煮腊八粥。虽然我凑不上十八种干果，但是孩子们也还是爱吃的。抗战后南北迁徙，有时还在国外，尤其是最近的十年，我们几乎连个"家"都没有，也就把"腊八"这个日子淡忘了。

今年"腊八"这一天早晨，我偶然看见我的第三代几个孩子，围在桌旁边，在洗红枣，剥花生，看见我来了，都抬起头来说："姥姥,以后我们每年还煮腊八粥吃吧！妈妈说这腊八粥可好吃啦。您从前是每年都煮的。”我笑了,心想这些孩子们真馋。我说:“那是你妈妈们小时候的事情了。在抗战的时候,难得吃到一点甜食,吃腊八粥就成了大典。现在为什么还找这个麻烦?”

他们彼此对看了一下,低下头去,一个孩子轻轻地说:“妈妈和姨妈说,您母亲为了纪念她的母亲,就每年煮腊八粥,您为了纪念您的母亲,也每年煮腊八粥。现在我们为了纪念我们敬爱的周总理,周爷爷,我们也要每年煮腊八粥！这些红枣、花生、栗子和我们能凑来的各种豆子,不是代表十八罗汉,而是象征着我们这一代准备走上各条战线的中国少年,大家紧紧地、融洽地、甜甜蜜蜜地团结在一起……”他一面从口袋里掏出一小张叠得很平整的小日历纸,在一九七六年一月八日的下面,印着“农历乙卯年十二月八日”字样。他把这张小纸送到我眼前说:“您看,这是妈妈保留下来的。周爷爷的忌辰,就是腊八!”

我没有说什么,只泫然地低下头去,和他们一同剥起花生来。

一九七九年二月三日凌晨

回忆“五四”

一九一九年，我是北京协和女子大学的一年生。

在“五四”的头几天，我已经告假住在东交民巷德国医院，陪着我的二弟为杰——他得了猩红热后，耳部动了手术。“五四”那一天的下午，我家的女工来给我送换洗的衣服，告诉我说街上有好几百个学生，打着白旗游行，嘴里喊着口号，路旁看的人挤得水泄不通。黄昏时候又有一个亲戚来了，兴奋地告诉我说北京的大学生们为了阻止北洋军阀政府签订出卖青岛的条约，聚集起游行的队伍，在街上高呼口号散发传单，最后涌到卖国贼章宗祥的住处，火烧了赵家楼，有许多学生被捕了。我听了又是兴奋又是愤慨，他走了之后，我的心还在激昂地跳。那天窗外刮着大风，槐花的浓香熏得我头痛！

第二天我就同二弟从医院回家去了，到学校销了假。学生自治会里完全变了样，人人站在院里激昂地面红耳赤地谈话，大家都投入了紧张的工作。我被选做了文书。我们学生会是北京女学界联合会之一员。出席北京女学界联合会和北京学生联合会的，多是些高班的同学，我们只参加文字宣传，鼓动罢课、罢市和对市民宣传。协和女子大学是个教会学校，向来对于当前政治潮流是阻隔着一道厚厚的堤防的。学校对于学生的教育是：“专心听道”，“安心读书”，其余一概不闻不问。但是这次空前的声势浩大的爱国运动的力量，终于把这道堤防冲破了。对于素来不可侵犯的道貌岸然的美籍校长教员们，我们也理直气壮地

新婚夫妇（1929 年）

新婚后的冰心夫妇，到上海拜见冰心的双亲时合影

和他们斗争了。

我们坚持罢课游行，罢课宣传。为了抵制日货，我们还旷课制造些日用品，绣些手绢等出卖，受到美籍校长和某些美国、中国的教员们的反对和讥讽。但是帝国主义者之间是有矛盾的，美帝国主义者对于中国学生反对日本帝国主义，还没有拿出最狞恶的面目来阻挡，于是一向修道院似的校院，也成了女学界联合会代表们开会的场所了。同时学生们个个兴奋紧张，一听到有什么紧急消息，就纷纷丢下书本涌出课堂，谁也阻挡不住！我们三五成群地挥舞着旗帜，在街头宣传，沿门沿户地进入商店，对着怀疑而又热情的脸，讲着人民必须一致起来，反对日本帝国主义的侵略压迫，反对军阀政府的卖国行为的大道理。我们也三三两两抱着大扑满，在大风扬尘之中，荒漠黯旧的天安门前，拦住过往的洋车，请求大家捐助几个铜子，帮助我们援救慰问那些被捕的爱国学生。我们大队大队地去参加北京法庭对于被捕学生的审问。我们开始用白话文写着各种形式的反帝反封建的文章，在各种报刊上发表。

“五四”运动的前后，新思潮空前高涨，新出的报刊杂志，像雨后春笋一样，目不暇给。我们都贪婪地争着买，争着借，彼此传阅。其中我最喜欢的是《新青年》里鲁迅先生写的小说，像《狂人日记》等篇，尖刻地抨击吃人的礼教，揭露着旧社会的黑暗与悲惨，读了使人同情而震动。

“五四”以后，在这伟大的运动里醒起的青年们，有许许多多看清了必须革反动政权的命，必须走俄国人的道路，才能救国。他们勇敢地投身到火热的革命斗争中去，走了百折不挠的艰苦的道路，终于和工农兵在一起把祖国拯救了出来。他们有的光荣地为革命而牺牲了，有的现在在新兴的祖国的各个岗位上，勤勤恳恳地为人民服务。另一部分青年，包括我自己，就像一泻千里的洪流中的靠近两岸的一小股，它冲不过河岸的阻力，只挨着岸边和竹头木屑一起慢慢地挪动着……

毛主席说得好:“知识分子如果不和工农民众相结合,则将一事无成。”在“五四”运动时期,我还根本不知道“五四”运动是受着十月革命的影响,是受着有共产主义思想的人们像李大钊同志等人的领导。我的资产阶级家庭出身和所受的美帝国主义奴化教育,以及我自己软弱的本质,都使“五四”对我的影响,仅仅限于文学方面——以新的文学形式来代替旧的形式这一点。“五四”过后,我更是“闭关自守”,从简单幼稚的回忆中去找我的创作的源泉。我的脱离群众的生活,使我走了几十年的弯路,作了一个空头的文学家。但是现在我并不难过,只要一息尚存,而且和工农兵在一起的时候,我还总会感到激动与兴奋。我想,在党领导下,我还可以努力同工农兵相结合,学习他们,改造自己,使我能尽我一切的力量,在我自己的岗位上为人民服务。

一九五八年四月十八日

等　待

我拿起话筒,问:“×楼吗?请你找××来听电话——我是她母亲。”

听到最后一句话,对方不再犹疑了。这位从未识面的同志,意味深长地带着笑声说:“她走了。她留话说,她还是和往日那样,回家去吃晚饭,她还会给您带‘好菜’来呢!”

我问:“她是一个人去的吗?”

“不,她和她姐姐,还有她们的孩子,都去了,还带了照相机。”

我放下话筒,怔怔地站着,我不知道该怎么想。我不放心……我又放心,说到底,我放心!

昨天晚上,我们最好的朋友老赵来了,说:他的一个在劳动人民文化宫工作的亲戚,得到上头的密令,叫他们准备几十根大木棍,随时听命出动……他问我的女儿:“你们还是天天去吧?”我的女儿们点了点头。他紧紧地握了握她们的手说:“你们小心点!”就匆匆地走了。

我们都坐了下来,没有说话。我的小女儿走过来坐在我的旁边,扶着我的肩膀说:“娘,您放心,他们不敢怎么样,就是敢怎么样,我们那么多的人,还怕吗?”她又笑着摇着我的手臂说:“我知道,您也不怕,您还爱听我们的报告呢。”

我心里翻腾得厉害。没有等到我说什么,她们和她们的孩子已经纷纷地拿起挎包和书包,说:“爷爷,姥姥,再见了,明天晚上我们还给您带些‘好菜’来!”

老伴走过来问:“她们又走了?”我点点头。他坐了下去,说:“我们就等着吧。”

我最怕等待的时光!这时光多么难熬呵!

我说:“咱们也出去走走。”老伴看着我,一声不响地站了起来。

我们信步走出了院门,穿过村子的小路,一直向南,到了高粱河边站住了。老伴说:“过河吧,到紫竹院公园坐坐去!”我挽起他的左臂,在狭仄的小桥上慢慢地走着。

我忽然地抬头看他,他也正看着我,我们都微笑了,似乎都感觉到多少年来我们没有这样地挽臂徐行了!四十七年前,在黄昏的未名湖畔我们曾这样地散步过,但那时我们想的只是我们自己最近的将来;而今天,我们想的却是我们的孩子和孩子的孩子的遥远的将来了!

进了公园,看不到几个游人!春冰已泮,而丛树枝头,除了几棵松柏之外,还看不到一丝绿意!一阵寒冷寂寞之感骤然袭来,我们在水边站了一会,就在长椅上坐下了。谁也没有开口,但是我知道他也和我一样,一颗心已经飞到天安门广场上去了!那里不但有我们的孩子,还有许许多多天下人的孩子,就是这些孩子,给我们画出了一幅幅壮丽庄严的场面,唱出了一首首高亢入云的战歌……

这时忽然听到了沉重的铁锤敲在木头上的声音,我吃惊地抬头看时,原来是几个工人,正在水边修理着一排放着的翻过来的游船的底板。春天在望了,游船又将下水了,我安慰地长长地嘘了一口气。

老伴站起来说:“天晚了,我们从前门出去吧,也许可以看见她们回来。”我又挽起他的左臂，慢慢地走到公园门口。

浩浩荡荡的自行车队，正如飞地从广阔的马路上走过，眼花缭乱之中，一个清脆的童音回头向着我们叫：“爷爷，姥姥，回家去吧，我们又给您带了‘好菜’来了！”

“万字墨石”之时，“动地歌吟”之后，必然是一声震天撼地的惊雷。

这“好菜”我们等到了！

一九七九年七月十二日大雨之晨

我和玫瑰花

我和玫瑰花接触，是从青年时代开始的。

记得在童年时代，在烟台父亲的花园里，只看到有江西腊梅、秋海棠和菊花等等。在福州祖父的花园里，看到的尽是莲花和兰花。兰花有一种清香，但很娇贵，剪花时要用竹剪子。还很怕蚂蚁，花盆架子的四条腿子，还得垫上四只水杯，阻止蚂蚁爬上去。用的肥料，是浸过黑豆的臭水。

差不多与此同时，我就开始看《红楼梦》，看到小厮兴儿对尤三姐形容探春，形容得很传神的句子，他说："三姑娘的混名儿叫'玫瑰花儿'，又红又香，无人不爱，只是有刺扎手……"我就对这种既浓艳又有风骨的花，十分向往，但我那时还没有具体领略到她的色香，和那尖锐的刺。

直到一九一八年的秋季，我进了大学，那时协和女大的校址，是在北京灯市口佟府夹道（后改同福夹道），这本是清朝佟王的府邸，女大的大礼堂就是这王府的大厅堂三间打通改成的。厅前的台阶很高，走廊也很长，廊前台阶两旁就种着一行猩红的玫瑰。这玫瑰真是"又红又香，无人不爱"，而且花朵也大到像一只碟子！我们同学们都爱摘下一朵含苞的花蕊，插在髻上。当然我们在攀摘时也很小心花枝上的尖刺。记得我还写了一首诗，叫做《玫瑰的荫下》，因为那一行玫瑰的确又高又大，枝叶浓密，我们总喜欢坐在花下草地上，在香气氤氲中读书。

等到我出国后，在美国或欧洲，到处都可以看到品种繁多的玫瑰，而且玫瑰的声价，也可与我们的梅、兰、竹、菊相比！玫瑰园之多，到处都是，在印度的泰姬陵，我就惊喜地参观了陵畔五色缤纷、香气四溢的玫瑰园。

一九二九年以后，我自己有了家，便在我家廊前，种了两行德国种的白玫瑰，花也开得很大，而且不断地开花，从阴历的三月三，一直开到九月九，使得我家的花瓶里，繁花不断。我不但自己享受，也把它送给朋友，或是在校医院里养病的学生。

抗战军兴，我离开了北京。从此东迁西移，没有一定的住址，也更没有栽花的心绪。一九四一——一九四五年之间，我在重庆歌乐山下，倒是买了一幢土房，没有围墙，四周有点空地。但那时蔬菜紧张，我只在山坡上种些瓜菜之类，我记得有一年夏天，我们光吃南瓜下饭，就吃了三个月！

解放后回国来，有了自己的宿舍了，但是我们住的单元，是在楼上，没有土地，而我的幸运也因之而来！在我们楼下，有两家年轻人，都是业余的玫瑰花爱好者，花圃里栽满了各种各色的玫瑰。这几位年轻人，知道我也喜欢，就在他们清晨整理花圃的时候，给我送上来一把一把的鲜艳的带着朝露的玫瑰——他们几乎是轮流地给我送花，我在医院时也不例外，从春天开的第一朵直到秋后开的末一朵——每天早起，我还在梳洗的时候，只要听到轻轻的叩门声，我的喜悦就像泉水似地涌溢了出来……

一九八一年十一月五日

生命从八十岁开始[①]

亲爱的小朋友：

我每天在病榻上躺着，面对一幅极好看的画。这是一个满面笑容，穿着红兜肚，背上扛着一对大红桃的孩子，旁边写着"敬祝冰心同志八十大寿"，底下落款是"一九八〇年十月《儿童文学》敬祝"。

每天早晨醒来，在灿烂的阳光下看着它，使我快乐，使我鼓舞，但是"八十"这两个字，总不能使我相信我竟然已经八十岁了！

我病后有许多老朋友来信，又是安慰又是责难，说："你以后千万不能再不服老了！"所以，我在复一位朋友的信里说："孔子说他常觉得'不知老之将至'，我是'无知'到了不知老之已至的地步！"

这无知要感谢我的千千万万的小读者！自从我二十三岁起写《寄小读者》以来，断断续续地写了将近六十年。正是许多小读者们读《寄小读者》后的来信，这热情的回响，使我永远觉得年轻！

我在病中不但得到《中国少年报》编辑部的赠花，并给我拍了照，也得到许多慰问的信，因为这些信的祝福都使我相信我会很快康复起来。我的病是在得了"脑血栓"之后，又把右胯骨摔

① 本文是冰心《三寄小读者》一书的序言。

折。因此行动、写字都很困难。写这几百字几乎用了半个小时，但我希望在一九八一年我完全康复之后，再努力给小朋友们写些东西。西谚云“生命从四十岁开始”。我想从一九八一年起，病好后再好好练习写字，练习走路。“生命从八十岁开始”，努力和小朋友们一同前进！

祝　你们健康快乐

你们的热情的朋友　冰心

一九八〇年十月二十九日于北京医院

成功的花

——给中国国家女排球队员的一封信

成功的花，
　人们只惊慕她现时的明艳！
　　然而当初她的芽儿，
　　　浸透了奋斗的泪泉，
　　　洒遍了牺牲的血雨。

这首诗是我在六十年前写的，诗内指的当然不是说球赛的成功，但是将这首诗来描写你们千锤百炼，千辛万苦的成功道路，却是再恰当不过了！

我是你们的热情忠实的观众。你们的名字和笑言，形态，我在每次球赛的电视中，都十分熟悉了。看你们七场连捷，在球场上纵横驰骋、所向无敌的雄姿，我深深地知道在攀登高峰之前，你们和训练并支持你们的人们，付出了多么大的代价。

你们之所以得到今日的成功，最大的核心力量，还是因为你们心中充满了祖国，充满了人民。你们的一片爱国心，终于让我们鲜红的五星红旗，第一次在世界杯大球赛场中徐徐上升，升到最高的地位！这时十亿中国人民，哪一个眼里不闪着骄傲感谢的泪花？在全国哪一条战线上的战士，不感激奋发，立誓向你们学习，在自己本职工作上，力争上游，为国争光呢！

祝贺你们，爱国的中国女排球队员们，我因为身体不好，失去了亲自向你们握手道贺的机会，但是请你们相信，我的心将在未来的球赛中永远和你们拥抱在一起！

一九八一年十一月二十一日

绿的歌

我的童年是在大海之滨度过的,眼前是一望无际的湛蓝湛蓝的大海,身后是一抹浅黄的田地。

那时,我的大半个世界是蓝色的,蓝色对于我,永远象征着阔大,深远,庄严……

我很少注意到或想到其他的颜色。

离开海边,进入城市,说是"目迷五色"也好,但我看到的只是杂色的黯淡的一切。

我开始向往看到一大片的红色,来振奋我的精神。

我到西山去寻找枫林的红叶。但眼前这一闪光艳,是秋天的"临去秋波",很快的便被朔风吹落了。

在怅惘迷茫之中,我凝视着这满山满谷的吹落的红叶,而"向前看"的思路,却把我的心情渐渐引得欢畅了起来!

"落红不是无情物",它将在春泥中融化,来滋润培养它的新一代。

这时,在我眼前突兀地出现了一幅绿意迎人的图画!那是有一年的冬天,我回到我的故乡去,坐汽车从公路进入祖国的南疆。小车在层峦叠嶂中穿行,两旁是密密层层的参天绿树:苍绿的是松柏,翠绿的是竹子,中间还有许许多多不知名的、色调深浅不同的绿树,衬以遍地的萋萋的芳草。"绿"把我包围起来了。

我从惊喜而沉入恬静，静默地、欢悦地陶醉在这铺天盖地的绿色之中。

我深深地体会到“绿”是象征着：浓郁的春光，蓬勃的青春，崇高的理想，热切的希望……

绿，是人生中的青年时代。

个人、社会、国家、民族、人类都有其生命中的青年时代。

我愿以这支“绿的歌”献给生活在青年的社会主义祖国的青年们！

一九八三年二月十七日

霞

四十年代初期，我在重庆郊外歌乐山闲居的时候，曾看到英文《读者文摘》上，有个很使我惊心的句子，是：

May there be enough clouds in your life to make a beautiful sunset.

我在一篇短文里曾把它译成："愿你的生命中有够多的云翳，来造成一个美丽的黄昏。"

其实，这个 sunset 应当译成"落照"或"落霞"。

霞，是我的老朋友了！我童年在海边、在山上，她是我的最熟悉最美丽的小伙伴。她每早每晚都在光明中和我说"早上好"或"明天见"。但我直到几十年以后，才体会到云彩更多，霞光才愈美丽。从云翳中外露的霞光，才是璀璨多彩的。

生命中不是只有快乐，也不是只有痛苦，快乐和痛苦是相生相成，互相衬托的。

快乐是一抹微云，痛苦是压城的乌云，这不同的云彩，在你生命的天边重叠着，在"夕阳无限好"的时候，就给你造成一个美丽的黄昏。

一个生命会到了"只是近黄昏"的时节，落霞也许会使人留恋，惆怅。但人类的生命是永不止息的。地球不停地绕着太阳自转。东方不亮西方亮，我窗前的晚霞，正向美国东岸的慰冰湖上走去……

一九八五年四月二十六日清晨

两栖动物

一九一一年冬，我们从烟台回到福建福州的大家庭里。以一个从小在山边海隅度过寂寞荒凉日子的孩子，突然进到一个笑语喧哗、目迷五色的青少年群里，大有“忘其所以”的飘飘然的感觉。

我的父亲有一个姐姐，四个弟兄。这五个小家庭，逢年过节便都有独自的或共同的种种亲戚，应酬来往；尤其在元旦到元宵这半个月之间，更是非常热闹。我记得一九一二年元旦那天早上，在我家大厅堂上给祖父拜年的，除了自己的堂兄弟姐妹之外，在大厅廊上还站着一大群等着给祖父鞠躬的各个小家庭的，我要称他们为表兄表姐的青少年们。这一天从祖父手里散发出来的压岁钱的红纸包，便不知有多少！

表姐们来了，都住在伯叔父母的居住区——东院。她们在一起谈着做活绣花，擦什么脂粉，怎样梳三股或五股辫子；怎样在扎红头绳时，扎上一圈再挑起几绺头发来再扎上一圈，这样就会在长长的一段红头绳上，呈现出“寿”字或“喜”字等花样等等；有时也在西院后花园里帮助祖父修整浇灌些花草。

表兄们呢，是每天从自己家里，到我们西院客厅一带来聚集。他们在那里吹弹歌唱，下棋做“诗”。我那年才十二岁，虽然换上女装，还是一股野孩子的脾气，祖父和父母都不大管我。我就像两栖动物一样，穿行于这两群表兄姐之间。他们都比我大七八岁，都不拿我当回事，都不拒绝我，什么事也不避我。我还特喜欢往表兄们的群里跑，因为那边比较热闹，表兄们也比较欢迎我，因为我可以替他们传书递简。现在回忆起来，他们也是在"起哄"，并不严肃。某一个表兄每一张纸条或一封信给某个表姐时，写好多半在弟兄中公开地笑着传看。我当然也都看过，这些信的文字不一定都通顺，诗也多半是歪诗，不但平仄不对，连韵也没有押对。我前一年在烟台时，受过王逢逢表舅的教导，不但会对三个字、五个字、七个字的对子，并且已经写过几首七绝了，我的鉴赏力还是不低的！

这些纸条或诗，到了表姐们手里，并没有传看，大都是自己看完一笑，撕了或是烧了，并嘱咐我不必向大人报告。我倒是背下了一封比较通顺的信，还不完全：

×妹妆次，自违雅教，不胜怀念，咫尺天涯，未得畅谈，梦寐萦思，曷胜惆怅，造府屡遭白眼，不知有何开罪，唯鄙人愚蠢，疑云难破……

还有一位表兄写的一首七律诗，我觉得真是不错的：

此生幽愿可能酬，
未敢将情诉蹇修，
半晌沉吟曾露齿，
一年消受几回眸，
迷茫意绪心相印，
细腻风月梦借游，
妄想自知端罪过，
泥犁甘坠未甘休。

这首我认为很好的诗，也不曾得到那位表姐的青睐！后来在我十七八岁时，在我小舅舅杨子玉先生的书桌上，看到清代专写香奁诗的王次回的《疑雨集》中，就有这首诗。原来就以为很

冰心夫妇

冰心夫妇与三个孩子在燕南园寓所前（1938 年夏）

有诗才的那位表兄，也是一个“文抄公”！

现在回忆起来，那时男女还没有同学，社交也没有公开。青年人对异性情感的表示，只能在有机会接触的中表之间，怪不得像《红楼梦》那种的爱情故事，都是“兄妹为之”。

一九八六年三月二十八日

当教师的快乐

我只当过十年的教师。那是一九二六年我从美国留学回来，在母校燕京大学国文系当了一名讲师。那时系里的主任和教师大半是我的老师。校内其他科、系里也有我的老师，总之，全校的教师都是我的师辈！因此在开教授会的时候，我总是挑个极边极角的座位，惶恐地缩在一旁。大家都笑着称我为Faculty Baby(教授会的婴儿)。那一学期我还不满二十六岁。

在学生群中就大不一样了，他们是我的好朋友。我教一年级必修科的国文，用的是古文课本。大学一年级的男女学生很多，年纪又都不大，大概在十七到二十岁之间。国文课分成五个班，每班有三四十名，因为他们来自全国各地，闽粤的学生，听不大懂马鉴主任、周作人、沈尹默、顾随、郭绍虞等几位老先生的江南口音，于是教务处就把这一部分学生分到我的班上。从讲台上望去，一个个红扑扑的稚气未退的脸，嬉笑地、好奇地望着我这个"小先生"——那时一般称教师为"先生"。这些笑容对我并不陌生，和我的弟弟们和表妹们的笑容一模一样。打开点名簿请他们自己报名，我又逐一纠正了他们的口音，笑语纷纭之中，我们一下子就很熟悉很亲热了！我给他们出的第一道作文题目，就是自传，一来因为在这题目下人人都有话可写，二来通过这篇自传，我可以了解到每个学生的家庭背景、习惯、性情等等。我看完文卷，从来只打下分数，不写批语，而注重在和每个人做半小时以内的课外谈话上，这样，他们可以告诉我：他们是怎么写的，我也可告诉他们我对这篇文字的意见，思想沟通了，我们彼此也比较满意。

我还开了一班“习作”的课，是为一年级以上的学生选修的。我要学生们练习写各种文学形式的文字，如小说、诗、书信，有时也有翻译——我发现汉文基础好的学生，译文也会更通顺——期末考试是让他们每人交一本“刊物”，什么种类的都行，如美术、体育等等。但必须有封面图案、本刊宗旨、文章、相片等等，同班同学之间可以互相组稿。也可以向班外的同学索稿或相片。学生们都觉得这很新鲜有趣，他们期末交来的“刊物”，内容和刊名都很别致，又很活泼可喜。

回忆起那几年的教学生涯，最使我眷恋的是：学生们和我成了知心朋友。那时教师和男女学生都住在校内，课外的接触十分频繁。我们常常在未名湖上划船、在水中央的岛边石舫上开种种的讨论会，或者作个别谈话。这种个别谈话就更深入了，有个人的择业与择婚问题等等，这时我眼前忽然涌现出好几对美满的夫妻，如郑林庄和关瑞梧，林耀华和饶毓苏，等等。有的是我以“大媒”的身份去参加他们的完婚仪式，有的是由我出面宴请双方的家长，为他们撮合。说起来是半个世纪以前的事了。他们中有过半数的人已先我而进入另一个世界，写到这里，我心里有说不出的一种滋味！

我应该停笔了，我说的既不是“尊师”也不是“爱生”，我只觉得“师”和“生”应当是互相尊重互相亲爱的朋友。

一九八六年七月七日大雨之晨

春的消息

坐在书桌旁往外看，我的窗外周围只是一座一座的长长方方的宿舍楼，楼与楼之间没有一棵树木！窗前一大片的空地上，历年来堆放着许多长长的、生了锈的钢筋——这是为建筑附近几座新宿舍楼用的——真是一片荒凉沉寂。外边看不到什么颜色了，我只好在屋子里“创造”些颜色。我在堂屋里挂上绿色的窗帘，铺上绿色的桌布，窗台上摆些朋友送的一品红、仙客来，和孩子们自己种的吊兰。在墙上挂的总理油画前，供上一瓶玫瑰花、菊花、石竹花或十姊妹。那是北方玫瑰花公司应我之请，按着时节，每星期送来的。我的书桌旁边的窗台上摆着一盆朋友送的还没有开过花的君子兰。有时也放上一瓶玫瑰。这一丝丝的绿意，或说是春意吧，都是“慰情聊胜无”的。

我想起我窗前的那片空地，从前堆放钢筋的地方，每到春来，从钢筋的空隙中总会长出十分翠绿的草。夏雨来时，它便怒长起来，蔓延到钢条周围。那勃勃的生机，是钢铁也压不住的。如今，这些钢条都搬走了，又听说我们楼前这一块空地将要种上花草。春寒料峭之中，我的期望也和春寒一样地冷漠。

前几天，窗外一阵阵的喧哗笑语，惊动了我。往外看时，原来是好几十个男女学生，正在整理这片空地呢！女学生穿的羽绒衣、毛衣、红红绿绿的；男学生有的穿绿军装，有的穿深色的衣服。他们拿着种种工具，锄土的锄土，铲土的铲土，安放矮栏的就在场地边上安插下小铁栏杆。看来我们楼前这一大片土地，将会被这群青年人整治成一座绿草成茵,繁花似锦的公园……

窗外是微阴的天,这群年轻人仍在忙忙地劳动着。今天暖气停了,我脱下毛衣换上棉袄,但我的心里却是暖烘烘的,因为我得到了春的消息。

一九八七年三月十六日中央民族学院　高知楼

话说“相思”

我在美国威尔斯利女子大学研究院读硕士学位时，论文的题目是《李清照词英译》。导师是研究院教授L夫人。我们约定每星期五下午到她家吃茶。事前我把《漱玉词》一首译成英文散文，然后她和我推敲着译成诗句。我们一边吃着茶点，一边谈笑，都觉得这种讨论是个享受。

有一次——时间大约是一九二五年岁暮吧——在谈诗中间，她忽然问我：“你写过情诗没有？”我不好意思地说：“我刚写了一首，题目叫做‘相思’”：

避开相思，
披上裘儿，
走出灯明人静的屋子。
小径里冷月相窥，
枯枝——
　在雪地上
又纵横地写遍了相思！

12月12日夜，1925

我还把汉字“相思”两字写给她看，因为“相”字旁的“目”字和“思”字上面的“田”字，都是横平竖直的，所以雪地上的枯枝会构成“相思”两字。她笑了，说是“很有意思，若是用弯弯曲曲的英文字母，就写不出来了！”

她只笑着，却没有追问我写这首诗的背景。那时威大的舍监和同宿舍的同学，都从每天的来信里知道我有个“男朋友”了。那年暑假我同文藻在绮色佳大学补习法文时，还在谈着恋爱！十二月十二日夜我得到文藻一封充满着怀念之情的信，觉得在孤寂的宿舍屋里，念不下书了，我就披上大衣，走下楼去，想到图书馆人多的地方，不料在楼外的雪地上却看见满地上都写着“相思”两字！结果，我在图书馆里也没念成书，却写出了这一首诗。但除了对我的导师外，别的人都没有看过，包括文藻在内！

“相思”两字在中国，尤其在诗词里是常见的字眼。唐诗中的“情人怨遥夜，竟夕起相思”，“愿君多采撷，此物最相思”，唐代的李商隐无可奈何地说“直道相思了无益”，清代的梁任公先生却执拗地说“不因无益废相思”。此外还有写不完、道不尽的相思诗句，不但常用于情人朋友之间，还有用于讽刺时事的，这里就不提它了。

说到这里，我想起一段笑话：一九二六年，我回到母校燕京大学，教一年级国文课。这班里多是教务处特地编到我班里来的福建、广东的男女学生，为了教好他们的普通话，为了要他们学会“咬”准字音，我有时还特意找些“绕口令”，让他们学着念。有一次就挑了半阕词，记得是咏什么鸟的：

金埒①远，玉塘稀，
天空海阔几时归？
相离只晓相思死，
那识相思未死时！

这“相思死”和“未死时”几个字，十分拗口，那些学生们绕不过口来，只听见满堂的“嘶，嘶，嘶”和一片笑声！

① 金埒(liè)，以钱铺成的界沟，以言奢华。——作者

不久,有一天一位女同事(我记得是生物系的助教江先群,她的未婚夫是李汝祺先生,也是清华的学生,比文藻高两班,那时他也在美国)悄悄地笑问我:“听说你在班里尽教学生一些香艳的诗曲,是不是你自己也在想念海外的那个人了?”我想她指的一定是我教学生念的那两句有关“相思”的词句。我一边辩解着,却也不禁脸红起来。

一九八六年三月二十六日晨

我请求

我请求我们中国每一个知书识字的公民,都来读读今年第九期的《人民文学》的第一篇报告文学,题目是《神圣忧思录》,副题是《中小学教育危机纪实》。

我每天都会得到好几本文艺刊物,大概都是匆匆过目,翻开书来,首先注意的是作者名字,再就是文章的题目。但对于《人民文学》,因为过去曾参加过一段时间的编辑工作,因此看得比较仔细。不料第九期来了,我一看第一篇文章的题目和副题,就使我动心而且惊心。虽然这两位作者我都不认识,这题目使我专心致志地一直看下去,看得我泪如雨下!真是写得太好了,太好了!

我一向关心着中小学教师的一切:如他们的任务之重,待遇之低,生活之苦,我曾根据我耳闻目睹的一点事实,写了一篇小说《万般皆上品……》。委婉地、间接地提到一位副教授的厄运,而这篇"急就章",差点被从印版上撤了下来——这是我六十年创作生涯中所遇到的第一次"挫折"。据说是"上头"有通知下来,说是不许在报刊上讲这种问题。若不是因为组稿的编辑据理力争,说这是一篇小说,又不是报告文学,为什么登不得?此后又删了几句刺眼的句子,才勉强登上了。因为有这一段"经验",使我不能不对勇敢的报告文学的两位作者和《人民文学》的全体编辑同志致以最崇高的敬礼!

这篇《神圣忧思录》广闻博采,字字沉痛,可以介绍给读者的句子,真是抄不胜抄。对于这一件有关于我们国家、民族前途的头等大事的“报告”文章,我还是请广大读者们自己仔细地去考虑、思索,不过我还想引几段特别请读者注意的事实:

“小平同志讲:实现四化,科学是关键,教育是基础,但这个精神,并没有被人们认识,理解,接受。往往安排计划,总是先考虑工程,剩下多少钱,再给教育……日本人说,现在的教育,就是十年后的工业。我们是反过来……教师特别是小学教师工资太低,斯文扫地呵!世界银行派代表团来考察对中国的贷款,他们不能理解:你们这么低的工资,怎么能办好教育?可是我们同人家谈判时,最初提的各个项目,没有教育方面的,人家说,你们怎么不提教育?人的资源开发是重要的,原来人家把教育摆在优先援助地位,列为第一个项目。我们要等人家来给我们上课!”

作为一个中国人,我们不感到“无地自容”吗?我忆起抗战胜利后一九四六年的冬天,我们是第一拨到日本去的,那时的日本,真是遍地瓦砾,满目疮痍。但是在此后的几次友好访问中,我看到日本是一年比一年地繁荣富强,今天已成为世界上的经济大国。为什么?理由是再简单不过!因为日本深深懂得“教育是只母鸡”!

香港的中小学教师也亲口对我说,他们的待遇也比一般公务人员高。

一九八四年底新华通讯社发出通稿——教育部长何东昌在接受本社记者访问的时候非常高兴地指出:“党中央和国务院一直在关怀和研究教师的问题,教师将逐步成为社会最使人羡慕的职业之一。”

但是,真是说来容易,听来兴奋,事实上:“一九五七年反右以后知识分子就瘪了,后来闹‘文革’,教师的罪比谁都多,从此地位一落千丈。后来拨乱反正了,世道清明了,是不幸中之大幸,可是教师的地位,恕我直言,名曰升,实则降。其它行业的待遇上去了，教师上得慢……就是中学一二级的老教师，月薪也不过百十块，还不抵大宾馆里的服务员，这到底是怎么个事？”

这是一位中学老教师提出的问题！还有一位老师充满着感情说：“教师职业是神圣的，这神圣就在于甘愿吃亏。可是如果社会蔑视这种吃亏的人，神圣就消失了。作教师的有许多人不怕累和苦，也不眼红钱财，但唯有一条，他们死活摆脱不了，那就是对学生的爱。除了学生四大皆空。他们甚至回到家里对自己的孩子都没有耐心，不愿再扮演教师这个社会角色，但无论心情多坏，一上讲台什么都扔了，就入境了。这种心态，社会上有多少人了解？……”

这种心态，我老伴和我都能彻底地了解：死活摆脱不了的，就是对学生的爱。但也像另一位教师说的：“像我们当年，社会那么污浊，自个儿还能清高，有那份高薪水撑着呢……”

不过如今我们的两个女儿（她们还都是大学教师），没有像我们当时那样高薪水撑着，她们也摆脱不了教师的事业。她们有了对学生的爱，也像我们一样得到了学生的爱。

“爱”是伟大的，但这只能满足精神上的需要，至于物质方面呢，就只能另想办法了。

办法有多种多样，是不是会有人“跳出”，离开教师的队伍？

大家都来想想办法嘛，我只能回到作者在文前的题记：“我们从来都有前人递过来的一个肩膀可以踩上去的，忽然，那肩膀闪开了，叫我们险些儿踩个空。”

一九八七年十月十日浓阴之晨写到阳光满室

病榻呓语

忽然一觉醒来,窗外还是沉黑的,只有一盏高悬的路灯,在远处爆发着无数刺眼的光线!

我的飞扬的心灵,又落进了痛楚的躯壳。

我忽然想起老子的几句话:

吾有大患,及吾有身;及吾无身,吾有何患。

这时我感觉到了躯壳给人类的痛苦。而且人类也有精神上的痛苦:大之如国忧家难,生离死别……小之如伤春悲秋……

宇宙内的万物,都是无情的:日月经天,江河行地,春往秋来,花开花落,都是遵循着大自然的规律。只在世界上有了人——万物之灵的人,才会拿自己的感情,赋予在无情的万物身上!什么"感时花溅泪,恨别鸟惊心"这种句子,古今中外,不知有千千万万。总之,只因有了有思想、有情感的人,便有了悲欢离合,便有了"战争与和平",便有了"爱和死是永恒的主题"。

我羡慕那些没有人类的星球!

我清醒了。

我从高烧中醒了过来,睁开眼看到了床边守护着我的亲人的宽慰欢喜的笑脸。侧过头来看见了床边桌上摆着许多瓶花:玫瑰、菊花、仙客来、马蹄莲……旁边还堆着许多慰问的信……我又落进了爱和花的世界——这世界上还是有人类才好！

一九八八年三月十五日晨

我感谢

——《人民日报》创刊四十周年感言

在《人民日报》创刊四十周年之际，我忍不住从心底向她呼唤出最诚挚的感谢。我感谢《人民日报》文艺部的诸位编辑同志，这四十年来，让我在副刊的版面上，印上许多我当时的欢乐和忧思！

编辑同志回忆说，我在副刊发表过《再到青龙桥》和《再寄小读者》的头几篇，那都是一九五八年的事了。我记得在一九五六年六月我还在《人民日报》上发表过一篇《一个母亲的建议》。

以后的就是一九五七年的《观舞记》，一九五八年的《我们这里没有冬天》，一九五九年《我们把春天吵醒了》，一九六一年的《樱花赞》等等。

但是我最感谢的还是那一篇一九八七年十月十日写好，直到十一月十四日才发表的《我请求》。我几乎每天都能得到一两封小读者的来信，都是他们从课本上读到《寄小读者》或《小橘灯》的反响。没想到我得到大读者对我的作品反响最多的，却是这篇《我请求》！大约有好几十封吧，而且写信人多数不是教师。他们也都同情我的看法。

今年五月二十二日《人民日报》的一篇署名评论《多一些阳光，多一些透明》，给我平添了许多吐出喉头骨鲠的勇气。千真万确的是：多一分透明度，就多一分凝聚力！也就是文章中所说的"密切领导与群众关系，争取群众为国分忧"。

为了增加透明度，我还想做一次文抄公，其实这些文章和消息在书刊上都已经登过了。

在《教育与职业》杂志今年五月号里有两篇转载,一篇是《重视教育,提高全民族的素质》,另一篇是《制定教师法,提高教师地位和待遇》。

前一篇的文章一开头便说:“十三大报告明白指出‘百年大计,教育为本’,‘必须坚持把发展教育放在突出的战略地位’……如果今天我们还不痛下决心与狠心,把教育事业落实在行动上而不停留在口号上……那么,报复将在我们的子孙后代,将在二十一世纪。”

后一篇文章内提到:“现在浪费现象十分严重。去年教师节时,全国政协政教组邀请农村教师代表座谈时就发出呼吁,把挥霍浪费的钱财节约下来用在教育上……我们近来在报上看到:二千五百万元建成一个‘死厂’,二百多台机器设备面临变成废铁的危险……近二三年花外汇三亿美元,进口食品机械三千台套,其中冰激凌机七百多台,雪糕机三百多台……有人说我们只看到‘冰激凌危机’,‘雪糕危机’,没有看到‘教育危机’。”作者呼吁用十三大精神统一我们的思想,把发展教育放在突出的战略地位。

好了!我终于看到了五月二十八日《人民日报》上面登出的使全国人民兴奋的消息!就是说,五月二十七日上午李鹏总理主持召开国务院第六次常务会议,决定停建一批不必要的楼堂馆所,省下的钱将用于教育和改善人民生活。

我感谢这英明的决策,也感谢使我知道这消息的《人民日报》。

一九八八年

一个最充满了力量的汉字

我近来往往在天还没亮时就醒起了，这时周围沉黑，宇宙间没有半点声息！

真是“万籁无声”！

从这一句里，我心头涌上许许多多的“万”字。

我惊奇地发现：中国文字中的“万”字有这么大的惊人的魅力，它的覆盖面之大，之深，是无与伦比的。

我首先想起的是古人的诗句——我往往只记得诗句而忘了诗人的名字——如：

独立中流喧日夜
万山无语看焦山

这把焦山写得何等挺拔、何等声势？大有“万笏朝天”的意味了。

又如咏牡丹的诗句：

十里散香酥地脉
万花低首避天人

又把牡丹写得何等端严，何等艳丽！

唐诗人李白有：

五花马　千金裘
呼儿将出换美酒

抗日战争时期在云南呈贡

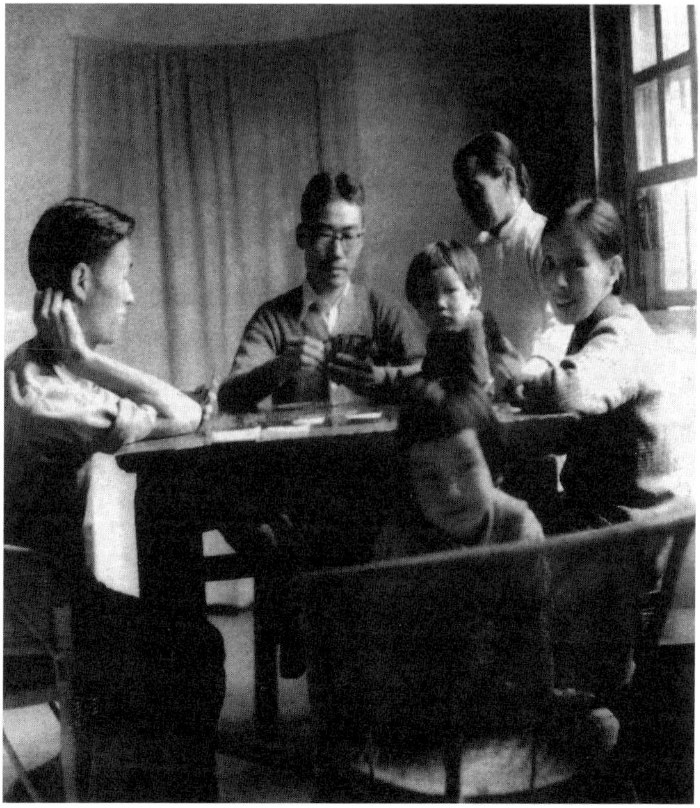

冰心全家在云南呈贡的住所“默庐”

与尔同消万古愁

两岸猿声啼不住

轻舟已过万重山

上两句写的是他的无聊、落魄;下两句写的是“一江春水向东流”之急,之快。而两岸猿声又一直伴随着他的无限的离愁。

唐诗人杜甫的:

花近高楼伤客心

万方多难此登临

说的是当时天下动乱的情景,又如:

安得广厦千万间

大庇天下寒士俱欢颜

那就是因自己的贫寒,而想到天下的无可庇风雨之茅屋的寒士,真是“仁人之心”。

清诗人龚定庵有:

九州生气恃风雷

万马齐喑究可哀

他要叫唤出九州风雷,请老天抖擞精神,不拘一格地降下许多可用的人才。

他却也有缠绵悱恻的句子,如:

万种温馨何用觅

枕上逃禅　遣却心头忆

古人的反战文字,如李华的《吊古战场文》:

秦起长城,竟海为关,荼毒生灵,万里朱殷

就比西方人因从月球上能看到中国的万里长城而倍加称道的，“人道主义”得多了。

昔人诗里的：

碛里征人三十万
一时回首月中看

写的就是三十万征人心中的“厌战”情绪，至于花蕊夫人的：

四十万人齐解甲
更无一个是男儿

就是一位女强人刺向“投降者”的一把匕首了！

这时窗外已经出现了曙光，我对于“万”字的思索暂时被打断了。而我心中的这个充满了力量的“万”字，是不到我自己“万念俱消”，“万缘俱断”的时候，是决不会泯灭的！

一九八八年十一月二十五日晨急就

施者比受者更为有福

我看着我客厅里的两架玻璃书柜里堆叠着的许许多多海内外的朋友亲戚和许许多多不认识的小朋友送我的贺年片。那些片上的图画真是花团锦簇,不但有花朵、儿童,还有更多的小猫(也都是白色的,和我的咪咪一样)。

我衷心地感谢这许多年来给我写信的上百上千的小朋友们,他(她)们的情意是那么恳切,字迹是那么工整,最后还总是祝我健康长寿。我的寿命真是不短,算来已经度过八十八个春秋了。但是健康呢,却有不少问题,我从一九八〇年九月右腿骨折后,不但行动不自由了,生活也不能自理,这时亏得有我小女婿的姐姐陈玙同志,日夜在帮助照顾我。我不但夜里不能自己翻身,连人家把我扶坐书桌前以后凡是我的手够不到的地方,还是要人帮忙,比如拿一本书,一支笔,一张纸,一杯茶等等、等等都是要麻烦人的。我们一般笑骂无用的人是“行尸走肉”,但是我却连“行尸走肉”都不如,因为“尸”“肉”还能行走!

想起我小的时候,在海岸上狂奔……就是在一九八〇年以前,我也还是走遍五湖四海。我半夜醒来还会悄悄地呜咽!

我勉励着自己坚强起来,还满有希望似地说过“生命从八十岁开始”,但实际上那种的生命,是什么样的生命啊!

我近来又增加上右膝骨上骨节增生,眼睛里又有了白内障,起来、坐下、看书、写字都有困难……总之,这些都是我从来不复小朋友信的原因。我不但没有时间,也没有了精力。但我已珍重地将这些年来收到的千百封可贵的信，都送到巴金同志创办的“中国现代文学馆”，请他们代为收藏起来了。

中国俗话说：“岁数不饶人”，老年来到了，这原是无法抗拒的千古以来的真理。是我自己太“天真”了，不能正确地承认这个真理！

话说回来，我看着我玻璃书柜里堆积的那些五光十色的贺年片，我心里充满了幸福！

我也记得西方一本圣书上有句能够说出我心底的话的句子，是“施者比受者更为有福”！

一九八九年一月七日大雪之后

无士则如何

前几年，不少领导人常说：无农不稳，无工不富，无商不活。其后，又有人加了一句：无兵不安。这些话都对，概括得也非常准确。可惜尚缺一个重要方面——无士怎么样呢？

士，就是知识、文化、科学、教育，就是知识分子、人才。

几个月前，我曾向一些同志提出这个问题。后来有的报刊将我这问题公开发表了。我想，发表也好，让社会上各方有识之士来一起思索吧。

果然，半个月中，我就收到有全国政协转来三封信件，都是“无士则如何”的回响。即使是微弱的回响，也比石沉大海要好。恕我没有征求他们的同意，将三封信的内容摘录如下。因为我觉得信虽是写给我个人的，而谈论的却是全社会、全民族所关心和应该关心的大事。

江西南昌油脂化工厂陈水根的信中说：

“我个人认为答案应是无士不兴。兴者，旺盛之谓也。‘没有文化的军队是愚蠢的军队’，同样，没有文化的群体是愚蠢的群体。无士，我们的事业就不会兴旺发达。

“我是一个普通老百姓，接触的是大众的实践。我认为，要实现四个现代化，不提高全民族的文化素质是不可思议的。无论在国际还是在国内，吃亏在文化素质低的例子俯拾皆是。您老知道的比我更多(这倒未必。——冰心注)。这要引起领导们的重视，尤其是决策者的重视，要把提高全民族的文化素质提到重要议事日程上来议议。

“任何民族都需要有一精神支柱，尤其是当今改革开放的时代，尤显重要。这支柱的建造需要全民族的文化素质与道德修养凝聚。舍此别无他路。因此，要重视文化知识，重视道德修养，重视知识分子、提高教师的社会地位是势在必行、理所当然的事。”

黑龙江齐齐哈尔市求是新能源研究所杨俊宇同志信中说：

“目前我们国家正在进行四化建设，目的是要建成文明昌盛的国家。否则，我们就有被开除‘球籍’的危险了。因此，我悟出了你所提的问题的答案，这就是‘无士不昌’。加上这句，就完整了。是否有当，请您及政协委员们给以指正。”

四川成都513信箱余人同志对这个问题更作了详尽的阐述。他说：

“士者，知识分子也。它是和知识、科学、社会文明紧密联系的代名词。中国要富强，中华要振兴，一要靠民主，二要靠科学。但归根到底是要靠科学。因为民主也是一种科学，它属于社会科学范畴。一切事物，党也好，政也好，农也好，工也好，商也好，教也好，如果违背了科学而行事，必将受到应有的惩罚，产生阻碍社会发展的破坏力量。很难想象，在一个文盲充塞、科学文化落后、社会道德水平低下的国度能建设现代化的国家。靠缺乏教育和文化修养的人不能搞好现代化事业；靠杂乱无章的管理不能建立社会主义经济新秩序；靠投机诈骗、阿谀奉承、以权谋私之徒，只能搞乱整个社会。这是再明显不过的道理。我们中国在世界民族之林中还处于落后地位，究其原因，不是因为懒惰，也不是因为贫穷，而是长时期缺乏民主和不重视科学所造成的恶果。缺乏民主制度和民主观念，必然阻碍科学文化的发展和社会的进步，而科技落后、文化素质低，社会生产力低下，又维持了不民主制度的延续。如此恶性循环，就使社会停滞不前。

“要促进民主化进程，促进科学技术发展，首先就要培养更多的士，造成更多的有用之材。而教育，又是振兴中华的基础工程，切不可认为办教育不但不赚钱、反而花大钱而丢了这项千年大计的根本，去办那些急功近利的蠢事；更不要只把重视教育挂在口头上，写在文件中，而不去办一件两件实实在在的事。

“所以，对冰心老前辈所提问题，我这个后生小子的答案，只有一句话：无士不兴！”

他们三位身在天南地北，却不约而同地说了同一个意思。可见人同此心，心同此理，我也似乎无需再多说什么了。我只希望领导者和领导部门谛听一下普通群众、普通知识分子的心声，更要重视“无士”的严重而深远的后果。“殷鉴不远”，只要回想一下十年大乱中践踏知识、摧残知识分子、大革文化命所造成的灾难，还不清楚吗？

岁月易逝，“五四”运动七十周年就在眼前。七十年前，一批思想界、文化界的先锋人物，于国事蜩螗之时高举民主和科学大旗，向封建势力、军阀势力和帝国主义势力冲击，揭开中国的现代史页。时隔七十年，我们今天还是要大声疾呼：要让德先生、赛先生在中国这个古老的土地上生根、发芽、开花、结果。如果不重视“士”，不重视科学、教育、文化，德先生和赛先生就成了空谈，现代化也会流于纸上谈兵。

一九八八年十一月

一颗没人肯刻的图章

我每天都会得到一两封信，而每当“作协”的信使来时，更会得到一大捆小朋友的信，这些信有的是从同一个小学校来的，大概是这班小朋友在课本上读到我的一封《寄小读者》，于是老师就让他们来写回信。总之，无论是老、中、青或小朋友的信，信末总是祝我“健康长寿！”

我活了八十八岁，寿是不短了，但是健康呢？

我不能和健康的老人一样，不用说国内国外地旅行访问，就连“闲庭信步”也做不到。八年前我的右腿摔折了，虽然做过手术，但仍只能扶着“助步器”，至多到隔壁我的小女儿住的单元去坐一坐。每月到医院检查时，是要下楼坐车的，也是靠我的外孙或司机同志背我下楼，再塞进汽车里。总之，我是个废人！

每天，天还未明，我就醒得双眸炯炯了，我一想到又得过一天“废人”的生活，就恨不得甩掉这一个沉重痛楚的躯壳！

但是我的儿女们和大夫们还千方百计地保我“永远健康”！

可见甩掉一个躯壳也不是一件容易的事。

我想起至圣先师孔子有过一句“骂人”的话：“老而不死是为贼”。

我就想刻一颗“是为贼”的闲章来嘲弄自己。

我请了一向替我刻闲章的朋友王世襄，他笑着摇头不干！我又请别的许多朋友，他们也都是笑着摇头。我只好请我的老朋友胡絜青大姐去请一个职业的刻图章的人来做这受酬的工作，没想到她倒请到了一位王老先生替我刻了，还亲自送来，我真是喜出望外。

现在这颗闲章，已经用过几次了，是几位年轻的朋友，向我索赠近作的时候，在书上印上了我的所有的图章，其中自然也包括所有的闲章，“是为贼”是最后的一颗！

我替团体或个人题字的时候，却从来不用它，因为这颗图章，“不恭”的意味太重。

一九八八年十一月六日晨

话说“客来”

古人有诗云：“有好友来如对月”。

又有古诗云：“寒夜客来茶当酒，竹炉汤沸火初红，寻常一样窗前月，一有梅花便不同。”

古人把客人当作光明透彻的月亮，又把客人当作暗香疏影的梅花。

我呢，每天几乎都有客来，我总觉得每一位客人都是一篇文章。

这文章，有抒情的也有叙事的。抒情的往往是老朋友或好朋友，在两人独对的时候，有时追忆往事，有时瞻望未来，总之，是“抵掌谈天下事”，有时欢喜，有时忧郁。

至于叙事的，那就广泛了！多半是“无事不来”的，总是叫我写点什么，反正我的文债多了，总是还不清，而且我的思想太杂乱，写下来就印在纸上，涂抹不去了，无聊的思想，留下印迹，总不太好，好在“债多不愁”，看心潮吧。

最麻烦的是来“采访”的。有的“记者”，对于我这人的来龙去脉，一概不知，只是奉总编辑之命，来写一个陌生人，他（她）总是自我介绍以后，坐下来就掏出笔记本，让我“自报家门”！话得从九十年前说起，累得我要死！

这篇文章是在灯下写的，时间是清晨，窗外却下着大雷雨，天容如淡墨。抒情的朋友是来不了了，叙事的，恐怕也要躲过这一阵，我就随便写下这一段小文。

一九九一年六月十日　大雨之晨

谈孟子和民主

听说日本著名作家井上靖先生，写了一本叫作《孔子》的书，在日本大受欢迎，成了畅销书之一。对于至圣先师孔子，我当也极尊崇。我小时候在私塾里，也读过背过一部《论语》，以后又读、背过《孟子》，可惜只读了一章，我便进了学校，改读“国文教科书”了。

前年我托朋友买了一本《十三经》，想自己阅读古人的书，以补我的对于祖国古典经史知识之不足。这十三经是：1. 周易，2. 尚书，3. 毛诗，4. 周礼，5. 仪礼，6. 礼记，7. 春秋左传，8. 春秋公羊传，9. 春秋穀梁传，10. 论语，11. 孝经，12. 尔雅，13. 孟子。

我不厌其烦地写出了《十三经》每一卷的名字，因为我读了前几卷，有的不懂，如《周易》，有的太繁琐了，如《礼记》之类，只有《毛诗》还看得进去。一直看到第十三卷《孟子》，我心里忽然感到豁然开朗，没想到两千多年以前的古人，就主张“民主”，且言论精辟深刻！我希望读者们都自己去找出这本古书来，细细地读它一遍！在这里我只能举出一些给我印象最深的几点：

他主张“与民同乐”，他处处重视“人民”，把“人民”放在“君主”之上。

他说，国人皆曰可用，则用之；国人皆曰可杀，则杀之。这里的“国人”，就是“老百姓”，就是“人民”。凡事不能由“君王”擅自作主。

他主张君臣平等，他说君之视臣如土芥，则臣视君如寇仇。意思是当君王把人民踩在脚下的时候，人民就可以把君王当做敌人。这话说得多么直接痛快！

他的“大丈夫”的定义，也是极其深刻的。“大丈夫”用现代的话说，就是“堂堂男子汉”，是个极其自豪的名词。孟子说：“富贵不能淫，贫贱不能移，威武不能屈，此之谓大丈夫。”他把“富贵不能淫”放在首位，足见“贫贱不能移，威武不能屈”凡是有操守的人都还容易做到，富贵了而能不被淫是比较困难的。因为富贵了必然有权，有权就有了一切，“一朝权在手，便把令来行”；有了权就可以胡作非为，什么民意，都可以不顾了！这些都是富贵能淫的人。富贵了而能不被淫的人，从我国几千年的封建历史上看，几乎数不出几个来！

一九八九年十一月二十九日

我梦中的小翠鸟

六月十五夜,在我两次醒来之后,大约是清晨五时半吧,我又睡着了,而且做了一个使我永不忘怀的梦。

我梦见:我仿佛是坐在一辆飞驰着的车里,这车不知道是火车?是大面包车?还是小轿车?但这些车的坐垫和四壁都是深红色的。我伸着左掌,掌上立着一只极其纤小的翠鸟。

这只小翠鸟绿得夺目,绿得醉人!它在我掌上清脆吟唱着极其动听的调子。那高亢的歌声和它纤小的身躯,毫不相称。

我在梦中自己也知道这是个梦。我对自己说,醒后我一定把这个神奇的梦,和这个永远铭刻在我心中的小翠鸟写下来……这时窗外啼鸟的声音把我从双重的梦中唤醒了,而我的眼中还闪烁着那不可逼视、翠绿的光,耳边还缭绕着那动人的吟唱。

做梦总有个来由吧?是什么时候、什么回忆、什么所想,使我做了这么一个翠绿的梦?我想不出来了。

一九九〇年六月十六日晌晴之晨

话说君子兰

女作家李玲修在好多年前送给我的一盆君子兰，我把它供在书桌前的窗台上。那浓绿色的、剑形的、肥厚的叶子，武士般地相对列。每年两次当剑叶中间忽然露出一点橘黄色时，家里的大人和小孩都高兴地奔走相告：君子兰又要开花了！

这实在是个喜讯。几十朵橘黄色的、五瓣聚成的筒形的花、向上开放。它们像高雅的君子般相拱而立。当花的大茎，愈长愈长，这几十朵君子兰便愈站愈高，静雅地立在那里，经月不谢！

我为此重新翻看了《论语》，因为至圣先师孔子，对于“君子”的定义，有几十条。但是我读来读去觉得“君子讷于言而敏于行”这句话就说的是君子兰！

我以为“言”就是花的香气，“行”就是花的形象和花期的久暂。君子兰花香很淡，而花色极浓，几十朵相拱而立，能够立到几十天！它们群立在你的面前给你力量，给你鼓舞。因此我虽然也喜爱玫瑰的浓香和桂花的幽香，但在数日之内，便瓣落香消，使人惆怅，而使我敬佩的还是君子兰！

一九九〇年七月十二日多云之晨

世纪印象

世纪印象让我写文章，回忆中感想烽起！我一生九十年来有多少风和日丽，又有多少狂飙暴雨，终于过到了很倦乏、很平静的老年，但我的一颗爱祖国、爱人民的心永远是坚如金石的。

我的老弟萧乾说："五四以来的中国作家经历过多少沧桑：由龙旗—五色旗—青天白日旗到五星红旗；由皇帝—军阀—太君—委员长到主席，走的是多么曲折、漫长而崎岖的路，时而浓云密布，时而万里晴空，时而又冰雹交加，他们不声不响地在把着舵，他们是历史最终的胜利者。"

我却认为"中国作家"应改为"中国人民"。毛主席说过："人民，只有人民，才是创造世界历史的动力。"这真是"放之四海而皆准"、也是传之万古而不磨的真理！五千年来中国的改朝换代，又何尝不像国旗的升降？一面国旗颓然无力地降下去了，又一面国旗欢然灿烂地升起来了，一切盛衰兴亡都以"民心"为主宰，古人所谓之"顺天者昌，逆天者亡"，"天"也就是"民心"，所谓之"得民心者得天下，失民心者失天下"，说的就是毛主席讲过的事实！

一九九一年六月十九日清晨

我从来没觉得“老”

宫玺先生：

您来信要我写《论老年》，我想来想去，无从下笔。说实话，我的朋友中，老人不多，最老的也比我小几十天，他们在写作上也都没有停笔，如夏衍、巴金、萧乾等。其他的都是我的小朋友，从五六岁到四五十岁的都有。他们和我谈话或写信，虽然也有愤世嫉俗、忧民忧国的话，但还都是朝气勃勃、天真乐观，我们从来没有提到一个“老”字！至于我自己呢，和儿孙们在一起谈笑，也没有关于“老”字的话。我不聋、不聩，脑子也还清楚，除了十年前因伤腿，行动不便，不参加社会活动之外，我还是照旧看书写信，而且每天客人不断：老的、少的，男的、女的，他们都说我精神不错，脑神经也不糊涂（我倒是希望我能糊涂一些，那么对于眼前的许多世事也就不会过于敏感或激动）。我常常得到朋友们逝世的讣告或消息，我除了请人代送花圈外，心里并不悲伤。我觉得“死”是一种解脱，带病延年，反而痛苦。我自己的医疗关系，是在“北京医院”，我照例每月去检查一次，大夫们都说我没有什么大毛病，也照例给我开一点药带回。

我居然能够活到九十一岁，是我年轻时所绝对想不到的！我母亲说，我会吐奶时就吐过血，此后的五六十年中，多多少少的，总是不断。在一九二三年赴美留学之前，曾到北京协和医院彻底检查，结果说：这是肺气枝扩大，不是肺痨，每次发病时，只要静卧几天，就可以了，也无药可治，可是到了一九五八年四月，

于日本东京（1947年）

冰心夫妇在日本东京寓所前

在我参加“中国文化代表团”到欧洲访问，在到英国伦敦的火车上，忽然又大吐起血来，我怕惊动其他的团员，就悄悄地把一口一口的鲜血，吐在一个装水果的牛皮纸袋里，扔到了窗外。第二天又是英国作家们特地为我开的欢迎酒会，我不但不能静卧，而且还必须举着酒杯，站了一个下午！但是，奇怪得很，从那天以后，我居然不再吐血了，直到现在。

总的说来，我自己从来没觉得“老”，一天又一天地忙忙碌碌地过去，但我毕竟是九十多岁的人了，说不定哪一天就忽然死去。至圣先师孔子说过：“自古皆有死”，我现在是毫无牵挂地学陶渊明那样“聊乘化以归尽，乐夫天命复奚疑”。祝好！

冰　心

五、十九、一九九一

我的家在哪里?

梦,最能“暴露”和“揭发”一个人灵魂深处连自己都没有意识到的“向往”和“眷恋”。梦,就会告诉你,你自己从来没有想过的地方和人。

昨天夜里,我忽然梦见自己在大街旁边喊“洋车”。有一辆洋车跑过来了,车夫是一个膀大腰圆,脸面很黑的中年人,他放下车把,问我:“你要上哪儿呀?”我感觉到他称“你”而不称“您”,我一定还很小,我说:“我要回家,回中剪子巷。”他就把我举上车去,拉起就走。走穿许多黄土铺地的大街小巷,街上许多行人,男女老幼,都是“慢条斯理”地互相作揖、请安、问好,一站就站老半天。

这辆洋车没有跑,车夫只是慢腾腾地走呵走呵,似乎走遍了北京城,我看他褂子背后都让汗水湿透了,也还没有走到中剪子巷!

这时我忽然醒了,睁开眼,看到墙上挂着的文藻的相片,我迷惑地问我自己:“这是谁呀?剪子巷里没有他!”连文藻都不认识了,更不用说睡在我对床的陈玙大姐和以后进到屋里来的女儿和外孙了!

只有住着我的父母和弟弟们的中剪子巷才是我灵魂深处永久的家。连北京的前圆恩寺,在梦中我也没有去找过,更不用说美国的娜安辟迦楼,北京的燕南园,云南的默庐,四川的潜庐,日本东京麻布区,以及伦敦、巴黎、柏林、开罗、莫斯科一切我住过的地方，偶然也会在我梦中出现，但都不是我的“家”！

这时，我在枕上不禁回溯起这九十年所走过的甜、酸、苦、辣的生命道路，真是“万千恩怨集今朝”，我的眼泪涌了出来……

前天下午我才对一位年轻朋友戏说，“我这人真是‘一无所有’！从我身上是无‘权’可‘夺’，无‘官’可‘罢’，无‘级’可‘降’，无‘款’可‘罚’，地道的无顾无虑，无牵无挂，抽身便走的人，万万没有想到我还有一个我自己不知道的，牵不断，割不断的朝思暮想的‘家’！”

（本篇发表于《中国文化》1992 年第 6 期。）

“孝”字怎么写

记得我母亲逝世的时候，我们家得到的许多奠仪中，有不少捆的金银纸箔。我们家供祖从来都不烧纸，因此那些纸箔都捆着放在一边。有一天一位长辈来了，看见母亲灵前只烧着一炉檀香，灵桌前连一个火盆也没有，金银纸箔也没有被叠起焚化，他心里大不以为然，出去就对人说：“人家都说谢家孩子孝顺，我看他们连‘孝’字都不知道怎么写！”听到这句话的另一位长辈又把这话传给我们，我们只有相对苦笑。

真的，在我们家里，很少听见“孝顺”这两个字。当我们1911年从烟台回到福州大家庭时，父母亲只嘱咐我们说：“回去在大家庭里不能那么‘野’了，对祖父尤其要尊敬。”

回去在大家庭里，祖父也从来没有教训我们要“孝顺”。倒是我的三个小弟弟彼此嘲笑时，例如父母亲吩咐做一件事情，有一个抢先做了，得了夸奖，其余的两个就站在远处，笑着说：“孝子，真孝顺，廿四孝加上你，廿五孝了！”于是又引起一番吵架。

大概那时我们都看过《二十四孝》那本书，其中有“王祥卧冰”、“孟春哭竹”等极不科学的愚孝的表现。尤其是“郭巨埋儿”，我认为那是最不人道而且是最不孝的一件事，因为儿子分吃了父母的食粮，就把儿子活埋了，那是什么心理?！要丢掉儿子，就是把儿子卖了也不至于伤父母的心。他的所以要“埋儿”，只为的是掘地得到金银为伏笔！尽孝为的是得到金银，这“居心”还“可问”吗？

我想《论语》里谈到“孝”时最多，孔子是因人施教的，对“孝”字有不同的解释。但也有使人不解的地方，如：“三年无改于父之道，可谓孝矣。”我认为那也看那“父”是什么样的人，假如那“父”是岳飞，不必说“三年无改”，就是“终身”也不能改；假如那“父”是秦桧，那是一分一秒也不能学的！

我又去翻了《孝经》，看到了《谏诤章》，我心里廓然开朗，特此恭录如下：

> 曾子曰：“若夫慈爱恭敬，安亲扬名则闻命矣。敢问子从父之令，可谓孝乎？”子曰：“是何言与，是何言与（重复一句，极言其不可也，冰心注）。昔者天子有争臣七人，虽无道，不失其天下；诸侯有争臣五人，虽无道，不失其国；大夫有争臣三人，虽无道，不失其家；士有争友，则身不离于令名；父有争子，则身不陷于不义。故当不义，则子不可以不争于父，臣不可以不争于君；故当不义，则争之，从父之令，又焉得为孝乎？”

抄完这一段，我真是“心悦诚服”了。此孔子之所以为“至圣先师”也！

一九九一年十一月十六日之晨

五行缺火

我出生的那一天，全家都很兴奋，我的姑母把我的生辰八字拿去算命。算命先生除了说许多好话之外，还说我命里“五行缺火”。那时我的父亲在海上服务，我的二伯父谢葆珪先生就给我取了名字，叫“婉莹”。因为“莹”上面有两个“火”字。（“婉”字是我家姐妹的排行，我的三个堂姐：大伯父房里的大姐，就叫“婉珠”，二姐叫“婉榕”，四叔父房里的三姐叫“婉聪”。）

这一下子，我的“肝火”就“旺”了！我的脾气急得很，刚会说话就“口吃”，因为一肚子的话，恨不得一口气就都说了出来。想做的事情，要立刻就做；想要的东西，要立刻到手。我的母亲十分严厉地对我说：“你这种脾气，就是不能‘处世为人’的！你要发脾气，只能对自己发，决不能对别人发。”因为每逢有我看不过的事情，或想不通的事，只有自己使劲搓着双掌，或握拳捶着自己的头。

再大一点，上了中学，会使用文字了，我才高兴起来。一切不顺眼、不称心的事，我都可以用文字写了出来。我用小说体裁，写了《斯人独憔悴》，《秋雨秋风愁煞人》等短篇。

如今，每当“肝火旺”的时候，我还要写，年轻的编辑们就笑说：“老太太的文章好是好，就是烫手。”烫手？！我有什么好说的？谁让我头上顶着两团“火”呢？

一九九二、八、十八

从“一”数到“九十二”

每逢我吃过安眠药之后，仍旧睡不着的时候，我就听从朋友的劝告，让我静静地数“数儿”，从一数起，以后就会慢慢地进入睡乡。这个妙诀，起初还灵，后来就不行了；我往往会把数字和我的年岁联系起来！比如说数到四、五，我就想起那时在上海和祖父在一起的乐事；数到了七、八，就会想起我在烟台海边奔走游戏的快事；数到以后心绪却渐渐地复杂起来了。我走过的生命的道路，往“适意”里说，就像陆放翁的诗，“山重水复疑无路，柳暗花明又一村”。往不如意里说，就像李清照词里的：“多少事欲说还休。新来瘦，非关病酒，不是悲秋。”

我这辆火车，在生命的铁轨上，一直在长长短短的隧道中间飞驰。刚刚明亮一些，又驰进了长长的黑暗的隧道；已经习惯于黑暗了，忽然又在灿烂的阳光下奔走……

九十二年过去了，炎凉“历尽”了，真是“百年心事归平淡”！我在另一篇短文里写过：“我这人真是一无所有。从我身上，是无‘权’可‘夺’，无‘官’可‘罢’，无‘级’可‘降’……地地道道地是无忧无虑，无牵无挂，抽身便走的人。”

再过半个月，就会“数”到“九十三”了，且看我还能“数”到多少？我同意陶渊明诗人所说的“聊乘化以归尽，乐夫天命复奚疑”。

一九九二年十二月十六日阳光满案之晨

我的故乡

我生于一九〇〇年十月五日(农历庚子年闰八月十二日),七个月后我就离开了故乡——福建福州。但福州在我的心里,永远是我的故乡,因为它是我的父母之乡。我从父母亲口里听到的极其琐碎而又极其亲切动人的故事,都是以福州为背景的。

我母亲说:我出生在福州城内的隆普营。这所祖父租来的房子里,住着我们的大家庭,院里有一个池子,那时福州常发大水,水大的时候,池子里的金鱼都游到我们的屋里来。

我的祖父谢銮恩(子修)老先生,是个教书匠,在城内的道南祠授徒为业。他是我们谢家第一个读书识字的人。我记得在我十一岁那年(一九一一年),从山东烟台回到福州的时候,在祖父的书架上,看到薄薄的一本套红印的家谱。第一位祖父是昌武公,以下是顺云公、以达公,然后就是我的祖父。上面仿佛还讲我们谢家是从江西迁来的,是晋朝谢安的后裔。但是在一个清静的冬夜,祖父和我独对的时候,他忽然摸着我的头说:"你是我们谢家第一个正式上学读书的女孩子,你一定要好好地读呵。"说到这里,他就源源本本地讲起了我们贫寒的家世!原来我的曾祖父以达公,是福建长乐县横岭乡的一个贫农,因为天灾,逃到了福州城里学做裁缝。这和我们现在遍布全球的第一代华人一样,都是为祖国的天灾人祸所迫,飘洋过海,靠着不用资本的三把刀,剪刀(成衣业)、厨刀(饭馆业)、剃刀(理发业)起家的,不过我的曾祖父还没有逃得那么远!

那时做裁缝的是一年三节，即春节、端午节、中秋节，才可以到人家去要账。这一年的春节，曾祖父到人家要钱的时候，因为不认得字，被人家赖了账，他两手空空垂头丧气地回到家里，等米下锅的曾祖母听到这不幸的消息，沉默了一会，就含泪走了出去，半天没有进来。曾祖父出去看时，原来她已在墙角的树上自缢了！他连忙把她解救了下来，两人抱头大哭；这一对年轻的农民，在寒风中跪下对天立誓：将来如蒙天赐一个儿子，拚死拚活，也要让他读书识字，好替父亲记账、要账。但是从那以后我的曾祖母却一连生了四个女儿，第五胎才来了一个男的，还是难产。这个难得出生的男孩，就是我的祖父谢子修先生，乳名“大德”的。

这段故事，给我的印象极深，我的感触也极大！假如我的祖父是一棵大树，他的第二代就是树枝，我们就都是枝上的密叶；叶落归根，而我们的根，是深深地扎在福建横岭乡的田地里的。我并不是“乌衣门第”出身，而是一个不识字、受欺凌的农民裁缝的后代。曾祖父的四个女儿，我的祖姑母们，仅仅因为她们是女孩子，就被剥夺了读书识字的权利！当我把这段意外的故事，告诉我的一个堂哥哥的时候，他却很不高兴地问我是听谁说的？当我告诉他这是祖父亲口对我讲的时候，他半天不言语，过了一会才悄悄地吩咐我，不要把这段故事再讲给别人听。当下，我对他的“忘本”和“轻农”就感到极大的不满！从那时起，我就不再遵守我们谢家写籍贯的习惯。我写在任何表格上的籍贯，不再是祖父“进学”地点的“福建闽侯”，而是“福建长乐”，以此来表示我的不同意见！

我这一辈子，到今日为止，在福州不过前后呆了两年多，更不用说长乐县的横岭乡了。但是我记得在一九一一年到一九一二年之间我们在福州的时候，横岭乡有几位父老，来邀我的父亲回去一趟。他们说横岭乡小，总是受人欺侮，如今族里出了一个军官,应该带几个兵勇回去夸耀夸耀。父亲恭敬地说:他可以回去祭祖,但是他没有兵,也不可能带兵去。我还记得父老们送给父亲一个红纸包的见面礼,那是一百个银角子,合起来值十个银元。父亲把这一个红纸包退回了,只跟父老们到横岭乡去祭了祖。一九二〇年前后,我在北京《晨报》写过一篇叫做《还乡》的短篇小说,就讲的是这个故事。现在这张剪报也找不到了。

从祖父和父亲的谈话里,我得知横岭乡是极其穷苦的。农民世世代代在田地上辛勤劳动,过着蒙昧贫困的生活,只有被卖去当"戏子",才能逃出本土。当我看到那包由一百个银角子凑成的"见面礼"时,我联想到我所熟悉的山东烟台东山金钩寨的穷苦农民来,我心里涌上了一股说不出来难过的滋味!

我很爱我的祖父,他也特别的爱我,一来因为我不常在家,二来因为我虽然常去看书,却从来没有翻乱他的书籍,看完了也完整地放回原处。一九一一年我回到福州的时候,我是时刻围绕在他的身边转的。那时我们的家是住在"福州城内南后街杨桥巷口万兴桶石店后"。这个住址,现在我写起来还非常地熟悉、亲切,因为自从我会写字起,我的父母亲就时常督促我给祖父写信,信封也要我自己写。这所房子很大,住着我们大家庭的四房人。祖父和我们这一房,就住在大厅堂的两边,我们这边的前后房,住着我们一家六口,祖父的前、后房,只有他一个人,和满屋满架的书,那里成了我的乐园,我一得空就钻进去翻书看。我所看过的书,给我的印象最深的是清袁枚(子才)的笔记小说《子不语》,还有我祖父的老友林纾(琴南)老先生翻译的线装的法国名著《茶花女遗事》。这是我以后竭力搜求"林译小说"的开始,也可以说是我追求阅读西方文学作品的开始。

我们这所房子,有好几个院子,但它不像北方的"四合院"的院子,只是在一排或一进屋子的前面,有一个长方形的"天井",每个"天井"里都有一口井,这几乎是福州房子的特点。这所大房里，除了住人的以外，就是客室和书房。几乎所有的厅堂和客室、书房的柱子上墙壁上都贴着或挂着书画。正房大厅的柱子上有红纸写的很长的对联，我只记得上联的末一句是“江左风流推谢傅”，这又是对晋朝谢太傅攀龙附凤之作，我就不屑于记它！但这些挂幅中的确有许多很好很值得记忆的，如我的伯叔父母居住的东院厅堂的楹联，就是：

海阔天高气象
风光月霁襟怀

又如西院客室楼上有祖父自己写的：

知足知不足
有为有弗为

这两副对联，对我的思想教育极深。祖父自己写的横幅，更是到处都有。我只记得有在道南祠种花诗中的两句：

花花相对叶相当
红紫青蓝白绿黄

在西院紫藤书屋的过道里还有我的外叔祖父杨维宝（颂岩）老先生送给我祖父的一副对联是：

有子才如不羁马
知君身是后凋松

那几个字写得既圆润又有力！我很喜欢这一副对子，因为“不羁马”夸奖了他的侄婿、我的父亲，“后凋松”就称赞了他的老友，我的祖父！

从“不羁马”应当说到我的父亲谢葆璋（镜如）了。他是我祖父的第三个儿子。我的两个伯父，都继承了我祖父的职业，做了教书匠。在我父亲十七岁那年，正好祖父的朋友严复（又陵）老先生，回到福州来招海军学生，他看见了我的父亲，认为这个青年可以“投笔从戎”，就给我父亲出了一道诗题，是“月到中秋分外明”，还有一道八股的破题。父亲都做出来了。在一个穷教书匠的家里，能够有一个孩子去当“兵”领饷，也还是一件好事，于是我的父亲就穿上一件用伯父们的两件长衫和半斤棉花缝成的棉袍，跟着严老先生到天津紫竹林的水师学堂，去当了一名驾驶生。

父亲大概没有在英国留过学，但是作为一名巡洋舰上的青年军官，他到过好几个国家，如英国、日本。我记得他曾气愤地对我们说：“那时堂堂一个中国，竟连一首国歌都没有！我们到英国去接收我们中国购买的军舰，在举行接收典礼仪式时，他们竟奏一首《妈妈好糊涂》的民歌调子，作为中国的国歌，你看！”

甲午中日海战之役，父亲是“威远”舰上的枪炮二副，参加了海战。这艘军舰后来在威海卫被击沉了。父亲泅到刘公岛，从那里又回到了福州。

我的母亲常常对我谈到那一段忧心如焚的生活。我的母亲杨福慈，十四岁时她的父母就相继去世，跟着她的叔父颂岩先生过活，十九岁嫁到了谢家。她的婚姻是在她九岁时由我的祖父和外祖父做诗谈文时说定的。结婚后小夫妻感情极好，因为我父亲长期在海上生活，“会少离多”，因此他们通信很勤，唱和的诗也不少。我只记得父亲写的一首七绝中的三句：

××××××××，
此身何事学牵牛，
燕山闽海遥相隔，
会少离多不自由。

甲午海战爆发后，因为海军里福州人很多，阵亡的也不少，因此我们住的这条街上，今天是这家糊上了白纸的门联，明天又是那家糊上白纸门联。母亲感到这副白纸门联,总有一天会糊到我们家的门上!她悄悄地买了一盒鸦片烟膏,藏在身上,准备一旦得到父亲阵亡的消息,她就服毒自尽。祖父看到了母亲沉默而悲哀的神情,就让我的两个堂姐姐,日夜守在母亲身旁。家里有人还到庙里去替我母亲求签,签上的话是:

筵已散,
堂中寂寞恐难堪,
若要重欢,
除是一轮月上。

母亲半信半疑地把签纸收了起来。过了些日子,果然在一个明月当空的夜晚,听到有人敲门,母亲急忙去开门时,月光下看见了辗转归来的父亲!母亲说:“那时你父亲的脸,才有两个指头那么宽!”

从那时起,这一对年轻夫妻,在会少离多的六七年之后,才厮守了几个月。那时母亲和她的三个妯娌,每人十天替大家庭轮流做饭,父亲便帮母亲劈柴、生火、打水,做个下手。不久,海军名宿萨鼎铭(镇冰)将军,就来了一封电报,把我父亲召出去了。

一九一二年,我在福州时期,考上了福州女子师范学校预科,第一次过起了学校生活。头几天我还很不惯,偷偷地流过许多眼泪,但我从来没有对任何人说过,怕大家庭里那些本来就不赞成女孩子上学的长辈们,会出来劝我辍学!但我很快地就交上了许多要好的同学。至今我还能顺老师上班点名的次序,背诵出十几个同学的名字。福州女师的地址,是在城内的花巷,是一所很大的旧家第宅,我记得我们课堂边有一个小池子,池边种着芭蕉。学校里还有一口很大的池塘,池上还有一道石桥,连接在两处亭馆之间。我们的校长是黄花岗七十二烈士之一的方声洞先生的姐姐，方君瑛女士。我们的作文老师是林步瀛先生。在我快离开女师的时候，还来了一位教体操的日本女教师，姓石井的，她的名字我不记得了。我在这所学校只读了三个学期，中华民国成立后，海军部长黄钟瑛(赞侯)，又来了一封电报，把父亲召出去了。不久，我们全家就到了北京。

我对于故乡的回忆，只能写到这里，十几年来，我还没有这样地畅快挥写过！我的回忆像初融的春水，涌溢奔流。十几年来，睡眠也少了，“晓枕心气清”，这些回忆总是使人欢喜而又惆怅地在我心头反复涌现。这一幕一幕的图画或文字，都是我的弟弟们没有看过或听过的，即使他们看过听过，他们也不会记得懂得的，更不用说我的第二代第三代了。我有时想如果不把这些写记下来，将来这些图文就会和我的刻着印象的头脑一起消失。这是否可惜呢？但我同时又想，这些都是关于个人的东西，不留下或被忘却也许更好。这两种想法在我心里矛盾了许多年。

一九三六年冬，我在英国的伦敦，应英国女作家弗吉尼亚·沃尔夫(Virginia Wolf)之约，到她家喝茶。我们从伦敦的雾，中国和英国的小说、诗歌，一直谈到当时英国的英王退位和中国的西安事变。她忽然对我说：“你应该写一本自传。”我摇头笑说：“我们中国人没有写自传的风习，而且关于我自己也没有什么可写的。”她说：“我倒不是要你写自己，而是要你把自己作为线索，把当地的一些社会现象贯穿起来，即使是关于个人的一些事情，也可作为后人参考的史料。”我当时没有说什么，谈锋又转到别处去了。

事情过去四十三年了，今天回想起来，觉得她的话也有些道理。“思想再解放一点”，我就把这些在我脑子里反复呈现的图画和文字，奔放自由地写在纸上。

记得在半个世纪之前，在我写《往事》(之一)的时候，曾在上面写过这么几句话：

索性凭着深刻的印象，
　将这些往事
　移在白纸上罢——
再回忆时
　不向心版上搜索了！

这几句话，现在还是可以应用的。把这些图画和文字，移在白纸上之后，我心里的确轻松多了！

一九七九年二月十一日

我的童年

我生下来七个月，也就是一九〇一年的五月，就离开我的故乡福州，到了上海。

那时我的父亲是“海圻”巡洋舰的副舰长，舰长是萨镇冰先生。巡洋舰“海”字号的共有四艘，就是“海圻”、“海筹”、“海琛”、“海容”，这几艘军舰我都跟着父亲上去过。听说还有一艘叫做“海天”的，因为舰长驾驶失误，触礁沉没了。

上海是个大港口，巡洋舰无论开到哪里，都要经过这里停泊几天，因此我们这一家便搬到上海来，住在上海的昌寿里。这昌寿里是在上海的哪一区，我就不知道了，但是母亲所讲的关于我很小时候的故事，例如我写在《寄小读者》通讯（十）里面的一些，就都是以昌寿里为背景的。我关于上海的记忆，只有两张相片作为根据，一张是父亲自己照的：年轻的母亲穿着沿着阔边的衣裤，坐在一张有床架和帐楣的床边上，脚下还摆着一个脚炉，我就站在她的身旁，头上是一顶青绒的帽子，身上是一件深色的棉袍。父亲很喜欢玩些新鲜的东西，例如照相，我记得他的那个照相机，就有现在卫生员背的药箱那么大！他还有许多冲洗相片的器具，至今我还保存有一个玻璃的漏斗，就是洗相片用的器具之一。另一张相片是在照相馆照的，我的祖父和老姨太坐在茶几的两边，茶几上摆着花盆、盖碗茶杯和水烟筒，祖父穿着夏天的衣衫，手里拿着扇子；老姨太穿着沿着阔边的上衣，下面是青纱裙子。我自己坐在他们中间茶几前面的一张小椅子上，头上

回到北京后的冰心在写作（1951 年）

冰心（前右二）在印度大使馆的招待会上（1953 年）

梳着两个丫角，身上穿的是浅色衣裤，两手按在膝头，手腕和脚踝上都戴有银镯子，看样子不过有两三岁，至少是会走了吧。

父亲四岁丧母，祖父一直没有再续弦，这位老姨太大概是祖父老了以后才娶的。我在一九一一年回到福州时，也没有听见家里人谈到她的事，可见她在我们家里的时间是很短暂的，记得我们住在山东烟台的时期内，祖父来信中提到老姨太病故了。当我们后来拿起这张相片谈起她时，母亲就夸她的活计好，她说上海夏天很热，可是老姨太总不让我光着膀子，说我背上的那块蓝“记”是我的前生父母给涂上的，让他们看见了就来讨人了。她又知道我母亲不喜欢红红绿绿的，就给我做白洋纱的衣裤或背心，沿着黑色烤绸的边，看去既凉爽又醒目。母亲说她太费心了，她说费事倒没有什么，就是太素淡了。的确，我母亲不喜欢浓艳的颜色，我又因为从小男装，所以我从来没有扎过红头绳。现在，这两张相片也找不到了。

在上海那两三年中，父亲隔几个月就可以回来一次。母亲谈到夏天夜里，父亲有时和她坐马车到黄浦滩上去兜风，她认为那是她在福州时所想望不到的。但是父亲回到家来，很少在白天出去探亲访友，因为舰长萨镇冰先生说不定什么时候就会派水手来叫他。萨镇冰先生是父亲在海军中最敬仰的上级，总是亲昵地称他为“萨统”。（“统”就是“统领”的意思，我想这也和现在人称的“朱总”、“彭总”、“贺总”差不多。）我对萨统的印象也极深。记得有一次，我拉着一个来召唤我父亲的水手，不让他走，他笑说：“不行，不走要打屁股的！”我问：“谁叫打？用什么打？”他说：“军官叫打就打，用绳子打，打起来就是‘一打’，‘一打’就是十二下。”我说：“绳子打不疼吧？”他用手指比划着说：“喝！你试试看，我们船上用的绳索粗着呢，浸透了水，打起来比棒子还疼呢！”我着急地问：“我父亲若不回去，萨统会打他吧？”他摇头笑说：“不会的，当官的顶多也就记一个过。萨统很少打人，你父亲也不打人,打起来也只打'半打',还叫用干索子。"我问:"那就不疼了吧?"他说:"那就好多了……"这时父亲已换好军装出来,他就笑着跟在后面走了。

大概就在这个时候,母亲生了一个妹妹,不几天就夭折了。头几天我还搬过一张凳子,爬上床上去亲她的小脸,后来床上就没有她了。我问妹妹哪里去了,祖父说妹妹逛大马路去了,但她始终就没有回来!

一九〇三——一九〇四年之间,父亲奉命到山东烟台去创办海军军官学校。我们搬到烟台,祖父和老姨太又回到福州去了。

我们到了烟台,先住在市内的海军采办厅,所长叶茂蕃先生让出一间北屋给我们住。南屋是一排三间的客厅,就成了父亲会客和办公的地方。我记得这客厅里有一副长联是:

此地有崇山峻岭茂林修竹

是能读三坟五典八索九丘

我提到这一副对联,因为这是我开始识字的一本课文!父亲那时正忙于拟定筹建海军学校的方案,而我却时刻缠在他的身边,说这问那,他就停下笔指着那副墙上的对联说:"你也学着认认字好不好?你看那对子上的山、竹、三、五、八、九这几个字不都很容易认吗?"于是我就也拿起一支笔,坐在父亲的身旁一边学认一边学写,就这样,我把对联上的二十二个字都会念会写了,虽然直到现在我还不知道这"三坟五典八索九丘"究竟是哪几本古书。

不久,我们又搬到烟台东山北坡上的一所海军医院去寄居。这时来帮我父亲做文书工作的,我的舅舅杨子敬先生,也把家从福州搬来了,我们两家就住在这所医院的三间正房里。

这所医院是在陡坡上坐南朝北盖的,正房比较阴冷,但是从廊上东望就看见了大海！从这一天起，大海就在我的思想感情上占了一个极其重要的位置。我常常心里想着它，嘴里谈着它，笔下写着它；尤其是三年前的十几年里，当我忧从中来，无可告语的时候，我一想到大海，我的心胸就开阔了起来，宁静了下去！一九二四年我在美国养病的时候，曾写信到国内请人写一副“集龚”的对联，是：

世事沧桑心事定
胸中海岳梦中飞

谢天谢地，因为这副很短小的对联，当时是卷起压在一只大书箱的箱底的，“四人帮”横行，我家被抄的时候，它竟没有和我其他珍藏的字画一起被抄走！

现在再回来说这所海军医院。它的东厢房是病房，西厢房是诊室，有一位姓李的老大夫，病人不多。门房里还住着一位修理枪支的师傅，大概是退伍军人吧！我常常去蹲在他的炭炉旁边，和他攀谈。西厢房的后面有个大院子，有许多花果树，还种着满地的花，还养着好几箱的蜜蜂，花放时热闹得很。我就因为常去摘花，被蜜蜂螫了好几次，每次都是那位老大夫给我上的药，他还告诫我：花是蜜蜂的粮食，好孩子是不抢人的粮食的。

这时，认字读书已成了我的日课，母亲和舅舅都是我的老师，母亲教我认“字片”，舅舅教我的课本，是商务印书馆的国文教科书第一册，从“天地日月”学起。有了海和山作我的活动场地，我对于认字，就没有了兴趣，我在一九三二年写的《冰心全集》自序中，曾有过这一段，就是以海军医院为背景的：

……有一次母亲关我在屋里，叫我认字，我却挣扎着要出去。父亲便在外面，用马鞭子重重地敲着堂屋的桌子，吓唬我，可是从未打到我的头上的马鞭子，也从未把我爱跑的癖气吓唬回去……

不久，我们又翻过山坡，搬到东山东边的海军练营旁边新盖好的房子里。这座房子盖在山坡挖出来的一块平地上，是个四合院，住着筹备海军学校的职员们。这座练营里已住进了一批新招来的海军学生，但也住有一营(?)的练勇(大概那时父亲也兼任练营的营长)。我常常跑到营门口去和站岗的练勇谈话。他们不像兵舰上的水兵那样穿白色军装。他们的军装是蓝布包头，身上穿的也是蓝色衣裤，胸前有白线绣的“海军练勇”字样。当我跟着父亲走到营门口，他们举枪立正之后，父亲进去了就挥手叫我回来。我等父亲走远了，却拉那位练勇蹲了下来，一面摸他的枪，一面问：“你也打过海战吧?”他摇头说：“没有。”我说：“我父亲就打过，可是他打输了!”他站了起来，扛起枪，用手拍着枪托子，说：“我知道，你父亲打仗的时候，我还没当兵呢。你等着，总有一天你的父亲还会带我们去打仗，我们一定要打个胜仗，你信不信?”这几句带着很浓厚山东口音的誓言，一直在我的耳边回响着!

回想起来，住在海军练营旁边的时候，是我在烟台八年之中，离海最近的一段。这房子北面的山坡上，有一座旗台，是和海上军舰通旗语的地方。旗台的西边有一条山坡路通到海边的炮台，炮台上装有三门大炮，炮台下面的地下室里还有几个鱼雷，说是“海天”舰沉后捞上来的。这里还驻有一支穿白衣军装的军乐队，我常常跟父亲去听他们演习，我非常尊敬而且羡慕那位乐队指挥! 炮台的西边有一个小码头。父亲的舰长朋友们来接送他的小汽艇，就是停泊在这码头边上的。

写到这里，我觉得我渐渐地进入了角色! 这营房、旗台、炮台、码头，和周围的海边山上，是我童年初期活动的舞台。我在一九六二年九月十八日夜曾写过一篇叫做《海恋》的散文，里面有：

……我童年活动的舞台上，从不更换布景……在清晨我看见金盆似的朝日，从深黑色、浅灰色、鱼肚白色的云层里，忽然涌了上来，这时太空轰鸣，浓金泼满了海面，染透了诸天……在黄昏我看见银盘似的月亮颤巍巍地捧出了水平，海面变成一层层一道道的由浓黑而银灰渐渐地漾成光明闪烁的一片……这个舞台，绝顶静寂，无边辽阔，我既是演员，又是剧作者。我虽然单身独自，我却感到无限的欢畅与自由。

就在这个期间，一九〇六年，我的大弟谢为涵出世了。他比我小得多，在家塾里的表哥哥和堂哥哥们又比我大得多；他们和我玩不到一块儿，这就造成了我在山巅水涯独往独来的性格。这时我和父亲同在的时间特别多。白天我开始在家塾里附学，念一点书，学作一些短句子，放了学父亲也从营里回来，他就教我打枪、骑马、划船，夜里就指点我看星星。逢年过节，他也带我到烟台市上去，参加天后宫里海军军人的聚会演戏，或到玉皇顶去看梨花，到张裕酿酒公司的葡萄园里去吃葡萄，更多的时候，就是带我到进港的军舰上去看朋友。

一九〇八年，我的二弟谢为杰出世了，我们又搬到海军学校后面的新房子里来。

这所房子有东西两个院子，西院一排五间是我们和舅舅一家合住的。我们住的一边，父亲又在尽东头面海的一间屋子上添盖了一间楼房，上楼就望见大海。我在《海恋》中有过这么一段描写，就是在这楼上所望见的一切：

右边是一座屏幛似的连绵不断的南山，左边是一带围抱过来的丘陵，土坡上是一层一层的麦地，前面是平坦无际的淡黄的沙滩。在沙滩与我之间，有一簇依山上下高低不齐的农舍，亲热地偎倚成一个小小的村落。在广阔的沙滩前面，就是那片大海！这大海横亘南北，布满东方的天边，天边有几笔淡墨画成的海岛，那就是芝罘岛，岛上有一座灯塔……

在这时期，我上学的时间长了，看书的时间也多了，主要的还是因为离海远些了，父亲也忙些了，我好些日子才到海滩上去一次，我记得这海滩上有一座小小的龙王庙，庙门上的对联是：

群生被泽
四海安澜

因为少到海滩上去，那间望海的楼房就成了我常去的地方。这房间算是客房，但是客人很少来住，父亲和母亲想要习静的时候就到那里去。我最喜欢在风雨之夜，倚阑凝望那灯塔上的一停一射的强光，它永远给我以无限的温暖快慰的感觉！

这时，我们家塾里来了一位女同学，也是我的第一个女伴，她是父亲同事李毓丞先生的女儿名叫李梅修的，她比我只大两岁，母亲说她比我稳静得多。她的书桌和我的摆在一起，我们十分要好。这时，我开始学会了“过家家”，我们轮流在自己“家”里“做饭”，互相邀请，吃些小糖小饼之类。一九一一年，我们在福州的时候，父亲得到李伯伯从上海的来信，说是李梅修病故了，我们都很难过，我还写了一篇《祭亡友李梅修文》寄到上海去。

我和李梅修谈话或做游戏的地方，就在楼房的廊上，一来可以免受表哥哥和堂哥哥们的干扰，二来可以赏玩海景和园景。从楼廊上往前看是大海，往下看就是东院那个客厅和书斋的五彩缤纷的大院子。父亲公余喜欢栽树种花，这院子里种有许多果树和各种的花。花畦是父亲自己画的种种几何形的图案，花径是从海滩上挑来的大卵石铺成的，我们清晨起来，常常在这里活动。我记得我的小舅舅杨子玉先生，他是我的外叔祖父杨颂岩老先生的儿子，那时正在唐山路矿学堂肄业，夏天就到我们这里来度假。他从烟台回校后，曾寄来一首长诗，头几句我忘了，后几句是：

…………

…………

忆昔夏日来芝罘
照眼繁花簇小楼
清晨微步惬情赏
向晚琼筵勤劝酬
欢娱苦短不逾月
别来倏忽惊残秋
花自凋零吾不见
共怜福分几生修

小舅舅是我们这一代最欢迎的人，他最会讲故事，讲得有声有色。他有时讲吊死鬼的故事来吓唬我们，但是他讲得更多的是民族意识很浓厚的故事，什么洪承畴卖国啦，林则徐烧鸦片啦等等，都讲得慷慨淋漓，我们听过了往往兴奋得睡不着觉！他还拉我的父亲和父亲的同事们组织赛诗会，就是：在开会时大家议定了题目，限了韵，各人分头做诗，传观后评定等次，也预备了一些奖品，如扇子、笺纸之类。赛诗会总是晚上在我们书斋里举行，我们都坐在一边旁听。现在我只记得父亲做的《咏蟋蟀》一首，还不完全：

庭前……正花黄
床下高吟际小阳
笑尔专寻同种斗
争来名誉亦何香

还有《咏茅屋》一首，也只记得两句：

…………

…………

久处不须忧瓦解

雨余还得草根香

我记住了这些句子，还是因为小舅舅和我父亲开玩笑，说他做诗也解脱不了军人的本色。父亲也笑说："诗言志嘛，我想到什么就写什么，当然用词赶不上你们那么文雅了。"但是我体会到小舅舅的确很喜欢父亲的"军人本色"，我的舅舅们和父亲以及父亲的同事们在赛诗会后，往往还谈到深夜。那时我们都睡觉去了，也不知道他们都谈些什么。

小舅舅每次来过暑假，都带来一些书，有些书是不让我们看的，越是不让看，我们就越想看，哥哥们就怂恿我去偷，偷来看时，原来都是"天讨"之类的"同盟会"的宣传册子。我们偷偷地看了之后，又偷偷地赶紧送回原处。

一九一〇年我的三弟谢为楫出世了。就在这之后不久，海军学校发生了风潮！

大概在这一年之前，那时的海军大臣载洵，到烟台海军学校视察过一次，回到北京，便从北京贵胄学堂派来了二十名满族学生，到海军学校学习。在一九一一年的春季运动会上，为着争夺一项锦标，一两年中蕴积的满汉学生之间的矛盾表面化了！这一场风潮闹得很凶，北京就派来了一个调查员郑汝成，来查办这个案件。他也是父亲的同学。他背地里告诉父亲，说是这几年来一直有人在北京告我父亲是"乱党"，并举海校学生中有许多同盟会员——其中就有萨镇冰老先生的侄子(?)萨福昌……而且学校图书室订阅的，都是《民呼报》之类，替同盟会宣传的报纸为证等等，他劝我父亲立即辞职，免得落个"撤职查办"。父亲同意了，他的几位同事也和他一起递了辞呈。就在这一年的秋天，父亲恋恋不舍地告别了他所创办的海军学校,和来送他的朋友、同事和学生,我也告别了我的耳鬓厮磨的大海,离开烟台,回到我的故乡福州去了!

这里,应该写上一段至今回忆起来仍使我心潮澎湃的插曲。振奋人心的辛亥革命在这年的十月十日发生了!我们在回到福州的中途,在上海虹口住了一个多月。我们每天都在抢着等着看报。报上以黎元洪将军(他也是父亲的同班同学,不过父亲学的是驾驶,他学的是管轮)署名从湖北武昌拍出的起义的电报(据说是饶汉祥先生的手笔),写得慷慨激昂,篇末都是以"黎元洪泣血叩"收尾。这时大家都纷纷捐款劳军,我记得我也把攒下的十块压岁钱,送到申报馆去捐献,收条的上款还写有"幼女谢婉莹君"字样。我把这张小小的收条,珍藏了好多年,现在,它当然也和如水的年光一同消逝了!

一九七九年七月四日清晨

我到了北京

大概是在一九一三年初秋，我到了北京。

中华民国成立后，海军部长黄钟瑛打电报把我父亲召到北京，来担任海军部军学司长。父亲自己先去到任，母亲带着我们姐弟四个，几个月后才由舅舅护送着，来到北京。

实话说，我对北京的感情，是随着居住的年月而增加的。我从海阔天空的烟台，山清水秀的福州，到了我从小从舅舅那里听到的腐朽破烂的清政府所在地——北京，我是没有企望和兴奋的心情的。当轮船缓慢地驶进大沽口十八湾的时候，那浑黄的河水和浅浅的河滩，都给我以一种抑郁烦躁的感觉。从天津到北京，一路上青少黄多的田亩，一望无际，也没有引起我的兴趣！到了北京东车站，父亲来接，我们坐上马车，我眼前掠过的，就是高而厚的灰色的城墙，尘沙飞扬的黄土铺成的大道，匆忙而又迂缓的行人和流汗的人力车夫的奔走，在我茫然漠然的心情之中，马车已把我送到了一住十六年的"新居"，北京东城铁狮子胡同中剪子巷十四号。

这是一个不大的门面，就像天津出版社印的老舍先生的《四世同堂》的封面画，是典型的北京中等人家的住宅。大门左边的门框上，挂着黑底金字的"齐宅"牌子。进门右边的两扇门内，是房东齐家的住处。往左走过一个小小的长方形外院，从朝南的四扇门进去，是个不大的三合院，便是我们的"家"了。

这个三合院，北房三间，外面有廊子，里面有带砖炕的东西两个套间。东西厢房各三间,都是两明一暗,东厢房作了客厅和父亲的书房,西厢房成了舅舅的居室和弟弟们读书的地方。从北房廊前的东边过去,还有个很小的院子,这里有厨房和厨师父的屋子,后面有一个蹲坑的厕所。北屋后面西边靠墙有一座极小的两层“楼”,上面供的是财神,下面供的是狐仙!

我们住的北房,除东西套间外,那两明一暗的正房,有玻璃后窗,还有雕花的“隔扇”,这隔扇上的小木框里,都嵌着一幅画或一首诗。这是我在烟台或福州的房子里所没有的装饰,我很喜欢这个装饰!框里的画,是水墨或彩色的花卉山水,诗就多半是我看过的《唐诗三百首》中的句子,也有的是我以后在前人诗集中找到的。其中只有一首,是我从来没有遇见过的,那是一首七律:

飘然高唱入层云
风急天高(?)忽断闻
难解乱丝唯勿理
善存余焰不教焚
事当路口三叉误
人便江头九派分
今日始知吾左计
枉亲书剑负耕耘

我觉得这首诗很有哲理意味。

我们在这院子里住了十六年!这里面堆积了许多我对于我们家和北京的最初的回忆。

我最初接触的北京人,是我们的房东齐家。我们到的第二天,齐老太太就带着她的四姑娘,过来拜访。她称我的父母亲为“大叔”、“大婶”,称我们为姑娘和学生。(现在我会用“您”字,就是从她们学来的。)齐老太太常来请我母亲到她家打牌,或出去听戏。母亲体弱,又不惯于这种应酬,婉言辞谢了几次之后,她来的便少了。我倒是和她们去东安市场的吉祥园,听了几次戏,我还赶上了听杨小楼先生演黄天霸的戏,戏名我忘了。我又从《汾河湾》那出戏里,第一次看到了梅兰芳先生。

我常被领到齐家去,她们院里也有三间北屋和东西各一间的厢房。屋里生的是大的铜的煤球炉子,很暖。她家的客人很多,客人来了就打麻雀牌,抽纸烟。四姑娘也和他们一起打牌吸烟,她只不过比我大两三岁!

齐家是旗人,他本来姓"祈"(后来我听到一位给母亲看病的满族中医讲到,旗人有八个姓,就是童、关、马、索、祈、富、安、郎。),到了民国,旗人多改汉姓,他们就姓了"齐"。他们家是老太太当权,齐老先生和他们的小脚儿媳,低头出入,忙着干活,很少说话。后来听人说,这位齐老太太从前是一个王府的"奶子",她攒下钱盖的这所房子。我总觉得她和我们家门口大院西边那所大宅的主人有关系。这所大宅子的前门开在铁狮子胡同,后门就在我们门口大院的西边。常常有穿着鲜艳的旗袍和坎肩,梳着"两把头",髻后有很长的"燕尾儿",脚登高底鞋的贵妇人出来进去的。她们彼此见面,就不住地请安问好,寒暄半天,我远远看着觉得十分有趣。但这些贵妇人,从来没有到齐家来过。

就这样,我所接触的只是我家院内外的一切,我的天地比从前的狭仄冷清多了,幸而我的父亲是个不甘寂寞的人,他在小院里砌上花台,下了"衙门"(北京人称上班为上衙门!)便卷起袖子来种花。我们在外头那个长方形的院子里,还搭起一个葡萄架子,把从烟台寄来的葡萄秧子栽上。后来父亲的花园渐渐扩大到大门以外,他在门口种了些野茉莉、蜀葵之类容易生长的花朵,还立起了一个秋千架。周围的孩子就常来看花,打秋千,他们把这大院称作"谢家大院"。

“谢家大院”是周围的孩子们集会的地方，放风筝的、抖空竹的、跳绳踢毽子的、练自行车的……热闹得很。因此也常有“打糖锣的”的担子歇在那里，锣声一响，弟弟们就都往外跑，我便也跟了出去。这担子里包罗万象，有糖球、面具、风筝、刀枪等等，价钱也很便宜。这糖锣担子给我的印象很深！前几年我认识一位面人张，他捏了一尊寿星送我，我把这尊寿星送给一位英国朋友——一位人类学者，我又特烦面人张给我捏一副“打糖锣的”的担子，把它摆在我玻璃书架里面，来锁住我少年时代的一幅画境。

总起来说，我初到北京的那一段生活，是陌生而乏味的。“山中岁月”、“海上心情”固然没有了，而“辇下风光”我也没有领略到多少！那时故宫、景山和北海等处，还都没有开放，其他的名胜地区，我记得也没有去过。只有一次和弟弟们由舅舅带着逛了隆福寺市场，这对我也是一件新鲜事物！市场里熙来攘往，万头攒动。栉比鳞次的摊子上，卖什么的都有，古董、衣服、吃的、用的，五光十色；除了做买卖的，还有练武的、变戏法的、说书的……我们的注意力却集中在玩具摊上！我记得最清楚的是棕人铜盘戏出。这是一种纸糊的戏装小人，最精彩的是武将，头上插着翎毛，背后扎着四面小旗，全副盔甲，衣袍底下却是一圈棕子。这些戏装小人都放在一个大铜盘上。要的人一敲那铜盘子，个个棕人都旋转起来，刀来枪往，煞是好看。

父亲到了北京以后，似乎消沉多了，他当然不会带我上“衙门”，其他的地方，他也不爱去，因此我也很少出门。这一年里我似乎长大了许多！因为这时围绕着我的，不是那些堂的或表的姐妹弟兄，而只是三个比我小得多的弟弟，岁时节序，就显得冷清许多。二来因为我追随父亲的机会少了，我自然而然地成了母亲的女儿。我不但学会了替母亲梳头(母亲那时已经感到臂腕酸痛)，而且也分担了一些家务，我才知道“过日子”是一件很操心、很不容易对付的事！这时我也常看母亲订阅的各种杂志，如商务印书馆出版的《妇女杂志》,《小说月报》和《东方杂志》等，我就是从《妇女杂志》的文苑栏内，首先接触到“词”这种诗歌形式的。我的舅舅杨子敬先生做了弟弟们的塾师，他并没有叫我参加学习，我白天帮母亲做些家务，学些针黹，晚上就在堂屋的方桌边，和三个弟弟各据一方，帮他们温习功课。他们倦了就给他们讲些故事，也领他们做些游戏，如“老鹰抓小鸡”之类，自己觉得俨然是个小先生了。

弟弟们睡觉以后，我自己孤单地坐着，听到的不是高亢的军号，而是墙外的悠长而凄清的叫卖“羊头肉”或是“赛梨的萝卜”的声音，再不就是一声声算命瞎子敲的小锣，敲得人心头打颤，使我彷徨而烦闷！

写到这里，我微微起了感喟。我的生命的列车，一直是沿着海岸飞驰，虽然山回路转，离开了空阔的海天，我还看到了柳暗花明的村落。而走到北京的最初一段，却如同列车进入隧道，窗外黑糊糊的，车窗关上了，车厢里电灯亮了，我的眼光收了回来，在一圈黄黄的灯影下，我仔细端详了车厢里的人和物，也端详了自己……

北京头一年的时光，是我生命路上第一段短短的隧道，这种黑糊糊的隧道，以后当然也还有，而且更长，不过我已经长大成人了！

一九八一年六月十六日

我 的 祖 父

关于我的祖父，我在许多短文里，已经写过不少了。但还有许多小事，趣事，是常常挂在我的心上。我和他真正熟悉起来，还是在我十一岁那年回到故乡福州那时起，我差不多整天在他身边转悠！我记得他闲时常到城外南台去访友，这条路要过一座大桥，一定很远，但他从来不坐轿子。他还说他一路走着，常常遇见坐轿子的晚辈，他们总是赶紧下轿，向他致敬。因此他远远看见迎面走来的轿子，总是转过头去，装作看街旁店里的东西，免得人家下轿。他说这些年来，他只坐过两次轿子：一次是他手里捧着一部曲阜圣迹图（他是福州尊孔兴文会的会长），他觉得把圣书夹在腋下太不恭敬了，就坐了轿子捧着回来；还有一次是他的老友送给他一只小狗，他不能抱着它走那么长的路，只好坐了轿子。祖父给这只小狗起名叫“金狮”。我看到它时，已是一只大狗了。我握着它的前爪让它立起来时，它已和我一般高了，周身是金灿灿的发亮的黄毛。它是一只看家的好狗，熟人来了，它过去闻闻就摇起尾来，有时还用后腿站起，抬起前爪扑到人家胸前。生人来了，它就狂吠不止，让一家人都警惕起来。祖父身体极好，但有时会头痛，头痛起来就静静地躺着，这时全家人都静悄悄起来了，连“金狮”都被关到后花园里。我记得母亲静悄悄地给祖父下了一碗挂面，放在厨房桌上，四叔母又静悄悄地端起来，放在祖父床前的小桌上，旁边还放着一小碟子“苏苏”熏鸭。这“苏苏”是人名，也是福州鼓楼一间很有名的熏鸭店名。这熏鸭一定很贵，因为我们平时很少买过。

祖父对待孙女们一般比孙子们宽厚，我们犯了错误，他常常"视而不见"地让它过去。我最记得我和我的三姐(她是四叔母的女儿，和我同岁)常常给祖父"装烟"，我们都觉得从他嘴里喷出来的水烟，非常好闻。于是在一次他去南台访友，走了以后(他总是扣上前房的门，从后房走的)，我们仍在他房里折叠他换下的衣衫。料想这时断不会有人来，我们就从容地拿起水烟袋，吹起纸煤，轮流吸起烟来，正在我们呛得咳嗽的时候，祖父忽然又从后房进来了，吓得我们赶紧放下水烟袋，拿起他的衣衫来乱抖乱拂，想抖去屋里的烟雾。祖父却没有说话，也没有笑，拿起书桌上的眼镜盒子，又走了出去。我们的心怦怦地跳着，对面苦笑了半天，把祖父的衣衫叠好，把后房门带上出来。这事我们当然不敢对任何人说，而祖父也始终没有对任何人说过我们这件越轨的举动。

祖父最恨赌博，即使是岁时节庆，我们家也从来听不见搓麻将、掷骰子的声音。他自己的生日，是我们一家最热闹的日子了，客人来了，拜过寿后，只吃碗寿面。至亲好友，就又坐着谈话，等着晚上的寿席，但是有麻将癖的客人，往往吃过寿面就走了，他们不愿意坐谈半天的很拘束的客气话。

在我们大家庭里，并不是没有麻将牌的。四叔母屋里就有一副很讲究的象牙麻将牌。我记得在我回福州的第二年，我父亲奉召离家的时候，我因为要读完女子师范的第二个学期，便暂留了下来，母亲怕我们家里的人会娇惯我，便把我寄居在外婆家。但是祖父常常会让我的奶娘(那时她在祖父那里做短工)去叫我。她说："莹官，你爷爷让你回去吃龙眼。他留给你吃的那一把龙眼，挂在电灯下面的，都烂掉得差不多了！"那时正好我的三堂兄良官，从小在我家长大的，从兵舰上回家探亲，我就和他还有二伯母屋里的四堂兄枢官，以及三姐，在夜里九点祖父睡下

周恩来总理与冰心在飞机上交谈（1962 年）

冰心为采访的儿童们讲故事

之后,由我出面向四叔母要出那副麻将牌来,在西院的后厅打了起来。打着打着,我忽然拼够了好几副对子,和了一副“对对和”！我高兴得拍案叫了起来。这时四叔母从她的后房急急地走了出来,低声地喝道:“你们胆子比天还大！四妹,别以为爷爷宠你,让他听见了,不但从此不疼你了,连我也有了不是,快快收起来吧!”我们吓得喏喏连声,赶紧把牌收到盒子里送了回去。这些事,现在一想起来就很内疚,我不是祖父想象里的那个乖孩子,离了他的眼,我就是一个既淘气又不守法的“小家伙”。

我的父亲

关于我的父亲,零零碎碎地我也写了不少了。我曾多次提到,他是在"威远"舰上,参加了中日甲午海战。但是许多朋友和读者都来信告诉我,说是他们读了近代史,"威远"舰并没有参加过海战。那时"威"字排行的战舰很多,一定是我听错了,我后悔当时我没有问到那艘战舰舰长的名字,否则也可以对得出来。但是父亲的确在某一艘以"威"字命名的兵舰上参加过甲午海战,有诗为证!

记得在一九一四至一九一五年之间,我在北京中剪子巷家里客厅的墙上,看到一张父亲的挚友张心如伯伯(父亲珍藏着一张"岁寒三友"的相片,这三友是父亲和一位张心如伯伯,一位萨幼洲伯伯。他们都是父亲的同学和同事。我不知道他们的大名,"心如"和"幼洲"都是他们的别号)贺父亲五十寿辰的七律二首,第一首的头两句我忘了:

×××××××
×××××××
东沟决战甘前敌
威海逃生岂惜身
人到穷时方见节
岁当寒后始回春
而今乐得英才育

坐护皋比士气伸

第二首说的都是谢家的典故，没什么意思，但是最后两句，点出了父亲的年龄：

乌衣门第旧冠裳
想见阶前玉树芳
希逸有才工月赋
惠连入梦忆池塘
出为霖雨东山望
坐对棋枰别墅光
莫道假年方学易
平时诗礼已闻亢

从第一首诗里看来，父亲所在的那艘兵舰是在大东沟“决战”的，而父亲是在威海卫泅水“逃生”的。

提到张心如伯伯，我还看到他给父亲的一封信，大概是父亲在烟台当海军学校校长的时期（父亲书房里有一个书橱，中间有两个抽屉，右边那个珍藏着许多朋友的书信诗词，父亲从来不禁止我去翻看）。信中大意说父亲如今安下家来，生活安定了，母亲不会再有“会少离多”的怨言了，等等。中间有几句说：“秋分白露，佳话十年，会心不远，当目笑存之。”我就去问父亲：“这佳话十年，是什么佳话？”父亲和母亲都笑了，说：那时心如伯伯和父亲在同一艘兵舰上服役。海上生活是寂寞而单调的，因此每逢有人接到家信，就大家去抢来看。当时的军官家属，会亲笔写信的不多，母亲的信总会引起父亲同伴的特别注意。有一次母亲信中提到“天气”的时候，引用了民间谚语：“白露秋分夜，一夜冷一夜”，大家看了就哄笑着逗着父亲说：“你的夫人想你了，这分明是‘鸳鸯瓦冷霜华重，翡翠衾寒谁与共’的意思！”父亲也只好红着脸把信抢了回去。从张伯伯的这封信里也可以想见当年长期在海上服务的青年军官们互相嘲谑的活泼气氛。

就是从父亲的这个书橱的抽屉里，我还翻出萨镇冰老先生的一首七绝，题目仿佛是《黄河夜渡》：

晓发××尚未寒
夜过荥泽觉衣单
黄河桥上轻车渡
月照中流好共看

父亲盛赞这首诗的末一句，说是"有大臣风度"，这首诗大概是作于清末，萨老先生当海军副大臣的时候，正大臣是载洵贝勒。

一九八四年十一月五日清晨

南　　归

——贡献给母亲在天之灵

去年秋天，楫自海外归来，住了一个多月又走了。他从上海十月三十日来信说："……今天下午到母亲墓上去了，下着大雨。可是一到墓上，阳光立刻出来。母亲有灵！我照了六张相片。照完相，雨又下起来了。姊姊！上次离国时，母亲在床上送我，嘱咐我，不想现在是这样的了！……"

我的最小偏怜的海上漂泊的弟弟！我这篇《南归》，早就在我心头，在我笔尖上。只因为要瞒着你，怕你在海外孤身独自，无人劝解时，得到这震惊的消息，读到这一切刺心刺骨的经过。我挽住了如澜的狂泪，直待到你归来，又从我怀中走去。在你重过漂泊的生涯之先，第一次参拜了慈亲的坟墓之后，我才来动笔！你心下一切都已雪亮了。大家颤栗相顾，都已做了无母之儿，海枯石烂，世界上慈怜温柔的恩福，是没有我们的份了！我纵然尽写出这深悲极恸的往事，我还能在你们心中，加上多少痛楚?！我还能在你们心中，加上多少痛楚?！

现在我不妨解开血肉模糊的结束，重理我心上的创痕。把心血呕尽，眼泪倾尽，和你们恣情开怀的一恸，然后大家饮泣收泪，奔向母亲要我们奔向的艰苦的前途！

我依据着回忆所及，并参阅藻的日记，和我们的通信，将最鲜明，最灵活，最酸楚的几页，一直写记了下来。我的握笔的手，我的笔儿，怎想到有这样运用的一天！怎想到有这样运用的一天！

前冬十二月十四日午，藻和我从城中归来，客厅桌上放着一封从上海来的电报，我的心立刻震颤了。急忙的将封套拆开，上面是“……母亲云，如决回，提前更好”，我念完了，抬起头来，知道眼前一片是沉黑的了！

藻安慰我说：“这无非是母亲想你，要你早些回去，决不会怎样的。”我点点头。上楼来脱去大衣，只觉得全身战栗，如冒严寒。下楼用饭之先，我打电话到中国旅行社买船票。据说这几天船只非常拥挤，须等到十九日顺天船上，才有舱位，而且还不好。我说无论如何，我是走定了。即使是猪圈，是狗窦，只要能把我渡过海去，我也要蜷伏几宵——就这样的定下了船票。

夜里如同睡在冰穴中，我时时惊跃。我知道假如不是母亲病的危险，父亲决不会在火车断绝，年假未到的时候，催我南归。他拟这电稿的时候，虽然有万千的斟酌使词气缓和，而背后隐隐的着急与悲哀是掩不住的——藻用了无尽的言语来温慰我；说身体要紧，无论怎样，在路上，在家里，过度的悲哀与着急，都与自己母亲是无益有害的。这一切我也知道，便饮泪收心的睡了一夜。

以后的几天，便消磨在收拾行装，清理剩余手续之中。那几天又特别的冷。朔风怒号，楼中没有一丝暖气。晚上藻和我总是强笑相对，而心中的怔忡，孤悬，恐怖，依恋，在不语无言之中，只有钟和灯知道了！

杰还在学校里，正预备大考。南归的消息，纵不能瞒他，而提到母亲病的推测，我们在他面前，总是很乐观的，因此他也还坦然。天晓得，弟弟们都是出乎常情的信赖我。他以为姊姊一去，母亲的病是不会成问题的。可怜的孩子，可祝福的无知的信赖！

十八日的下午四时二十五分的快车，藻送我到天津。这是我们蜜月后的第一次同车，虽然仍是默默的相挨坐着，而心中的甜酸苦乐，大不相同了！窗外是凝结的薄雪，窗隙吹进砭骨的冷风，斜日黯然，我已经觉得腹痛。怕藻着急，不肯说出，又知道说了也没用，只不住的喝热茶。七点多钟到天津，下了月台，我已痛得走不动了。好容易挣出站来，坐上汽车，径到国民饭店，开了房间，我一直便躺在床上。藻站在床前，眼光中露出无限的惊惶："你又病了？"我呻吟着点一点头。——我以后才发现这病是慢性的盲肠炎。这病根有十年了，一年要发作一两次。每次都痛彻心腑，痛得有时延长至十二小时。行前为预防途中复发起见，曾在协和医院仔细验过，还看不出来。直到以后从上海归来，又患了一次，医生才绝对的肯定，在协和开了刀，这已是第二年三月中的事了。

这夜的痛苦，是逐秒逐分的加紧，直到夜中三点。我神志模糊之中，只觉得自己在床上起伏坐卧，呕吐，呻吟，连藻的存在都不知道了。中夜以后，才渐渐的缓和，转过身来对坐在床边拍抚着我的藻，作颓乏的惨笑。他也强笑着对我摇头不叫我言语。慢慢的替我卸下大衣，严严的盖上被。我觉得刚一闭上眼，精魂便飞走了！

醒来眼里便满了泪；病后的疲乏，临别的依恋，眼前旅行的辛苦，到家后可能的恐怖的事实，都到心上来了。对床的藻，正做着可怜的倦梦。一夜的劳瘁，我不忍唤醒他，望着窗外天津的黎明，依旧是冷酷的阴天！我思前想后，除了将一切交给上天之外，没有别的方法了！

这一早晨，我们又相倚的坐着。船是夜里十时开，藻不能也不敢说出不让我走的话，流着泪告诉我："你病得这样！我是个穷孩子，忍心的丈夫。我不能陪你去，又不能替你预备下好舱位，我让你自己在这时单身走！……"他说着哽咽了。我心中更是甜酸苦辣，不知怎么好，又没有安慰他的精神与力量，只有无言的对泣。

还是藻先振起精神来，提议到梁任公家里，去访他的女儿周夫人，我无力的赞成了。到那里蒙他们夫妇邀去午饭。席上我喝了一杯白兰地酒，觉得精神较好。周夫人对我提到她去年的回国，任公先生的病以及他的死。悲痛沉挚之言，句句使我闻之心惊胆跃，最后实在坐不住，挣扎着起来谢了主人。发了一封报告动身的电报到上海，两点半钟便同藻上了顺天船。

房间是特别官舱，出乎意外的小！又有大烟囱从屋角穿过。上铺已有一位广东太太占住，箱儿篓子，堆满了一屋。幸而我行李简单，只一副卧具，一个手提箱。藻替我铺好了床，我便蜷曲着躺下。他也蜷伏着坐在床边。门外是笑骂声，叫卖声，喧呶声，争竞声；杂着油味，垢腻味，烟味，咸味，阴天味；一片的拥挤，窒塞，纷扰，叫嚣！我忍住呼吸，闭着眼。藻的眼泪落在我的脸上："爱，我恨不能跟了你去！这种地方岂是你受得了的！"我睁开眼，握住他的手："不妨事，我原也是人类中之一！"

直挨到夜中九时，烟囱旁边的横床上，又来了一位女客，还带着一个小女儿。屋里更加紧张拥挤了，我坐了起来，拢一拢头发，告诉藻："你走罢，我也要睡一歇，这屋里实在没有转身之地了！"因着早晨他说要坐三等车回北平去，又再三的嘱咐他："天气冷，三等车上没有汽炉，还是不坐好。和我同甘苦，并不在于这情感用事上面！"他答应了我，便从万声杂沓之中挤出去了。

——到沪后，得他的来信说："对不起你，我毕竟是坐了三等车。试想我看着你那样走的，我还有什么心肠求舒适？即此，我还觉得未曾分你的辛苦于万一！更有一件可喜的事，我将剩下的车费在市场的旧书摊上，买了几本书了……"——

这几天的海行，窗外只看见塘沽的碎裂的冰块，和大海的洪涛。人气蒸得模糊的窗眼之内，只听得人们的呕吐。饭厅上，茶房连叠声叫"吃饭咧！"以及海客的谈时事声，涕唾声。这一百多钟头之中，我已置心身于度外，不饮不食，只求能睡，并不敢想到母亲的病状。睡不着的时候，只瞑目遐思夏日蜜月旅行中之西湖莫干山的微蓝的水，深翠的竹，以求超过眼前地狱景况于万一！

二十二日下午，船缓缓的开进吴淞口，我赶忙起来梳头着衣，早早的把行装收拾好。上海仍是阴天！我推测着数小时到家后可能的景况，心灵上只有战栗，只有祈祷！江上的风吹得萧萧的。寒星般的万船楼头的灯火，照映在黄昏的深黑的水上，画出弯颤的长纹。晚六时，船才缓缓的停在浦东。我又失望，又害怕，孤身旅行，这还是第一次。这些脚夫和接水，我连和他们说话的胆量都没有，只把门紧紧的关住，等候家里的人来接。直等到七时半，客人们都已散尽，连茶房都要下船去了。无可奈何，才开门叫住了一个中国旅行社的接客，请他照应我过江。

我坐在颠簸的摆渡上，在水影灯光中，只觉得不时摇过了黑而高大的船舷下，又越过了几只横渡的白篷带号码的小船。在料峭的寒风之中，淋漓精湿的石阶上，踏上了外滩。大街楼顶广告上的电灯联成的字，仍旧追逐闪烁着，电车仍旧是隆隆不绝的往来的走着。我又已到了上海！万分昏乱的登上旅行社运箱子的汽车，连人带箱子从几个又似迅速又似疲缓的转弯中，便到了家门口。

按了铃，元来开门。我头一句话，是"太太好了么？"他说："好一点了。"我顾不得说别的，便一直往楼上走。父亲站在楼梯的旁边接我。走进母亲屋里，华坐在母亲床边，看见我站了起来。小菊倚在华的膝旁，含羞的水汪汪的眼睛直望着我。我也顾不得抱她，我俯下身去，叫了一声"妈！"看母亲时，真病得不成样子了！所谓"骨瘦如柴"者，我今天才理会得！比较两月之前，她仿佛又老了二十岁。额上似乎也黑了。气息微弱到连话也不能说一句，只用悲喜的无主的眼光看着我……

父亲告诉我电报早接到了。涵带着苑从下午五时便到码头去了,不知为何没有接着。这时小菊在华的推挽里,扑到我怀中来,叫了一声"姑姑"。小脸比从前丰满多了,我抱起她来,一同伏到母亲的被上。这时我的眼泪再也止不住了,赶紧回头走到饭厅去。

涵不久也回来了,脸冻得通红——我这时方觉得自己的腿脚,也是冰块一般的僵冷。——据说是在外滩等到七时。急得不耐烦,进到船公司去问,公司中人待答不理的说:"不知船停在哪里,也许是没有到罢!"他只得转了回来。

饭桌上大家都默然。我略述这次旅行的经过,父亲凝神看着我,似乎有无限的过意不去。华对我说发电叫我以后,才告诉母亲的,只说是我自己要来。母亲不言语,过一会子说:"可怜的,她在船上也许时刻提心吊胆的想到自己已是没娘的孩子了!"

饭后涵华夫妇回到自己的屋里去。我同父亲坐在母亲的床前。母亲半闭着眼,我轻轻的替她拍抚着。父亲悄声的问:"你看母亲怎样?"我不言语,父亲也默然,片晌,叹口气说:"我也看着不好,所以打电报叫你,我真觉得四无依傍——我的心都碎了!……"

此后的半个月,都是侍疾的光阴了。不但日子不记得,连昼夜都分不清楚了!一片相连的是母亲仰卧的瘦极的睡容,清醒时低弱的语声和憔悴的微笑,窗外的阴郁的天,壁炉中发爆的煤火,凄绝静绝的半夜炉台上滴答的钟声,黎明时四壁黯然的灰色,早晨开窗小立时濛濛的朝雾!在这些和泪的事实之中,我如同一个无告的孤儿,独自赤足拖踏过这万重的火焰!

在这一片昏乱迷糊之中,我只记得侍疾的头几天,我是每天晚上八点就睡,十二点起来,直至天明。起来的时候,总是很冷。

涵和华摩挲着忧愁的倦眼,和我交替。我站在壁炉边穿衣裳,母亲慢慢的侧过头来说:“你的衣服太单薄了,不如穿上我的黑骆驼绒袍子,省得冻着!”我答应了,她又说:“我去年头一次见藻,还是穿那件袍子呢。”

她每夜四时左右,总要出一次冷汗,出了汗就额上冰冷。在那时候,总要喝南枣北麦汤,据说是止汗滋补的。我恐她受凉,又替她缝了一块长方的白绒布,轻轻的围在额上。母亲闭着眼微微的笑说:“我像观世音了。”我也笑说:“也像圣母呢!”

因着骨痛的关系,她躺在床上,总是不能转侧。她瘦得只剩一把骨了,褥子嫌太薄,被又嫌太重。所以褥子底下,垫着许多棉花枕头,鸭绒被等,上面只盖着一层薄薄的丝绵被头。她只仰着脸在半靠半卧的姿势之下,过了我和她相亲的半个月,可怜的病弱的母亲!

夜深人静,我偎卧在她的枕旁。若是她精神较好,就和我款款的谈话,语音轻得似天半飘来,在半朦胧半追忆的神态之中,我看她的石像似的脸,我的心绪和眼泪都如潮涌上。她谈着她婚后的睽离和甜蜜的生活,谈到幼年失母的苦况,最后便提到她的病,她说:“我自小千灾百病的,你父亲常说:‘你自幼至今吃的药,总集起来,够开一间药房的了。’真是我万想不到,我会活到六十岁!男婚女嫁,大事都完了。人家说,‘久病床前无孝子’,我这次病了五个月,你们真是心力交瘁!我对于我的女儿,儿子,媳妇,没有一毫的不满意。我只求我快快的好了,再享两年你们的福……”我们心力交瘁,能报母亲的恩慈于万一么?母亲这种过分爱怜的话语,使听者伤心得骨髓都碎了!

如天之福,母亲临终的病,并不是两月前的骨疯。可是她的老病“胃痛”和“咳嗽”又回来了。在每半小时一吃东西之外,还不住的要服药,如“胃活”“止咳丸”之类,而且服量要每次加多。我们知道这些药品都含有多量的麻醉性的,起先总是竭力阻止她多用。几天以后,为着她的不能支持的痛苦,又渐渐的知道她的病是没有痊愈的希望,只得咬着牙,忍着心肠,顺着她的意思,狂下这种猛剂,节节的暂时解除她突然袭击的苦恼。

此后她的精神愈加昏弱了,日夜在半醒不醒之间。却因着咳嗽和胃痛,不能睡得沉稳,总得由涵用手用力的替她揉着,并且用半催眠的方法,使她入睡。十二月二十四夜,是基督降生之夜。我伏在母亲的床前,终夜在祈祷的状态之中! 在人力穷尽的时候,宗教的倚天祈命的高潮,淹没了我的全意识。我觉得我的心香一缕勃勃上腾,似乎是哀求圣母,体恤到婴儿爱母的深情,而赐予我以相当的安慰。那夜街上的欢呼声,爆竹声不停。隔窗看见我们外国邻人的灯彩辉煌的圣诞树,孩子们快乐的歌唱跳跃,在我眼泪模糊之中,这些都是针针的痛刺!

半夜里父亲低声和我说:“我看你母亲的身后一切该预备了。旧式的种种规矩,我都不懂。而且我看也没有盲从的必要。关于安葬呢——你想还回到故乡去么? 山遥水隔的,你们轻易回不去,年深月久,倒荒凉了,是不是? 不过这须探问你母亲的意思。”我说:“父亲说出这话来,是最好不过的了。本来这些迷信禁忌的办法,我们所以有时曲从,都是不忍过拂老人家的意思。如今父亲既不在乎这些,母亲又是个最新不过的人。纵使一切犯忌都有后验,只要母亲身后的事能舒舒服服的办过去,千灾五毒,都临到我们四个姊弟身上,我们也是甘心情愿的!”

——第二天我们便托了一位亲戚到万国殡仪馆接洽一切。钢棺也是父亲和我亲自选定的。这些以后在我寄藻和杰的信中,都说得很详细。——

这样又过了几天。母亲有时稍好,微笑的躺着。小菊爬到枕边,捧着母亲的脸叫“奶奶”。华和我坐在床前,谈到秋天母亲骨痛的时候,有时躺在床上休息,有时坐在廊前大椅上晒太阳,旁边几上总是供着一大瓶菊花。母亲说:“是的,花朵儿是越看越鲜，永远不使人厌倦的。病中阳光从窗外进来，照在花上，我心里便非常的欢畅！”母亲这种爱好天然的性情，在最深的病苦中，仍是不改。她的骨痛，是由指而臂，而肩背，而膝骨，渐渐下降，全身僵痛，日夜如在桎梏之中，偶一转侧，都痛彻心腑。假如我是她，我要痛哭，我要狂呼，我要咒诅一切，弃掷一切。而我的最可敬爱的母亲，对于病中的种种，仍是一样的接受，一样的温存。对于儿女，没有一句性急的话语；对于奴仆，却更加一倍的体恤慈怜。对于这些无情的自然，如阳光，如花卉，在她的病的静息中，也加倍的温煦馨香。这是上天赐予，惟有她配接受享用的一段恩福！

我们知道母亲决不能过旧历的新年了，便想把阳历的新年，大大的点缀一下。一清早起来，先把小菊打扮了，穿上大红缎子棉袍，抱到床前，说给奶奶拜年。桌上摆上两盘大福橘，炉台窗台上的水仙花管，都用红纸条束起。又买了十几盏小红纱灯，挂在床角上，炉台旁，电灯下。我们自己也略略的妆扮了，——我那时已经有十天没有对镜梳掠了！我觉得平常过年，我们还没有这样的起劲！到了黄昏我将十几盏纱灯点起挂好之后，我的眼泪，便不知是从哪里来的，一直流个不断了！

有谁经过这种的痛苦？你的最爱的人，抱着最苦恼的病，要在最短的时间内从你的腕上臂中消逝；同时你要佯欢诡笑的在旁边伴着，守着，听着，看着，一分一秒的爱惜恐惧着这同在的光阴！这样的生活，能使青年人老，老年人死，在天堂上的人，下了地狱！世间有这样痛苦的人呵，你们都有了我的最深极厚的同情！

裁缝来了，要裁做母亲装裹的衣裳。我悄悄的把他带到三层楼上。母亲平时对于穿著，是一点不肯含糊的。好的时候遇有出门，总是把要穿的衣服，比了又比，看了又看，熨了又熨。所以这次我对于母亲寿衣的材料，颜色，式样，尺寸，都不厌其详的叮咛嘱咐了。告诉他都要和好人的衣裳一样的做法，若含糊了要重做的。至于外面的袍料，帽子，袜子，手套等，都是我偷出睡觉的时间来，自己去买的。那天上海冷极，全市如冰。而我的心灵，更有万倍的僵冻！

回来脱了外衣，走到母亲跟前。她今天又略好了些，问我："睡足了么？"我笑说："睡足了。"因又谈起父亲的生日——阳历一月三日，阴历十二月四日——快到了。父亲是在自己生日那天结婚的。因着母亲病了，父亲曾说过不做生日，而父母亲结婚四十年的纪念，我们却不能不庆祝。这时父亲涵华等都在床前，大家凑趣谈笑，我们便故作娇痴的佯问母亲做新娘时的光景。母亲也笑着，眼里似乎闪烁着青春的光辉。她告诉我们结婚的仪式，赠嫁的妆奁，以及佳礼那天怎样的被花冠压得头痛。我们都笑了。爬在枕边的小菊看见大家笑，也莫名其妙的大声娇笑。这时，眼前一切的悲怀，似乎都忘却了。

第二天晚上为父亲暖寿。这天母亲又不好，她自己对我说："我这病恐怕不能好了。我从前看弹词，每到人临危的时候总是说'一日轻来一日重，一日添症八九分'。便是我此时的景象了。"我们都忙笑着解释，说是天气的关系，今天又冷了些。母亲不言语。但她的咳嗽，愈见艰难了，吐一口痰，都得有人使劲的替她按住胸口。胃痛也更剧烈了，每次痛起，面色惨变。——晚上，给父亲拜寿的子侄辈都来了。涵和华忙着在楼下张罗。我仍旧守在母亲旁边。母亲不住的催我，快拢拢头，换换衣服，下楼去给父亲拜寿。我含着泪答应了。草草的收拾毕，下得楼来，只看见寿堂上红烛辉煌，父亲坐在上面，右边并排放着一张空椅子。我一跪下，眼泪突然的止不住了，一翻身赶紧就上楼去，大家都默然相视无语。

夜里母亲忽然对我提起她自己儿时侍疾的事了："你比我有福多了，我十四岁便没了母亲！你外祖母是痨病，那年从九月九卧床，就没有起来。到了腊八就去世了。病中都是你舅舅和我轮流伺候着。我那时还小，只记得你外祖母半夜咽了气，你外祖父便叫老妈子把我背到前院你叔祖母那边去了。从那时起，我便是没娘的孩子了。"她叹了一口气，"腊八又快到了。"我那时真不知说什么好。母亲又说："杰还不回来——算命的说我只有两孩子送终，有你和涵在这里，我也满意了。"

父亲也坐在一边，慢慢的引她谈到生死，谈到故乡的茔地。父亲说："平常我们所说的'狐死首丘'，其实也不是……"母亲便接着说："其实人死了，只剩一个躯壳，丢在哪里都是一样。何必一定要千山万水的运回去，将来糊口四方的子孙们也照应不着。"

现在回想，那时母亲对于自己的病势，似乎还模糊，而我们则已经默晓了，在轮替休息的时间内，背着母亲，总是以眼泪洗面。我知道我的枕头永远是湿的。到了时候，走到母亲面前，却又强笑着，谈些不要紧的宽慰的话。涵从小是个浑化的人，往常母亲病着，他并不会怎样的小心伏侍。这次他却使我有无限的惊奇！他静默得像医生，体贴得像保姆。我在旁静守着，看他喂橘汁，按摩，那样子不像儿子伏侍母亲，竟像父亲调护女儿！他常对我说："病人最可怜，像小孩子，有话说不出来。"他说着眼眶便红了。

这使我如何想到其余的两个弟弟！杰是夏天便到塘沽工厂实习去了。母亲的病态，他算是一点没有看见。楫是十一月中旬走的。海上漂流，明年此日，也不见得会回来。母亲对于楫，似乎知道是见不着了，并没有怎样的念道他。却常常的问起杰："年假快到了，他该回来了罢？"一天总问起三四次，到了末几天，她说："他知道我病，不该不早回！做母亲的一生一世的事，……”我默然，母亲哪里知道可怜的杰，对于母亲的病还一切蒙在鼓里呢！

十二月三十一夜，除夕。母亲自己知道不好，心里似乎很着急，一天对我说了好几次：“到底请个大医生来看一看，是好是坏，也叫大家定定心。”其实那时隔一两天，总有医生来诊。照样的打补针，开止咳的药，母亲似乎腻烦了。我们立刻商量去请V大夫，他是上海最有名的德国医生，秋天也替她看过的。到了黄昏，大夫来了。我接了进来，他还认得我们，点首微笑。替母亲听听肺部，又慢慢的扶她躺下，便走到桌前。我颤声的问：“怎么样？”他回头看了看母亲，“病人懂得英文么？”我摇一摇头，那时心胆已裂！他低声说：“没有希望了，现时只图她平静的度过最后的几天罢了！”

本来是我们意识中极明了的事，却经大夫一说破，便似乎全幕揭开了。一场悲惨的现象，都跳跃了出来！送出大夫，在甬道上，华和我都哭了，却又赶紧的彼此解劝说：“别把眼睛哭红了，回头母亲看出，又惹她害怕伤心。”我们拭了眼泪，整顿起笑容，走进屋里，到母亲床前说：“医生说不妨事的，只要能安心静息，多吃东西，精神健朗起来，就慢慢的会好了。”母亲点一点头。我们又说：“今夜是除夕，明天过新历年了，大家守岁罢。”

领略人生，可是一件容易事？我曾说过种种无知，痴愚，狂妄的话语，我说：“我愿遍尝人生中的各趣，人生中的各趣，我都愿遍尝。”又说：“领略人生，要如滚针毡，用血肉之躯，去遍挨遍尝，要它针针见血。”又说：“哀乐悲欢，不尽其致时，看不出生命之神秘与伟大。”其实所谓之“神秘”“伟大”，都是未经者理想企望的言词，过来人自欺解嘲的话语！我宁可做一个麻木，白痴，浑噩的人，一生在安乐，卑怯，依赖的环境中过活。我不愿知神秘，也不必求伟大！

冰心与欢度“六一”儿童节的小朋友们合影

冰心（前中）在日本赏樱会上

话虽如此，而人生之逼临，如狂风骤雨。除了低头闭目战栗承受之外，没有半分方法。待到雨过天青，已另是一个世界。地上只有衰草，只有落叶，只有曾经风雨的凋零的躯壳与心灵。霎时前的浓郁的春光，已成隔世！那时你反要自诧！你曾有何福德，能享受了从前种种怡然畅然，无识无忧的生活！

我再不要领略人生，也更不要领略如十九年一月一日之后的人生！那种心灵上惨痛，脸上含笑的生活，曾碾我成微尘，绞我为液汁。假如我能为力，当自此斩情绝爱，以求免重过这种的生活，重受这种的苦恼！但这又有谁知道！

一月三日，是父亲的正寿日。早上便由我自到市上，买了些零吃的东西，如果品，点心，熏鱼，烧鸭之类。因为我们知道今晚的筵席，只为的是母亲一人。吃起整桌的菜来，是要使她劳乏的。到了晚上，我们将红灯一齐点起；在她床前，摆下一个小圆桌；桌上满满的分布着小碟小盘；一家子团团的坐下。把父亲推坐在母亲的旁边，笑说："新郎来了。"父亲笑着，母亲也笑了！她只尝了一点菜，便摇头叫"撤去罢，你们到前屋去痛快的吃，让我歇一歇"。我们便把父亲留下，自己到前头匆匆的胡乱的用了饭。到我回来，看见父亲倚在枕边，母亲朦朦眬眬的似乎睡着了。父亲眼里满了泪！我知道他觉得四十年的春光，不堪回首了！

如此过了两夜。母亲的痛苦，又无限量的增加了。肺部狂热，无论多冷，被总是褪在胸下；炉火的火焰，也隔绝不使照在脸上（这总使我想到《小青传》中之"痰灼肺然，见粒而呕"两语）。每一转动，都喘息得接不过气来。大家的恐怖心理，也无限量的紧张了。我只记得我日夜口里只诵祝着一句祈祷的话，是："上帝接引这纯洁的灵魂！"这时我反不愿看母亲多延日月了，只求她能恬静平安的解脱了去！到了夜半，我仍半跪半坐的伏在她床前，她看着我喘息着说："辛苦你了……等我的事情过去了，你好好的睡几夜，便回到北平去，那时什么事都完了。"母亲把这件大事说得如此平凡，如此稳静！我每次回想，只有这几句话最动我心！那时候我也不敢答应，喉头已被哽咽塞住了！

张妈在旁边，抚慰着我。母亲似乎又入睡了。张妈坐在小凳上，悄声的和我谈话，她说："太太永远是这样疼人的！秋天养病的时候，夜里总是看通宵的书，叫我只管睡去。半夜起来，也不肯叫我。我说：'您可别这样自己挣扎，回头摔着不是玩的。'她也不听。她到天亮才能睡着。到了少奶奶抱着菊姑娘过来，才又醒起。"

谈到母亲看的书，真是比我们家里什么人看的都多。从小说，弹词，到杂志，报纸，新的，旧的，创作的，译述的，她都爱看。平常好的时候，天天夜里，不是做活计，就是看书。总到十一二点才睡。晨兴绝早，梳洗完毕，刀尺和书，又上手了。她的针线匣里，总是有书的。她看完又喜欢和我们谈论，新颖的见解，总使我们惊奇。有许多新名词，我们还是先从她口中听到的，如"普罗文学"之类。我常默然自惭，觉得我们在新思想上反像个遗少，做了落伍者！

一月五夜，父亲在母亲床前。我困倦已极，侧卧在父亲床上打盹，被母亲呻吟声惊醒，似乎母亲和父亲大声争执。我赶紧起来，只听见母亲说："你行行好罢，把安眠药递给我，我实在不愿意再俄延了！"那时母亲辗转呻吟，面红气喘。我知道她的痛苦，已达极点！她早就告诉过我，当她骨痛的时候，曾私自写下安眠药名，藏在袋里，想到了痛苦至极的时候，悄悄的叫人买了，全行服下，以求解脱——这时我急忙走到她面前，万般的劝说哀求。她摇头不理我，只看着父亲。父亲呆站了一会，回身取了药瓶来，倒了两丸，放在她嘴里。她连连使劲摇头，喘息着说："你也真是……又不是今后就见不着了!”这句话如同兴奋剂似的,父亲眉头一皱,那惨肃的神宇,使我起栗。他猛然转身,又放了几粒药丸在她嘴里。我神魂俱失,飞也似的过去攀住父亲的臂儿,已来不及了!母亲已经吞下药,闭上口,垂目低头,仿佛要睡。父亲颓然坐下,头枕在她肩旁,泪下如雨。我跪在床边,欲呼无声,只紧紧的牵着父亲的手,凝望着母亲的睡脸。四周惨默,只有时钟滴答的声音。那时是夜中三点,我和父亲战栗着相倚至晨四时。母亲睡容惨淡,呼吸渐渐急促,不时的干咳,仍似日间那种咳不出来的光景,两臂向空抱捉。我急忙悄悄的去唤醒华和涵,他们一齐惊起,睡眼朦胧的走到床前,看见这景象,都急得哭了。华便立刻要去请大夫,要解药,父亲含泪摇头。涵过去抱着母亲,替她抚着胸口。我和华各抱着她一只手,不住的在她耳边轻轻的唤着。母亲如同失了知觉似的,垂头不答。在这种状态之下,延至早晨九时。直到小菊醒了,我们抱她过来坐到母亲床上,教她抱着母亲的头,摇撼着频频的唤着“奶奶”。她唤了有几十声,在她将要急哭了的时候,母亲的眼皮,微微一动。我们都跃然惊喜,围拢了来,将母亲轻轻的扶起。母亲仍是朦朦胧胧,只眼皮不时的动着。在这种状态之下,又延至下午四时。这一天的工夫,我们也没有梳洗,也不饮食,只围在床前,悬空挂着恐怖希望的心!这一天比十年还要长,一家里连雀鸟都住了声息!

四时以后母亲才半睁开眼,长呻了一声,说“我要死了!”她如同从浓睡中醒来一般,抬眼四下里望着。对于她服安眠药一事,似乎全不知道。我上前抱着母亲,说“母亲睡得好罢?”母亲点点头,说“饿了!”大家赶紧将久炖在炉上的鸡露端来,一匙一匙的送在她嘴里。她喝完了又闭上眼休息着。我们才欢喜的放下心来,那时才觉得饥饿,便轮流去吃饭。

那夜我倚在母亲枕边,同母亲谈了一夜的话。这便是三十年来末一次的谈话了！我说的话多，母亲大半是听着。那时母亲已经记起了服药的事，我款款的说："以后无论怎样，不能再起这个服药的念头了！母亲那种咳不出来，两手抓空的光景，别人看着，难过不忍得肝肠都断了。涵弟直哭着说：'可怜母亲不知是要谁？有多少话说不出来！'连小菊也都急哭了。母亲看……"母亲听着，半晌说："我自己一点不觉得痛苦，只如同睡了一场大觉。"

那夜，轻柔得像湖水，隐约得像烟雾。红灯放着温暖的光。父亲倦乏之余，睡得十分甜美。母亲精神似乎又好，又是微笑的圣母般的瘦白的脸。如同母亲死去复生一般，喜乐充满了我的四肢。我说了无数的憨痴的话：我说着我们欢乐的过去，完全的现在，繁衍的将来，在母亲迷糊的想象之中，我建起了七宝庄严之楼阁。母亲喜悦的听着，不时的参加两句。……到此我要时光倒流，我要诅咒一切，一逝不返的天色已渐渐的大明了！

一月七晨，母亲的痛苦已到了终极了！她厉声的拒绝一切饮食。我们从来不曾看见过母亲这样的声色，觉得又害怕，又胆怯，只好慢慢轻轻的劝说。她总是闭目摇头不理，只说："放我去罢，叫我多捱这几天痛苦做什么！"父亲惊醒了，起来劝说也无效。大家只能围站在床前，看着她苦痛的颜色，听着她悲惨的呻吟！到了下午，她神志渐渐昏迷，呻吟的声音也渐渐微弱。医生来看过，打了一次安眠止痛的针。又拨开她的眼睑，用手电灯照了照，她的眼光已似乎散了！

这时我如同痴了似的，一下午只两手抱头，坐在炉前，不言不动，也不到母亲跟前去。只涵和华两个互相依傍的，战栗的，在床边坐着。涵不住的剥着橘子，放在母亲嘴里，母亲闭着眼都吸咽了下去。到了夜九时，母亲脸色更惨白了。头摇了几摇，呼吸渐渐急促。涵连忙唤着父亲。父亲跪在床前，抱着母亲在腕上。这时我才从炉旁慢慢的回过头来，泪眼模糊里，看见母亲鼻子两边的肌肉，重重的抽缩了几下，便不动了。我突然站起过去，抱住母亲的脸，觉得她鼻尖已经冰凉。涵俯身将他的银表，轻轻的放在母亲鼻上，战兢的拿起一看，表壳上已没有了水气。母亲呼吸已经停止了。他突然回身，两臂抱着头大哭起来。那时正是一月七夜九时四十五分。我们从此是无母之人了，呜呼痛哉！

关于这以后的事，我在一月十一晨寄给藻和杰的信中，说的很详细，照录如下：

亲爱的杰和藻：

我在再四思维之后，才来和你们报告这极不幸极悲痛的消息。就是我们亲爱的母亲，已于正月七夜与这苦恼的世界长辞了！她并没有多大的痛苦，只如同一架极玲珑的机器，走的日子多了，渐渐停止。她死去时是那样的柔和，那样的安静。那快乐的笑容，使我们竟不敢大声的哭泣，仿佛恐怕惊醒她一般。那时候是夜中九时四十五分。那日是阴历腊八，也正是我们的外祖母，她自己亲爱的母亲，四十六年前离世之日！

至于身后的事呢，是你们所想不到的那样庄严，清贵，简单。当母亲病重的时候，我们已和上海万国殡仪馆接洽清楚，在那里预备了一具美国的钢棺。外面是银色凸花的，内层有整块的玻璃盖子，白绫捏花的里子。至于衣衾鞋帽一切，都是我去备办的，件数不多，却和生人一般的齐整讲究。……

经过是这样：在母亲辞世的第二天早晨，万国殡仪馆便来一辆汽车，如同接送病人的卧车一般，将遗体运到馆中。我们一家子也跟了去。当我们在休息室中等候的时候，他们在楼下用药水灌洗母亲的身体。下午二时已收拾清楚，安放在一间紫色的屋子里，用花圈绕上，旁边点上一对白烛。我们进去时，肃然的连眼泪都没有了！堂中庄严，如入寺殿。母亲安稳的仰卧在矮长榻之上，深棕色的锦被之下，脸上似乎由他们略用些美容术，觉得比寻常还好看。我们俯下去偎着母亲的脸，只觉冷彻心腑，如同石膏制成的慈像一般！我们开了门，亲友们上前行礼之后，便轻轻将母亲举起，又安稳装入棺内，放在白绫簇花的枕头上，齐肩罩上一床红缎绣花的被，盖上玻璃盖子。棺前仍旧点着一对高高的白烛。紫绒的桌罩下立着一个银十字架。母亲慈爱纯洁的灵魂，长久依傍在上帝的旁边了！

五点多钟诸事已毕。计自逝世至入殓，才用十七点钟。一切都静默，都庄严，正合母亲的身分。客人散尽，我们回家来，家里已洒扫清楚。我们穿上灰衫，系上白带，为母亲守孝。家里也没有灵位。只等母亲放大的相片送来后，便供上鲜花和母亲爱吃的果子，有时也焚上香。此外每天早晨合家都到殡仪馆，围立在棺外，隔着玻璃盖子，瞻仰母亲如睡的慈颜！

这次办的事，大家亲友都赞成，都艳羡，以为是没有半分糜费。我们想母亲在天之灵一定会喜欢的。异地各戚友都已用电报通知。楫弟那里，因为他远在海外，环境不知怎样，万一他若悲伤过度，无人劝解，可以暂缓告诉。至于杰弟，因为你病，大考又在即，我们想来想去，终以为恐怕这消息是终久瞒不住的，倘然等你回家以后，再突然告诉，恐怕那时突然的悲痛和失望，更是难堪。杰弟又是极懂事极明白的人。你是母亲一块肉，爱惜自己，就是爱母亲。在考试的时候，要镇定，就凡事就序，把书考完再回来，你别忘了你仍旧是能看见母亲的！

我们因为等你,定二月二日开吊,三日出殡。那万国公墓是在虹桥路。草树葱茏,地方清旷,同公园一般。上海又是中途,无论我们下南上北,或是到国外去,都是必经之路,可以随时参拜,比回老家去好多了。

藻呢,父亲和我都十二分希望你还能来。母亲病时曾说:"我的女婿,不知我还能见着他否?"你如能来,还可以见一见母亲。父亲又爱你,在悲痛中有你在,是个慰安。不过我顾念到你的经济问题,一切由你自己斟酌。

这事的始末是如此了。涵仍在家里,等出殡后再上南京。我们大概是都上北平去,为的是父亲离我们近些,可以照应。杰弟要办的事很多,千万要爱惜精神,遏抑感情,储蓄力量。这方是孝。你看我写这信时何等安静,稳定?杰弟是极有主见的人,也当如此,是不是?

此信请留下,将来寄楫!

永远爱你们的冰心　正月十一晨

我这封信虽然写的很镇定,而实际上感情的掀动,并不是如此!一月七夜九时四十五分以后,在茫然昏然之中,涵,华和我都很早就寝,似乎积劳成倦,睡得都很熟。只有父亲和几个表兄弟在守着母亲的遗体。第二天早起,大家乱烘烘的从三层楼上,取下预备好了的白衫,穿罢相顾,不禁失声!下得楼来,又看见饭厅桌上,摆着厨师父从早市带来的一筐蜜橘——是我们昨天黄昏,在厨师父回家时,吩咐他买回给母亲吃的。才有多少时候?蜜橘买来,母亲已经去了!

小菊穿着白衣,系着白带,白鞋白袜,戴着小蓝呢白边帽子,有说不出的飘逸和可爱。在殡仪馆大家没有工夫顾到她,她自在母亲榻旁,摘着花圈上的花朵玩耍。等到黄昏事毕回来,上了楼,尽了梯级。正在大家彷徨无主,不知往哪里走,不知说什么好的时候，她忽然大哭说:“找奶奶，找奶奶。奶奶哪里去了？怎么不回来了!”抱着她的张妈，忍不住先哭了，我们都不由自主的号啕大哭起来。

吃过晚饭，父亲很早就睡下了。涵，华和我在父亲床前炉边，默然的对坐。只见炉台上时钟的长针，在凄清的滴答声中，徐徐移动。在这针徐徐的将指到九点四十分的时候，涵突然站起，将钟摆停了，说“姊姊，我们睡罢!”他头也不回，便走了出去。华和我望着他的背影，又不禁滚下泪来。九时四十五分！又岂只是他一个人，不忍再看见这炉台上的钟，再走到九时四十五分!

天未明我就忽然醒了，听见父亲在床上转侧。从前窗下母亲的床位，今天从那里透进微明来，那个床没有了，这屋里是无边的空虚，空虚，千愁万绪，都从晓枕上提起。思前想后，似乎世界上一切都临到尽头了!

在那几天内，除了几封报丧的信之外，关于母亲，我并没有写下半个字。虽然有人劝我写哀启，我以为不但是“语无伦次”之中，不能写出什么来，而且“先慈体素弱”一类的文字，又岂能表现母亲的人格于万一？母亲的聪明正直，慈爱温柔，从她做孙女儿起，至做祖母止，在她四围的人对她的疼怜，眷恋，爱戴，这些情感，在我知识内外的，在人人心中都是篇篇不同的文字了。受过母亲调理，栽培的兄姊弟侄，个个都能写出一篇最真挚最沉痛的哀启。我又何必来敷衍一段，使他们看了觉得不完全不满意的东西？

虽然没有写哀启，我却在父亲下泪搁笔之后，替他凑成一副挽联。我觉得那却是字字真诚，能表现那时一家的情感！联语是:

教养全赖卿贤，五个月病榻呻吟，最可怜娇儿爱婿，死别生离，几辈伤心失慈母。

晚近方知我老，四十载春光顿歇，哪忍看稚孙弱媳，承欢强笑，举家和泪过新年。

在那几天内，除了每天清晨，一家子从寓所走到殡仪馆参谒母亲的遗容之外，我们都不出门。从殡仪馆归来，照例是阴天。进了屋子，刚擦过的地板，刚旺上来的炉火——脱了外面的衣服，在炉边一坐，大家都觉得此心茫茫然无处安放！我那几天的日课，是早晨看书，做活计。下午多有戚友来看，谈些时事，一天也就过去。到了夜里，不是呆坐，就是写信。夜中的心情，现在追忆已模糊了，为写这篇文章，检出旧信，觉得还可以寻迹：

藻：

真想不到现在才能给你写这封长信。藻，我从此是没有娘的孩子了！这十几天的辛苦，失眠，落到这么一个结果。我的悲痛，我的伤心，岂是千言万语所说得尽？前日打起精神，给你和杰弟写那一封慰函，也算是肝肠寸断。……这两天家中倒是很安静，可是更显出无边的空虚，孤寂。我在父亲屋中，和他作伴。白天也不敢睡，怕他因寂寞而伤心，其实我躺下也睡不着。中夜惊醒，尤为难过，……

——摘录一月十三信

母亲死后的光阴真非人过的！就拿今晚来说，父亲出门访友去了；涵和华在他们屋里；我自己孤零零的坐在母亲屋内。四围只有悲哀，只有寂寞，只有凄凉。连炉炭爆发的声音，都予我以辛酸的联忆。这种一人独在的时光，我已过了好几次了，我真怕，彻骨的怕，怎么好？

因着母亲之死，我始惊觉于人生之极短。生前如不把温柔尝尽，死后就无从追讨了。我对于生命的前途，并没有一点别的愿望，只愿我能在一切的爱中陶醉，沉没。这情爱之杯，我要满满的斟，满满的饮。人生何等的短促，何等的无定，何等的虚空呵！

千言万语仍回到一句话来，人生本质是痛苦，痛苦之源，乃是爱情过重。但是我们仍不能不饮鸩止渴，仍从生痛苦之爱情中求慰安。何等的痴愚呵，何等的矛盾呵！

写信的地方，正是母亲生前安床之处。我愈写愈难过了，愈写愈糊涂了。若再写下去，我连气息也要窒住了！

——摘录一月十八夜信

一月二十六夜，因为杰弟明天到家，我时时惊跃，终夜不寐，想到这可怜的孩子，在风雪中归来，这一路哀思痛哭的光景，使我在想象中，心胆俱碎！二十七日下午，报告船到。涵驱车往接，我们提心吊胆的坐候着，将近黄昏，听得门外车响，大家都突然失色。华一转身便走回她屋里。接着楼梯也响着。涵先上来，一低头连忙走入他屋里去了。后面是杰，笑容满面，脱下帽子在手里，奔了进来。一声叫“妈”，我迎着他，忍不住哭了起来。他突然站住呆住了！那时惊痛骇疾的惨状，我这时追思，一枝秃笔，真不能描写于万一！雷掣电掣一般，他垂下头便倒在地上，双手抱住父亲的腿，猛咽得闭过气去。缓了一缓，他才哭喊了出来，说：“你们为什么不早告诉我！你们为什么不早告诉我！”这时一片哭声之中涵和华也从他们屋里哭着过来。父亲拉着杰，泪流满面。婢仆们渐渐进来，慢慢的劝住，大家停了泪。杰立刻便要到殡仪馆去，看看母亲的遗容。父亲和涵便带了他去。回来问起母亲病中情状，又重新哭泣。在这几天内，杰从满怀的希望与快乐中，骤然下堕。他失魂落魄似的，一天哭好几次。我们只有勉强劝慰。幸而他有主见，在昏迷之中，还能支拄，我才放下了心。

二月二日开吊。礼毕，涵因有紧急的公事，当晚就回到南京去了。母亲曾说命里只有两个孩子送她，如今送葬又只剩我和杰了。在涵未走之前，我们大家聚议，说下葬之后，我们再看不见母亲了，应该有些东西殉葬，只当是我们自己永远随侍一般。我们随各剪下一缕头发，连父亲和小菊的，都装在一个小白信封里。此外我自己还放入我头一次剃下来的胎发（是母亲珍重的用红线束起收存起来的）以及一把"斐托斐"（Phi Tau Phi）名誉学位的金钥匙。这钥匙是我在大学毕业时得到的，上面刻有年月和姓名。我平时不大带它，而在我得到之时，却曾与母亲以很大的喜悦。这是我觉得我的一切珍饰，都是母亲所赐与，只有这个，是我自己以母亲栽培我的学力得来的。我愿意以此寄托我的坚逾金石的爱感的心，在我未死之前，先随侍母亲于九泉之下！

二月三日，下午二时，我们一家收拾了都到殡仪馆。送葬的亲朋，也陆续的来了。我将昨夜封好了的白信封儿，用别针别在棺盖里子的白绫花上。父亲俯在玻璃盖上，又痛痛的哭了一场。我们扶起父亲，拭去了盖上的眼泪，珍重的将棺盖掩上。自此我们再无从瞻仰母亲的柔静慈爱的睡容了！

父亲和杰及几个伯叔弟兄，轻轻的将钢棺抬起，出到门外，轻轻的推进一辆堆满花圈的汽车里。我们自己以及诸亲友，随后也都上了汽车，从殡仪馆徐徐开行。路上天阴欲雨，我紧握着父亲的手，心头一痛，吐出一口血来。父亲惨然的望着我。

二时半到了虹桥万国公墓，我们又都跟着下车，仍由父亲和杰等抬着钢棺。执事的人，穿着黑色大礼服，静默前导。到了坟地上，远远已望见地面铺着青草似的绿毡。中央坟穴里嵌放着一个大水泥框子。穴上地面放着一个光耀射目的银框架。架的左右两端，横牵着两条白带。钢棺便轻轻的安稳的放在白带之上。父亲低下头去，左右的看周正了。执事的人，便肃然的问我说：“可以了罢？”我点一点首，他便俯下去，拨开银框上白带机括。白带慢慢的松了，盛着母亲遗体的钢棺，便平稳的无声的徐徐下降。这时大家惨默的凝望着，似乎都住了呼吸。在钢棺降下地面时，万千静默之中，小菊忽然大哭起来，挣出张妈的怀抱，向前走着说：“奶奶掉下去了！我要下去看看，我要下去看看！”华一手拉住小菊，一手用手绢掩上脸。这时大家又都支持不住，忽然都背过脸去，起了无声的幽咽！

钢棺安稳平正的落在水泥框里，又慢慢的抽出白带来。几个人夫，抬过水泥盖子来，平正的盖上。在四周合缝里和盖上铁环的凹处，都抹上灰泥。水泥框从此封锁。从此我们连盛着母亲遗体的钢棺也看不见了！

堆掩上黄土，又密密的绕覆上花圈。大家向着这一抔香云似的土丘行过礼。这简单严静的葬礼，便算完毕了。我们谢过亲朋，陆续的向着园门走。这时林青天黑，松梢上已洒上丝丝的春雨。走近园门，我回头一望。蜿蜒的灰色道上，阴沉的天气之中，松阴苍苍，杰独自落后，低头一步一跛的拖着自己似的慢慢的走。身上是灰色的孝服，眉宇间充满了绝望，无告，与迷茫！我心头刺了一刀似的！我止了步，站着等着他。可怜的孩子呵！我们竟到了今日之一日！

回家以后，呵，回家以后！家里到处都是黑暗，都是空虚了。我在二月五夜寄给藻的信上说：

> 我从前有一个心，是个充满幸福的心。现在此心是跟着我最宝爱的母亲葬在九泉之下了。前天两点半钟的时候，母亲的钢棺，在光彩四射的银架间，由白带上徐徐降下的时光，我的心，完全黑暗了。这心永远无处捉摸了，永远不能复活了！……

不说了，爱，请你预备着迎接我，温慰我。我要飞回你那边来。只有你，现在还是我的幻梦！

以后的几个月中，涵调到广州去，杰和我回校，父亲也搬到北平来。只有海外的楫，在归舟上，还做着“偎依慈怀的温甜之梦”。

九月七日晨，阴。我正发着寒热，楫归来了。轻轻推开屋门，站在我的床前。我们握着手含泪的勉强的笑着。他身材也高了，手臂也粗了，胸脯也挺起了，面目也黧黑了。海上的辛苦与风波，将我的娇生惯养的小弟弟，磨炼成一个忍辱耐劳的青年水手了！我是又欢喜，又伤心。他只四面的看着，说了几句不相干的话，才款款的坐在我床沿，说：“大哥并没有告诉我。船过香港，大哥上来看我，又带我上岸去吃饭，万分恳挚爱怜的慰勉我几句话。送我走时，他交给我一封信，叫我给二哥。我珍重的收起。船过上海，亲友来接，也没有人告诉我。船过芝罘，停了几个钟头，我倚阑远眺。那是母亲生我之地！我忽然觉得悲哀迷惘，万不自支，我心血狂涌，颠顿的走下舱去。我素来不拆阅弟兄们的信，那时如有所使，我打开箱子，开视了大哥的信函。里面赫然的是一条系臂的黑纱，此外是空无所有了！……”他哽咽了，俯下来，埋头在我的衾上，“我明白了一大半，只觉得手足冰冷！到了天津，二哥来接我，我们昨夜在旅馆里，整整的相抱的哭了一夜！”他哭了，“你们为什么不早告诉我？我一道上做着万里来归，偎倚慈怀的温甜的梦，到得家来，一切都空了！忍心呵，你们！”我那时也只有哭的分儿。是呵，我们都是最弱的人，父亲不敢告诉我；藻不敢告诉杰；涵不敢告诉楫；我们只能战栗着等待这最后的一天！忍心的天，你为什么不早告诉我们，生生的突然的将我们慈爱的母亲夺去了！

完了，过去这一生中这一段慈爱，一段恩情，从此告了结束。

从此宇宙中有补不尽的缺憾,心灵上有填不满的空虚。只有自家料理着回肠,思想又思想,解慰又解慰。我受尽了爱怜,如今正是自己爱怜他人的时候。我当永远勉励着以母亲之心为心。我有父亲和三个弟弟,以及许多的亲眷。我将永远拥抱爱护着他们。我将永远记着楫二次去国给杰的几句话:“母亲是死去了,幸而还有爱我们的姊姊,紧紧的将我们搂在一起。”

窗外是苦雨,窗内是孤灯。写至此觉得四顾彷徨,一片无告的心,没处安放!藻迎面坐着,也在写他的文字。温静沉着者,求你在我们悠悠的生命道上,扶助我,提醒我,使我能成为一个像母亲那样的人!

一九三一年六月三十日夜,燕南园,海淀,北平。

我的老伴——吴文藻(之一)

我想在我终于投笔之前,把我的老伴——和我共同生活了五十六年的吴文藻这个人,写了出来,这就是我此生文字生涯中最后要做的一件事,因为这是别人不一定会做、而且是做不完全的。

这篇文章,我开过无数次的头,每次都是情感潮涌,思绪万千,不知从哪里说起!最后我决定要稳静地简单地来述说我们这半个多世纪以来的、共同度过的、和当时全国大多数知识分子一样的"平凡"生活。

今年一月十七大雾之晨,我为《婚姻与家庭》杂志写了一篇稿子,题目就是《论婚姻与家庭》。我说:

> 家庭是社会的细胞。
>
> 有了健全的细胞,才会有一个健全的社会,乃至一个健全的国家。
>
> 家庭首先由夫妻两人组成。
>
> 夫妻关系是人际关系中最密切最长久的一种。
>
> 夫妻关系是婚姻关系,而没有恋爱的婚姻是不道德的!
>
> 恋爱不应该只感情地注意到"才"和"貌",而应该理智地注意到双方的"志同道合"(这"志"和"道"包括爱祖国、爱人民、爱劳动等等),然后是"情投意合"(这"情"和"意"包括生活习惯和爱好等等)。

在不太短的时间考验以后，才能考虑到组织家庭。

一个家庭对社会对国家要负起一个健康细胞的责任，因为在它周围还有千千万万个细胞。

一个家庭要长久地生活在双方人际关系之中，不但要抚养自己的儿女，还要奉养双方的父母，而且还要亲切和睦地处在双方的亲、友、师、生之中。

婚姻不是爱情的坟墓，而是更亲密的、灵肉合一的爱情的开始。

“二人同心，其利断金”是中国人民几千年智慧的结晶。

人生的道路，到底是平坦的少，崎岖的多。

在平坦的道路上，携手同行的时候，周围有和暖的春风，头上有明净的秋月。两颗心充分地享受着宁静柔畅的“琴瑟和鸣”的音乐。

在坎坷的路上，扶掖而行的时候，要坚忍地咽下各自的冤抑和痛苦，在荆棘遍地的路上，互慰互勉，相濡以沫。

有着忠贞而精诚的爱情在维护着，永远也不会有什么人为的“划清界线”，什么离异出走，不会有家破人亡，也不会教育出那种因偏激、怪僻、不平、愤怒而破坏社会秩序的儿女。

人生的道路上，不但有“家难”！而且有“国忧”，也还有世界大战以及星球大战。

但是由健康美满的恋爱和婚姻组成的千千万万的家庭，就能勇敢无畏地面对这一切！

我接受写《论婚姻与家庭》这个任务，正是在我沉浸于怀念文藻的情绪之中的时候。我似乎没有经过构思，提起笔来就自然流畅地写了下去。意尽停笔，从头一看，似乎写出了我们自己一生共同的理想、愿望和努力的实践，写出了我现在的这篇文章

冰心晚年在玫瑰花前

冰心与巴金愉悦地交谈（1980 年）

的骨架！

以下我力求简练，只记下我们生活中一些有意义和有趣的值得写下的一些平凡琐事吧。

话还得从我们的萍水相逢说起。

一九二三年八月十七日，美国邮船杰克逊号，从上海启程直达美国西岸的西雅图。这一次船上的中国学生把船上的头等舱位住满了。其中光是清华留美预备学校的学生就有一百多名，因此在横渡太平洋两星期的光阴，和在国内上大学的情况差不多，不同的就是没有课堂生活，而且多认识了一些朋友。

我在贝满中学时的同学吴搂梅——已先期自费赴美——写信让我在这次船上找她的弟弟、清华学生——吴卓。我到船上的第二天，就请我的同学许地山去找吴卓，结果他把吴文藻带来了。问起名字才知道找错了人！那时我们几个燕大的同学正在玩丢沙袋的游戏，就也请他加入。以后就倚在船阑上看海闲谈。我问他到美国想学什么？他说想学社会学。他也问我，我说我自然想学文学，想选修一些英国十九世纪诗人的功课。他就列举几本著名的英美评论家评论拜伦和雪莱的书，问我看过没有？我却都没有看过。他说："你如果不趁在国外的时间，多看一些课外的书，那么这次到美国就算是白来了！"他的这句话深深地刺痛了我！我从来还没有听见过这样的逆耳的忠言。我在出国前已经开始写作，诗集《繁星》和小说集《超人》都已经出版。这次在船上，经过介绍而认识的朋友，一般都是客气地说"久仰、久仰"，像他这样首次见面，就肯这样坦率地进言，使我悚然地把他作为我的第一个诤友、畏友！

这次船上的清华同学中，还有梁实秋、顾一樵等对文艺有兴趣的人，他们办了一张《海啸》的墙报，我也在上面写过稿，也参加过他们的座谈会。这些事文藻都没有参加，他对文艺似乎没有多大的兴趣,和我谈话时也从不提到我的作品。

船上的两星期,流水般过去了。临下船时,大家纷纷写下住址,约着通信。他不知道我到波士顿的威尔斯利女子大学研究院入学后,得到许多同船的男女朋友的信函,我都只用威校的风景明片写了几句应酬的话回复了,只对他,我是写了一封信。

他是一个酷爱读书和买书的人,每逢他买到一本有关文学的书,自己看过就寄给我。我一收到书就赶紧看,看完就写信报告我的体会和心得,像看老师指定的参考书一样的认真。老师和我作课外谈话时,对于我课外阅读之广泛,感到惊奇,问我是谁给我的帮助?我告诉她,是我的一位中国朋友。她说:"你的这位朋友是个很好的学者!"这些事我当然没有告诉文藻。

我入学不到九个星期就旧病——肺气枝扩大——复发,住进了沙穰疗养院。那时威校的老师和中、美同学以及在波士顿的男同学们都常来看我。文藻在新英格兰东北的新罕布什州的达特默思学院的社会学系读三年级——清华留美预备学校的最后二年,相当于美国大学二年级——新罕布什州离波士顿很远,大概要乘七八个小时的火车。我记得一九二三年冬,他因到纽约度年假,路经波士顿,曾和几位在波士顿的清华同学来慰问过我。一九二四年秋我病愈复学。一九二五年春在波士顿的中国学生为美国朋友演《琵琶记》,我曾随信给他寄了一张入场券。他本来说功课太忙不能来了,还向我道歉。但在剧后的第二天,到我的休息处——我的美国朋友家里——来看我的几个男同学之中,就有他!

一九二五年的夏天,我到绮色佳的康耐尔大学的暑期学校补习法文,因为考硕士学位需要第二外国语。等我到了康耐尔,发现他也来了,事前并没有告诉我,这时只说他大学毕业了,为读硕士也要补习法语。这暑期学校里没有别的中国学生,原来在康耐尔学习的,这时都到别处度假去了。绮色佳是一个风景区,因此我们几乎每天课后都在一起游山玩水,每晚从图书馆出来,还坐在石阶上闲谈。夜凉如水,头上不是明月,就是繁星。到那时为止,我们信函往来,已有了两年的历史了,彼此都有了较深的了解,于是有一天在湖上划船的时候,他吐露了愿和我终身相处。经过了一夜的思索,第二天我告诉他,我自己没有意见,但是最后的决定还在于我的父母,虽然我知道只要我没意见,我的父母是不会有意见的!

一九二五年秋,他入了纽约哥伦比亚大学,离波士顿较近,通信和来往也比较频繁了。我记得这时他送我一大盒很讲究的信纸,上面印有我的姓名缩写的英文字母。他自己几乎是天天写信,星期日就写快递,因为美国邮局星期天是不送平信的,这时我的宿舍里的舍监和同学们都知道我有个特别要好的男朋友了。

一九二五年冬,我的威校同学王国秀,毕业后升入哥伦比亚大学的,写信让我到纽约度假。到了纽约,国秀同文藻一起来接我。我们在纽约玩得很好,看了好几次莎士比亚的戏。

一九二六年夏,我从威校研究院取得了硕士学位,应邀回母校燕大任教。文藻写了一封很长的信,还附了一张相片,让我带回国给我的父母。我回到家还不好意思面交,只在一天夜里悄悄地把信件放在父亲床前的小桌上。第二天,父母亲都没有提到这件事,我也更不好问了。

一九二八年冬,他在哥伦比亚大学得了博士学位,还得到哥校"最近十年内最优秀的外国留学生"奖状。他取道欧洲经由苏联,于一九二九年初到了北京。这时他已应了燕大和清华两校教学之聘,燕大还把在燕南园兴建的一座小楼,指定给我们居住。

那时我父亲在上海海道测量局任局长。文藻到北京不几天就回到上海,我的父母很高兴地接待了他,他在我们家住了两天，又回他江阴老家去。从江阴回来，就在我家举行了简单的订婚仪式。

年假过后，一九二九年春，我们都回到燕大教学，我在课余还忙于婚后家庭的一切准备。他呢，除了请木匠师傅在楼下他的书房的北墙，用木板做一个“顶天立地”的大书架之外，只忙于买几张半新的书橱，卡片柜和书桌等等，把我们新居的布置装饰和庭院栽花种树，全都让我来管。

我们的婚礼是在燕大的临湖轩举行的，一九二九年六月十五日是个星期六。婚礼十分简单，客人只有燕大和清华两校的同事和同学，那天待客的蛋糕、咖啡和茶点，我记得只用去三十四元！

新婚之夜是在京西大觉寺度过的。那间空屋子里，除了自己带去的两张帆布床之外，只有一张三条腿的小桌子——另一只脚是用碎砖垫起的。两天后我们又回来分居在各自的宿舍里，因为新居没有盖好，学校也还没有放假。

暑假里我们回到上海和江阴省亲。他们为我们举办的婚宴，比我们在北京自己办的隆重多了，亲友也多，我们把收来的许多红幛子，都交给我们两家的父母，作为将来亲友喜庆时还礼之用。

朋友们都劝我们到杭州西湖去度蜜月，可是我们只住了一天就热坏了，夏天的西湖就像蒸锅一般！那时刘放园表兄一家正在莫干山避暑，我们被邀到莫干山住了几天。文藻惦记着秋后的教学，我惦念着新居的布置，在假满之前，匆匆地又回到了北京。关于这一段，我在《第一次宴会》那篇小说里曾描写过。

上课后，文藻就心满意足地在他的书房里坐了下来，似乎从此就可以过一辈子的备课、教学、研究的书呆子生活了。

一九三〇年是我们两家多事之秋，我的母亲和文藻的父亲相继逝世。他的母亲就北上和我们同住，我的父亲不久也退休回到北京来。这时我的二弟为杰已升入燕大，他的妹妹剑群也入了燕大读家政系。他们都住在宿舍，却都常回来。我没有姐妹，文藻没有兄弟，这时双方都觉得有了补偿。

这里不妨插进一件趣事。一九二三年我初到美国，花了五块美金，照了一两张相片，寄回国来，以慰我父母想念之情。那张大点的相片，从我母亲逝世后文藻就向我父亲要来，放在他的书桌上，我问他："你真的每天要看一眼呢，还只是一件摆设？"他笑说："我当然每天要看了。"有一天我趁他去上课，把一张影星阮玲玉的相片，换进相框里，过了几天，他也没理会。后来还是我提醒他："你看桌上的相片是谁的？"他看了才笑着把相片换了下来，说："你何必开这样的玩笑？"还有一次是一个阳光灿烂的春天上午，我们都在楼前赏花，他母亲让我把他从书房里叫出来。他出来站在丁香树前目光茫然地又像应酬我似地问："这是什么花？"我忍笑回答："这是香丁。"他点了点头说："呵，香丁。"大家听了都大笑起来。

婚后的几年，我仍在断断续续地教学，不过时间减少了。一九三一年二月，我们的儿子吴平出世了。一九三五年五月我们又有了一个女儿——吴冰。我尝到了做母亲的快乐和辛苦。我每天早晨在特制的可以折起的帆布高几上，给孩子洗澡。我们的弟妹和学生们，都来看过，而文藻却从来没有上楼来分享我们的欢笑。

在燕大教学的将近十年的光阴，我们充分地享受了师生间亲切融洽的感情。我们不但有各自的学生，也有共同的学生。我们不但有课内的接触，更多的是课外的谈话和来往。学生们对我们倾吐了许多生命里的问题：婚姻，将来的专业等等，能帮上忙的，就都尽力而为，文藻侧重的是选送学社会学的研究生出国深造的问题。在一九三五至一九三六年，文藻休假的一年，我同他到欧美转了一周。他在日本、美国、英国、法国，到处寻师访友,安排了好几个优秀学生的入学从师的问题。他在自传里提到说:“我对于哪一个学生,去哪一个国家,哪一个学校,跟谁为师和吸收哪一派理论和方法等问题,都大体上作了具体的、有针对性的安排。”因此在这一年他仆仆于各国各大学之间的时候,我只是到处游山玩水,到了法国,他要重到英国的牛津和剑桥学习“导师制”,我却自己在巴黎住了悠闲的一百天!一九三七年六月底,我们取道西伯利亚回国,一个星期后,“七七事变”便爆发了!

我的老伴——吴文藻(之二)

上次未完待续的稿是今年四月二十四日写的。七个月过去了,中间编辑同志曾多次来催,就总是写不下去!“七七事变”以后几十年生活的回忆,总使我胆怯心酸,不能下笔——

说起我和文藻,真是“隔行如隔山”,他整天在书房里埋头写些什么,和学生们滔滔不绝地谈些什么,我都不知道。他那“顶天立地”的大书架摺着的满满的中外文的社会学、人类学的书,也没有引起我去翻看的勇气。要评论他的学术和工作,还是应该看他的学生们写的记述和悼念他的文章,以及他在一九八二年应《晋阳学刊》之约,发表在该刊第六期上的他的《自传》,这篇将近九千字的自传里讲的是:他自有生以来,进的什么学校,读的什么功课,从哪位老师受业,写的什么文章,交的什么朋友,然后是教的什么课程,培养的哪些学生……提到我的地方,只有两处:我们何时相识,何时结婚,短短的几句!至于儿女们的出生年月和名字,竟是只字不提。怪不得他的学生写悼念他的文章里,都说:“吴老曾感慨地说:‘我花在培养学生身上的精力和心思,比花在我自己儿女身上的多多了’。”

我不能请读者都去看他的《自传》,但也应该用他《自传》里的话,来总括他在“七七事变”前在燕大将近十年的工作:(一)是讲课,用他学生的话说是“建立‘适合我国国情’的社会学教学和科研体系,使‘中国式的社会学’扎根于中国的土壤之上。”(二)是培养专业人才,请进外国的专家来讲学和指导研究生,派出优秀的研究生去各国留学。（“请进来”和“派出去”的专家和学生的名字和国籍只能从略。）（三）是提倡社区研究。“用同一区位的或文化的观点和方法，来分头进行各种地域不同的社会研究。”我只知道那时有好几位常来我家讨论的学生，曾分头到全国各地去做这种工作，现在这几位都是知名的学者和教授，在这里我不敢借他们的盛名来增光我的篇幅！但我深深地体会到文藻那些年的“茫然的目光”和“一股傻气”的后面，隐藏了多少的“精力和心思”！这里不妨再插进一首嘲笑他的宝塔诗，是我和清华大学校长梅贻琦老先生凑成的。上面的七句是：

马
香丁
羽毛纱
样样都差
傻姑爷到家
说起真是笑话
教育原来在清华

“马”和“羽毛纱”的笑话是抗战前在北京，有一天我们同到城里去看望我父亲，我让他上街去给孩子买“萨其玛”（一种点心），孩子不会说萨其玛，一般只说“马”。因此他到了铺子里，也只会说买“马”。还有我要送我父亲一件双丝葛的夹袍面子。他到了“稻香村”点心店和“东升祥”布店，这两件东西的名字都说不出来。亏得那两间店铺的售货员，和我家都熟，打电话来问。“东升祥”的店员问：“您要买一丈多的羽毛纱做什么？”我们都大笑起来，我就说：“他真是个傻姑爷！”父亲笑了说：“这傻姑爷可不是我替你挑的！”我也只好认了。抗战后我们到了云南，梅校长夫妇到我呈贡家里来度周末，我把这一腔怨气写成宝塔诗发泄在清华身上。梅校长笑着接写下面两句：

冰心女士眼力不佳

书呆子怎配得交际花

当时在座的清华同学都笑得很得意,我又只好认我的“作法自毙”。

回来再说些正经的吧,“七七事变”后这一年,北大和清华都南迁了,燕大因为是美国教会办的,那时还不受干扰。但我们觉得在敌后一刻也呆不下去了,同时,文藻已经同大后方的云南大学联系好了,用英庚款在云大设置了社会人类学讲座,由他去教学。那时只因为我怀着小女儿吴青,她要十一月才出世,燕大方面也苦留我们再呆一年。这一年中,我们只准备离开的一切——这一段我在《丢不掉的珍宝》一文中,写得很详细。

一九三八年秋,我们才取海道由天津经上海,把文藻的母亲送到他的妹妹处,然后经香港从安南(当时的越南)的海防坐小火车到了云南的昆明。这一路,旅途的困顿曲折,心绪的恶劣悲愤,就不能细说了。记得到达昆明旅店的那夜,我们都累得抬不起头来,我怀抱里的不过八个月的小女儿吴青忽然咯咯地拍掌笑了起来,我们才抬起倦眼惊喜地看到座边圆桌上摆的那一大盆猩红的杜鹃花!

用文藻自己的话说:“自一九三八年离开燕京大学,直到一九五一年从日本回国,我的生活一直处在战时不稳定的状态之中。”

他到了云南大学,又建立起了社会学系并担任了系主任,同年又受了北京燕大的委托,成立了燕大和云大合作的“实地调查工作站”。我们在昆明城内住了不久,又有日机轰炸,就带着孩子们迁到郊外的呈贡,住在“华氏墓庐”,我把这座祠堂式的房子改名为“默庐”,我在一九四〇年二月为香港《大公报》(应杨刚之约)写的《默庐试笔》中写得很详细。

从此，文藻就和我们分住了。他每到周末，就从城里骑马回家，还往往带着几位西南联大的没带家眷的朋友，如称为“三剑客”的罗常培、郑天翔和杨振声。这些苦中作乐的情况，我在为罗常培先生写《蜀道难》序中，也都描述过了。

一九四〇年底，因英庚款讲座受到干扰，不能继续，同时在重庆的国防最高委员会工作的清华同学，又劝他到委员会里当参事，负责研究边疆的民族、宗族和教育问题，并提出意见。于是我们一家又搬到重庆去了。

到了重庆，文藻仍寄居在城内的朋友家里，我和孩子们住在郊外的歌乐山，那里有一所没有围墙的土屋，是用我们卖书的六千元买来的。我把它叫做“潜庐”，关于这座土屋和门前风景，我在《力构小窗随笔》中也说过了。

我记得一九四二年春，文藻得了很重的肺炎，我陪他在山下的“中央医院”也就是“上海医学院”的附属医院，住了将近一个月，他受到内科钱德主任的精心医治，据钱主任说肺炎一般在一星期内外，必有一个转折期，那时才知凶吉。但是文藻那时的高烧一直延长到十三天！有一天早上，护士试过了他的脉搏，惊惶而悄悄地来告诉我说：“他的脉搏只有三十六下了。”急得我赶紧跑到医院后面的宿舍里去找王鹏万大夫夫妇——他的爱人张女士是我的同学——那时我只觉得双腿发软，连一座小小的山坡都走不上去！等我和王大夫夫妇回到病房来时，看见文藻身上的被子已被掀起来了，床边站满了大夫和护士，我想他一定“完”了！回头看见窗前桌上放着两碗刚送来的早餐热粥，我端起碗来一口气都喝了下去。我觉得这以后我要办的事多得很，没有一点力气是不行的。谁知道再一回头看到文藻翻了一个身，长长地嘘了一口气，迸出一身冷汗。大夫们都高兴地又把被子给他盖上，说：“这转折点终于来了！”又都回头对我笑说，“好了，您不用难过了……”我擦着脸上的汗说：“你们辛苦了！他就是这么一个人,什么都慢!”

我的身心交瘁的一个多月过去了,却又忙着把他搬回山上来,那时没有公费医疗,多住一天,就得多付一天的住院费,我这个以“社会贤达”的名义被塞进“参政会”的参政员,每月的“工资”也只是一担白米。回家后还是亏了一位文藻的做买卖的亲戚,送来一只鸡和两只广柑,作为病后的补品,偏偏我在一杯广柑汁内,误加了白盐,我又舍不得倒掉,便自己仰脖喝了下去!

回家后,大女儿吴冰向我诉苦,说五月一日是她的生日,富奶奶(关于这位高尚的人,我将另有文章记述)只给她吃一个上面插着一支小蜡烛的馒头。这时文藻躺在家里床上,看到爬到他枕边的、穿着一身浅黄色衣裙,发上结着一条大黄缎带的小女儿吴青(这也是富奶奶给她打扮的),脸上却漾出了病后从未有过的一丝微笑!

文藻不是一个能够安心养病的人。一九四三年初,他就参加了“中国访问印度教育代表团”去过印度,着重考察了印度的民族和印度教与伊斯兰教的冲突问题,同年的六月,他又参加了“西北建设考察团”,担任以新疆民族为主的西北民族问题调查。一九四四年底,他又参加了去到美国的“战时太平洋学会”,讨论各盟国战后对日处理方案。会后他又访问了哈佛,耶鲁,芝加哥,普林斯顿各大学的研究中心,去了解他们战时和战后的研究计划和动态,他得到的收获就是了解到“行为科学”的研究已从“社会关系学”发展到了以社会学、人类学、社会心理学三门结合的研究。

一九四五年八月十四日夜,我们在歌乐山上听到了日本帝国主义者无条件投降的消息。那时在“中央大学”和在“上海医学院”学习的我们的甥女和表侄女们,都高兴得热泪纵横。我们都恨不得一时就回到北平去,但是那时的交通工具十分拥挤,直到一九四五年底我们才回到了南京。正在我们作北上继续教学的决定时，一九四六年初，文藻的清华同学朱世明将军受任中国驻日代表团团长，他约文藻担任该团的政治组长，兼任盟国对日委员会中国代表顾问。文藻正想了解战后日本政局和重建的情况和形势，他想把整个日本作为一个大的社会现场来考察、做专题研究，如日本天皇制、日本新宪法、日本新政党、财阀解体、工人运动等等，在中日邦交没有恢复，没有友好往来之前，趁这机会去日，倒是一个方便，但他只作一年打算。因此当他和朱世明将军到日本去的时候，我自己将两个大些的孩子吴平和吴冰送回北京就学，住在我的大弟妇家里；我自己带着小女儿吴青暂住在南京亲戚家里，这一段事我都写在一九四六年十月的《无家乐》那一篇文章里。当年的十一月，文藻又回来接我带着小女儿到了东京。

现在回想起来，在东京的一段时间，是我们生命中的一个转折点。文藻利用一切机会，同美国来日研究日本问题的专家学者以及东京大学、京都大学的同行人士多有接触。我自己也接触了当年在美留学时的日本同学和一些妇女界人士，不但比较深入地了解了当时日本社会上存在的种种问题，同时也深入地体会了美帝国主义的侵略本性！

这时我们结交了一位很好的朋友——谢南光同志，他是代表团政治组的副组长，也是一个地下共产党员。通过他，我们研读了许多毛主席著作，并和国内有了联系。文藻有个很“不好”的习惯，就是每当买来一本新书，就写上自己的名字和年、月、日。代表团里本来有许多台湾特务系统，如军统、中统等据说有五个之多。他们听说政治组同人每晚以在吴家打桥牌为名，共同研讨毛泽东著作，便有人在一天趁文藻上班，溜到我们住处，从文藻的书架上取走一本《论持久战》。等到我知道了从卧室出来时，他已走远了。

我们有一位姓林的朋友——他是横滨领事，对共产主义同情的，被召回台湾即被枪毙了。文藻知道不能在代表团继续留任。一九五〇年他向团长提出辞职，但离职后仍不能回国，因为我们持有的是台湾政府的护照，这时华人能在日本居留的，只有记者和商人。我们没有经商的资本，就通过朱世明将军和新加坡巨商胡文虎之子胡好的关系，取得了《星槟日报》记者的身份，在东京停留了一年，这时美国的耶鲁大学聘请文藻到该校任教，我们把赴美的申请书寄到台湾，不到一星期便被批准了！我们即刻离开了日本，不是向东，而是向西到了香港，由香港回到了祖国！

这里应该补充一点，当年我送回北京学习的儿女，因为我们在日本的时期延长了，便也先后到了日本。儿子吴平进了东京的美国学校，高中毕业后，我们的美国朋友都劝我们把他送到美国去进大学，他自己和我们都不赞成到美国去。便以到香港大学进修为名，买了一张到香港而经塘沽的船票。他把我们给国内的一封信缝在裤腰里，船到塘沽他就溜了下去，回到北京。由联系方面把他送进了北大，因为他选的是建筑系，以后又转入清华大学——文藻的母校。他回到北京和我们通信时，仍由香港方面转。因此我们一回到香港，北京方面就有人来接，我们从海道先到了广州。

回国后的兴奋自不必说！一九五一年至一九五三年之间，文藻都在学习，为接受新工作做准备。中间周总理曾召见我们一次，这段事我在一九七六年写的《永远活在我们心中的周总理》一文中叙述过。

一九五三年十月，文藻被正式分配到中央民族学院工作。新中国成立后，社会学和其他的社会科学如心理学等，都被扬弃了竟达三十年之久。文藻这时是致力于研究国内少数民族情况。他担任了这个研究室和历史系“民族志”研究室的主任。他极力主张“民族学中国化”，“把包括汉族在内的整个中华民族作为中国民族学的研究,让民族学植根于中国土壤之中”。这段详细的情况,在《中央民族学院学报》一九八六年第二期,金天明和龙平平同志的《论吴文藻的“民族学中国化”的思想》一文中,都讲得很透彻,我这个外行人,就不必多说了。

一九五八年四月,文藻被错划为右派。这件意外的灾难,对他和我都是一个晴天霹雳!因为在他的罪名中,有“反党反社会主义”一条,在让他写检查材料时,他十分认真地苦苦地挖他的这种思想,写了许多张纸!他一面痛苦地挖着,一面用迷茫和疑惑的眼光看着我说:“我若是反党反社会主义,就到国外去反好了,何必千辛万苦地借赴美的名义回到祖国来反呢?”我当时也和他一样“感到委屈和沉闷”,但我没有说出我的想法,我只鼓励他好好地“挖”,因为他这个绝顶认真的人,你要是在他心里引起疑云,他心里就更乱了。

正在这时,周总理夫妇派了一辆小车,把我召到中南海西花厅,那所简朴的房子里。他们当然不能说什么,也只十分诚恳地让我帮他好好地改造,说“这时最能帮助他的人,只能是他最亲近的人了……”我一见到邓大姐就像见了亲人一样,我的一腔冤愤就都倾吐了出来!我说:“如果他是右派,我也就是漏网右派,我们的思想都差不多,但决没有‘反党反社会主义’的思想!”我回来后向文藻说了总理夫妇极其委婉地让他好好改造。他在自传里说“当时心里还是感到委屈和沉闷,但我坚信事情终有一天会弄清楚的”。一九五九年十二月,文藻被摘掉右派分子的帽子。一九七九年又被把错划予以改正。

作为一个旁观者,我看到一九五七年,在他以前和以后几乎所有的社会学者都被划成右派分子,在他以后,还有许许多多我平日所敬佩的各界的知名人士,也都被划为右派,这其中还有许多年轻人和大学生。我心里一天比一天地坦然了。原来被划为右派,在明眼人的心中,并不是一件可羞耻的事!

文藻被划为右派后，接到了撤销研究室主任的处分，并被剥夺了教书权，送社会主义学院学习。一九五九年以后，文藻基本上是从事内部文字工作，他的著作大部分没有发表，发表了也不署名，例如从一九五九到一九六六年期间与费孝通(他已先被划为右派！)共同校订少数民族史志“三套丛书”，为中宣部提供西方社会学新出名著，为《辞海》第一版民族类词目撰写释文等，多次为外交部交办的边界问题提供资料和意见。并参与了校订英文汉译的社会学名著工作。他还与费孝通共同搜集有关帕米尔及其附近地区历史、地理、民族情况的英文参考资料等，十年动乱中这些资料都散失了！

一九六六年“文革”开始了，我和他一样靠边站，住牛棚，那时我们一家八口(我们的三个子女和他们的配偶)分散在八个地方，如今单说文藻的遭遇。他在一九六九年冬到京郊石棉厂劳动，一九七〇年夏又转到湖北沙洋民族学院的干校。这时我从作协的湖北咸宁的干校，被调到沙洋的民族学院的干校来。久别重逢后不久又从分住的集体宿舍搬到单间宿舍，我们都十分喜幸快慰！实话说，经过反右期间的惊涛骇浪之后，到了十年浩劫，连国家主席、开国元勋，都不能幸免，像我们这些“臭老九”，没有家破人亡，就是万幸了，又因为和民院相熟的同人们在一起劳动，无论做什么都感到新鲜有趣。如种棉花，从在瓦罐里下种选芽，直到在棉田里摘花为止，我们学到了许多技术，也流了不少汗水。湖北夏天，骄阳似火，当棉花秆子高与人齐的时候，我们在密集闭塞的棉秆中间摘花，浑身上下都被热汗浸透了，在出了棉田回到干校的路上，衣服又被太阳晒干了。这时我们都体会到古诗中的“锄禾日当午，汗滴禾下土”句中的甘苦，我们身上穿的一丝一缕，也都是辛苦劳动的果实呵！

一九七一年八月，因为美国总统尼克松将有访华之行，文藻和我以及费孝通、邝平章等八人，先被从沙洋干校调回北京民族学院,成立了研究部的编译室。我们共同翻译校订了尼克松的《六次危机》的下半部分。接着又翻译了美国海斯、穆恩、韦兰合著的《世界史》,最后又合译了英国大文豪韦尔斯著的《世界史纲》,这是一部以文论史的"生物和人类的简明史"的大作!那时中国作家协会还没有恢复,我很高兴地参加了这本巨著的翻译工作,从攻读原文和参考书籍里,我得到了不少学问和知识。那几年我们的翻译工作,是十年动乱的岁月中,最宁静、最惬意的日子!我们都在民院研究室的三楼上,伏案疾书,我和文藻的书桌是相对的,其余的人都在我们的隔壁或旁边。文藻和我每天早起八点到办公室,十二时回家午饭,饭后二时又回到办公室,下午六时才回家。那时我们的生活"规律"极了,大家都感到安定而没有虚度了光阴!现在回想起来,也亏得那时是"百举俱废"的时期,否则把我们这几个后来都是很忙的人召集在一起,来翻译这一部洋洋数百万言的大书,也不是一件容易的事。

"四人帮"被粉碎之后,各种学术研究又得到恢复,社会学也开始受到了重视和发展。一九七九年三月,文藻十分激动地参加了重建社会学会的座谈会,作了《社会学与现代化》的发言,谈了多年来他想谈而不能谈的问题。当年秋季,他接受了带民族学专业研究生的任务,并在集体开设的"民族学基础"中,分担了"英国社会人类学"的教学任务。文藻恢复工作后,精神健旺了,又感到近几年来我们对西方民族学战后的发展和变化了解太少,就特别注意关于这方面材料的收集。一九八一年底,他写了《战后西方民族学的变化》,介绍了西方民族学战后出现的流派及其理论,这是他最后发表的一篇文章了!

他在自传里最后说:"由于多年来我国的社会学和民族学未被承认,我在重建和创新工作还有许多要做,我虽年老体弱,但我仍有信心在有生之年为发展我国的社会学和民族学作出贡献。"

他的信心是有的,但是体力不济了。近几年来,我偶尔从旁

冰心和萧乾

冰心与老友叶圣陶

听见他和研究生们在家里的讨论和谈话,声音都是微弱而喑哑的,但他还是努力参加了研究生们的毕业论文答辩,校阅了研究生们的翻译稿件,自己也不断地披阅西方的社会学和民族学的新作,又做些笔记。一九八三年我们搬进民族学院新建的高知楼新居,朝南的屋子多,我们的卧室兼书房,窗户宽大,阳光灿烂,书桌相对,真是窗明几净。我从一九八〇年秋起得了脑血栓后又患右腿骨折,已有两年足不出户了。我们是终日隔桌相望,他写他的,我写我的,熟人和学生来了,也就坐在我们中间,说说笑笑,享尽了人间"偕老"的乐趣。这也是十一届三中全会以后,我们得到的政府各方面特殊照顾的丰硕果实。

"夕阳无限好,只是近黄昏",这也是天然规律,文藻终于在一九八五年七月三日最后一次住进北京医院,再也没有出来了。他的床前,一直只有我们的第二代、第三代的孩子们在守护,我行动不便,自己还要人照顾,便也不能像一九四二年他患肺炎时那样,日夜守在他旁边了。一九八五年九月二十四日早晨,我们的儿子吴平从医院里打电话回来告诉我说:"爹爹已于早上六时二十分逝世了!"

遵照他的遗嘱:不向遗体告别,不开追悼会,火葬后骨灰投海。存款三万元捐献给中央民院研究所,作为社会民族学研究生的助学金。九月二十七日下午,除了我之外,一家大小和近亲密友(只是他的几位学生)在北京医院的一间小厅里,开了一个小型的告别会(有好几位民院、民委、中联部的领导同志要去参加,我辞谢他们说:我都不去你们更不必去了),这小型的告别会后,遗体便送到八宝山火化。九月二十九日晨,我们的儿女们又到火葬场拾了遗骨,骨灰盒就寄存在革命公墓的骨灰室架子上。等我死后,我们的遗骨再一同投海,也是"死同穴"的意思吧!

文藻逝世后一段时间内的情况,我在《衷心的感谢》一文中(见《文汇月刊》一九八六年第一期)都写过了。

现在总起来看他的一生，的确有一段坎坷的日子，但他的“坎坷”是和当时绝大多数的知识分子“同命运”的。一九八六年第十八期《红旗》上，有一篇“本刊特约评论员”的文章《引导知识分子坚持走健康成长的道路》中的党对知识分子问题的第四阶段上，讲得就非常地客观而公允！

> 第四阶段，从1957年到1976年。前十年由于党的指导思想发生了“左”的偏差，党的知识分子政策开始偏离了正确的方向，知识分子工作也经历了曲折的道路。主要表现是轻视知识，歧视知识分子，以种种罪名排斥和打击了一些知识分子，使不少人长期蒙受冤屈。这种错误倾向，在长达十年的“文化大革命”中，发展到了荒谬绝伦的地步，把广大知识分子诬蔑为“臭老九”，把学有所长、术有专攻的知识分子诬蔑为“反动学术权威”，只片面地强调知识分子要向工农学习，不提工农群众也要向知识分子学习，人为地制造了工人农民同知识分子之间的对立，而重视知识分子，爱护知识分子，反被说成是搞“修正主义”，有“亡党亡国”的危险。摧残知识分子成为十年浩劫的重要组成部分。

读了这篇文章，使我从心里感觉到中国共产党真是一个伟大、英明、正确的无产阶级政党，是一个“有严明纪律和富于自我批评精神的无产阶级政党”。可惜的是文藻没能赶上披读这篇文章了！

写到这里，我应当搁笔了。他的也就是我们的晚年，在精神和物质方面，都没有感到丝毫的不足。要说他八十五岁死去更不能说是短命，只是从他的重建和发展中国社会学的志愿和我们的家人骨肉之间的感情来说，对于他的忽然走开，我是永远抱憾的！

一九八六年十一月二十一日

我的三个弟弟

我和我的弟弟们一向以弟兄相称。他们叫我“伊哥”(伊是福州方言“阿”的意思)。这小名是我的父母亲给我起的,因此我的大弟弟为涵小名就叫细哥(“细”是福州方言“小”的意思),我的二弟为杰小名就叫细弟,到了三弟为楫出生,他的小名就只好叫“小小”了!

说来话长!我一生下来,我的姑母就拿我的生辰八字,去请人算命,算命先生说:“这一定是个男命,因为孩子命里带着‘文曲星’,是会做文官的。”算命纸上还写着有“富贵逼人无地处,长安道上马如飞”。这张算命纸本来由我收着,几经离乱,早就找不到了。算命先生还说我命里“五行”缺“火”,于是我的二伯父就替我取了“婉莹”的大名,“婉”是我们家姐妹的排行,“莹”字上面有两个“火”字,以补我命中之缺。但祖父总叫我“莹官”,和我的堂兄们霖官、仪官等一样,当做男孩叫的。而且我从小就是男装,一直到一九一一年,我从烟台回到福州时,才改了女装。伯叔父母们叫我“四妹”,但“莹官”和“伊哥”的称呼,在我祖父和在我们的小家庭中,一直没改。

我的三个弟弟都是在烟台出生的,“官”字都免了,只保留福州方言,如“细哥”、“细弟”等等。

我的三个弟弟中,大弟为涵是最聪明的一个,十二岁就考上“唐山路矿学校”的预科(我在《离家的一年》这篇小说中就说的是这件事)。以后学校迁到北京,改称“北京交通大学”。他在学校里结交了一些爱好音乐的朋友,他自己课余又跟一位意大利音乐家学小提琴。我记得那时他从东交民巷老师家回来,就在屋里练琴,星期天他就能继续弹奏六七个小时。他的朋友们来了,我们的西厢房里就弦歌不断。他们不但拉提琴,也弹月琴,引得二弟和三弟也学会了一些中国乐器,三弟嗓子很好,就带头唱歌(他在育英小学,就被选入学校的歌咏队),至今我中午休息在枕上听收音机的时候,我还是喜欢听那高亢或雄浑的男歌音!

涵弟的音乐爱好,并没有干扰他的学习,他尤其喜欢外语。一九二三年秋,我在美国沙穰疗养院的时候,就常得到他用英文写的长信。病友们都奇怪说:"你们中国人为什么要用英文写信?"我笑说:"是他要练习外文并要我改正的缘故。"其实他的英文在书写上比我流利得多。

一九二六年我回国来,第二年他就到美国的宾夕法尼亚大学,去学"公路",回国后一直在交通部门工作。他的爱人杨建华,是我舅父杨子敬先生的女儿。他们的婚姻是我的舅舅亲口向我母亲提的,说是:"姑做婆,赛活佛。"照现在的说法,近亲结婚,生的孩子一定痴呆,可是他们生了五个女儿,却是一个赛似一个地聪明伶俐。(涵弟是长子,所以从我们都离家后,他就一直和我父亲住在一起。)至今我还藏着她们五姐妹环绕着父亲的一张相片。她们的名字都取的是花名,因为在华妹怀着第一个孩子时,我父亲做了一个梦,梦见一个老人递给他一张条子,上面写着"文郎俯看菊陶仙",因此我的大侄女就叫宗菊。"宗"字本来是我们大家庭里男孩子的排行,但我父亲说男女应该一样。后来我的一个堂弟得了一个儿子,就把"陶"字要走了,我的第二个侄女,只好叫宗仙。以后接着又来了宗莲和宗菱,也都是父亲给起的名字。当华妹又怀了第五胎的时候,她们四个姐妹聚在一起祷告,希望妈妈不要生个男儿,怕有了弟弟,就不疼她们了。宗梅生后,华妹倒是有点失望,父亲却特为宗梅办了一桌满月酒席，这是她姐姐们所没有的，表示他特别高兴。因此她们总是高兴地说："爷爷特别喜欢女孩子，我们也要特别争气才行！"

一九三七年，我和文藻刚从欧洲回来，"七七"事变就发生了。我们在燕京大学又呆了一年，就到后方云南去了。我们走的那一天，父亲在母亲遗像前烧了一炷香，保佑我们一路平安。那时杰弟在南京，楫弟在香港，只有涵弟一人到车站送我们，他仍旧是泪汪汪地，一语不发，和当年我赴美留学时一样，他没有和杰、楫一道到车站送我，只在家里窗内泪汪汪地看着我走。我永远也忘不了那一对伤离惜别的悲痛的眼睛！

我们离开北京时，倒是把文藻的母亲带到上海，让她和文藻的妹妹一家住在一起。那时我们对云南生活知道的不多；更不敢也不能拖着父亲和涵弟一家人去到后方，当时也没想到抗战会抗得那么长，谁知道匆匆一别遂成永诀呢？！

一九四〇年，我在云南的呈贡山上，得到涵弟报告父亲逝世的一封信，我打开信还没有看完，一口血就涌上来了！

> ……大人近二年来，瘦了许多，这是我感到伤心而不敢说的……谁也想不到他走的那样快……大人说："伊哥住址是呈贡三台山，你能记得吗？"我含泪点首……晨十时德国医陈义大夫又来打针，大人喘仍不止，稍止后即告我："将我的病况，用快函寄上海再转香港和呈贡，他们三人都不知道我病重了……"这时大人面色苍白，汗流如雨，又说："我要找你妈去！"……大人表示要上床睡，我知道是那两针吗啡之力，一时房中安静，窗外一滴一滴的雨声，似乎在催着正在与生命挣扎的老父，不料到了早晨八时四十五分，就停了气息……我的血也冷了，不知是梦境？是幻境？最后责任心压倒了一切，死的死了，活的人还得活着干……

他的第二封信，就附来一张父亲灵堂的相片，以及他请人代拟的文藻吊我父亲的挽联：

分为半子，情等家人，远道哪堪闻噩耗
本是生离，竟成死别，深闺何以慰哀思

信里还说，“听说你身体也不好，时常吐血，我非常不安……弟近来亦常发热出汗，疲弱不堪，但不敢多请假，因请假多了，公司将取消食粮配给……华妹一定要为我订牛奶，劝我吃鸡蛋，但是耗费太大，不得不将我的提琴托人出售，因为家里已没有可卖之物……一切均亏得华妹操心，这个家真亏她维持下去……孩子们都好，都知吃苦，也都肯用功读书，堪以告慰，但愿有一天苦尽甜来……”

这是涵弟给我的末一封信了。父亲是一九四〇年八月四日八时四十五分逝世的。涵弟在敌后的一个公司里又挨了四年，我也总找不到一个职业使他可以到后方来。他贫病交加，于一九四四年也逝世了！他最爱的也是最聪明的女儿宗莲，就改了名字和同学们逃到解放区去，其他的仍守着母亲，过着极其艰难的日子……

我的这个最聪明最尽责、性情最沉默、感情最脆弱的弟弟，就这样在敌后劳苦抑郁地了此一生！

关于能把三个弟弟写在一起的事：就是他们从小喜欢上房玩。北京中剪子巷家里，紧挨着东厢房有一棵枣树，他们就从树上爬到房上，到了北房屋脊后面的一个旮旯里，藏了许多他们自制的玩艺儿，如小铅船之类。房东祈老头儿来了，看见他们上房，就笑着嚷：“你们又上房了，将来修房的钱，就跟你们要！”

还有就是他们同一些同学，跟一位打拳的老师学武术，置办一些刀枪剑戟，一阵乱打，以及带着小狗骑车到北海泅水、划船，这些事我当然都没有参加。

其实我在《关于女人》那一本书里，虽然说的是我的三位弟妇，却已经把我的三个弟弟的性情、爱好等等都已描写过了。不过《关于女人》是写在一九四三年，对于大弟只写了他恋爱、婚姻一段，对于二弟、三弟就写得多一些。

二弟为杰从小是和我在一床睡的。那时父亲带着大弟，母亲带着小弟，我就带着他。弟弟们比我们睡得早，在里床每人一个被窝桶，晚饭后不久，就钻进去睡了。为杰和一般的第二个孩子一样，总是很“乖”的。他在三个弟兄里，又是比较“笨”的。我记得在他上小学时，每天早起我一边梳头，一边听他背《孟子》，什么“泄泄犹沓沓也”，我不知道这是《孟子》中的哪一章？哪一节？也许还是“注释”，但他呜咽着反复背诵的这一句书，至今还在我耳边震响着。

他的功课总是不太好，到了开初中毕业式那天，照例是要穿一件新的蓝布大褂的，母亲还不敢先给他做，结果他还是毕业了。可是到了高中，他一下子就蹿上来了，成了个高材生。一九二六年秋他考上了燕京大学，正巧我也回国在那里教课，因为他参加了许多课外活动，我们接触的机会很多。有一次男生们演话剧“咖啡店之一夜”，那时男女生还没有合演，为杰就担任了女服务员这一角色。他穿的是我的一套黑绸衣裙，头上扎个带褶的白纱巾，系上白围裙，台下同学们都笑说他像我。那年冬天男女同学在未名湖上化装溜冰，他仍是穿那一套衣裳，手里捧着纸做的杯盘，在冰上旋舞。

一九二九年我同文藻结婚后，我们有了家了，他就常到家里吃饭，他很能吃，也不挑食。一九三〇年秋我怀上了吴平，害口，差不多有七个月吃不下东西。父亲从城里送来的新鲜的蔬菜水果，几乎都是他吃了。甚至在一九三一年二月我生吴平那一天，我从产房出来，看见他在病房等着我，房里桌上有一杯给产妇吃的冰淇淋，我实在太累了，吃不下，冲他一努嘴，他就捧起杯来，脸朝着墙，一口气吃下了！

他在燕大念的是化学，他的学士和硕士的论文，都是跟天津碱厂的总工程师侯德榜博士写的。侯先生很赏识他，又介绍他到美国威斯康星大学读化学博士，毕业时还得了金钥匙奖。回国后就在永利制碱公司工作。解放后又跟侯先生到了化工部。一九五一年我们从日本回到北京，见面的时候就多了。

我是农历闰八月十二日生的，他的生日是农历八月初十，因此每到每年的农历的八月十一日，他们就买一个大蛋糕来，我们两家人一起庆祝，我现在还存着我们两人一同切蛋糕的相片。

一九八五年九月文藻逝世后，他得到消息，一进门还没来得及说话，就伏在书桌上，大哭不止，我倒含着泪去劝他。他晚年身体不好，常犯气喘病，家里暖气不够热时，就往往在堂屋里生上火炉。一九八六年初，他病重进了医院，他的爱人李文玲还瞒着我，直到他一月十二日逝世几天以后，我才得到这不幸的消息。化工部他的同事们为他准备了一个纪念册，要我题字，我写：

> 为杰逝世了，我在深深地自恸自怜之后，终于为有他这么一个对祖国的化工事业，做出应有的贡献的弟弟，我又感到无限的自慰与自豪。

他的爱人李文玲是金陵女子大学音乐系毕业的，专修钢琴。他的儿子谢宗英和儿媳张薇都继承了他的事业，现在都在化工部的附属工程机关工作。

我的三弟谢为楫的一切，我在《关于女人》写我的三弟妇那一段已经把他描写过了：

> ……他是我们弟兄中最神经质的一个，善怀，多感，急躁，好动，因为他最小，便养得很任性，很娇惯。虽然如此，他对于父母和兄姐的话总是听从的，对我更是无话不说……

他很爱好文艺，也爱交些文艺界的年轻朋友。丁玲、胡也频、沈从文等，都是他介绍给我的，我记得那是一九二七年我的父亲在上海工作的时候。他还出过一本短篇小说集，名字我忘了，那时他也不过十七八岁。

他没有读大学就到英国利物浦的海上学校，当了航海学生，在五洲的海上飘荡了五年，居然还得了一张荣誉证书回来。从那时起他就在海关的缉私船上工作。抗战时期，上海失守后，他到了香港，香港又失守了，他就到重庆，不久由港务司派他到美国进修了一年，回来后就在上海港务局工作。他的爱人刘纪华，是我的表兄刘放园先生的女儿，燕大的社会学系优秀的硕士研究生，那时也在上海的“善后救济总署”工作。他们是青梅竹马的恩爱夫妻，工作和生活都很愉快。他们有五个儿女。为楫说，为了纪念我，他们孩子的名字里都要带一个“心”字。长女宗慈，十一二岁就到东北上学，我记得是长春大学，学的是农业机械。他们的二女儿宗爱、三女儿宗恩，学的是音乐，是报考上海音乐学院附中的上千人中考上的五十人中之二。我听见了很高兴，给她们寄去八百元买了一架钢琴，作为奖励。他们的两个儿子宗惠和宗悫那时还小。

一九五七年，为楫响应“向党进言”的号召，写了几张大字报，被划成了右派，遣送到甘肃的武威劳动改造，从此丢弃了他的专业，如同失水的枯鱼一般，全家迁到了大西北。那时我的老伴吴文藻，和我的儿子吴平也都是右派分子，我的头上响起了晴天的霹雳，心中的天地也一下子旋转了起来！但我还是镇定地给为楫写一封封的长信，鼓励他好好改造，重新做人，求得重有报效祖国的机会，其实那几年我自己也不知道是怎么过的！只记得为楫夫妇都在武威一所中学教书，度过了相当艰苦的日子。孩子们在逆境中反而加倍奋发自强，宗恩和宗爱都在西安音乐学院毕了业。两个男孩子都学的是理工，在矿学事业自动化研究所里工作，这都是后话了！

劳瘁交加的纪华得了癌症，一九七六年去世了，为楫就到窑街和小儿子住了些日子，一九八七年又到四川的北碚，同大女儿住了些日子；一九七九年应兰州大学之聘，在兰大教授英语；一九八四年的一月十二日就因病在兰州逝世了！他的儿女们都没有告诉我们。我和为杰只奇怪楫弟为什么这样懒得动笔，每逢农历九月十九，我们还是寄些钱去（他比纪华大一岁，两人是同一天生日，往常我们总是祝他们“双寿”），让他的孩子们给他买块蛋糕。孩子们也总是回信说：“爹爹吃了蛋糕，很喜欢，说是谢谢你们！”杰弟一直到死，还不知道“小小”已经比他先走了！

在写这一篇的时候，我流尽了最后的眼泪！王羲之在《兰亭序》里说“死生亦大矣，岂不痛哉”。我倒觉得“死”真是个“解脱”，“痛”的是后死的人！

我的三个弟弟：从小到大，我尽力地爱护了你们。最后也还是我用眼泪来给你们送别，我总算对得起你们了！

一九八七年七月八日风雨欲来的黄昏

我的小舅舅

我的小舅舅杨子玉先生，是我的外叔祖父杨颂岩老先生的儿子。外叔祖父有三个女儿，晚年得子，就给他起名叫喜哥，虽然我的三位姨母的名字并不是福、禄、寿！我们都叫他喜舅。他是我们最喜爱的小长辈。他从不腻烦小孩子，又最爱讲故事，讲得津津有味，似乎在讲故事中，自己也得到最大的快乐。

他在唐山路矿学校读书的时候，夏天就到烟台来度假，这时我们家就热闹起来了。他喜欢喝酒，母亲每晚必给他预备一瓶绍兴和一点下酒好菜。父亲吃饭是最快的，他还是按着几十年前海军学堂的习惯，三分钟内就把饭吃完，离桌站起了。可是喜舅还是慢慢地啜，慢慢地吃，还总是把一片笋或一朵菜花，一粒花生翻来覆去地夹着看，不立时下箸。母亲就只好坐在桌边陪他。他酒后兴致最好，这时等在桌边的我们，就哄围过来，请他讲故事。现在回想起来，他总是先从笑话或鬼怪故事讲起，最后也还是讲一些同盟会的宣传推翻清廷的故事。他假满回校，还常给我们写信，也常寄诗。我记得他有《登万里长城》一首：

> 划地界夷华
> 秦王计亦差
> 怀柔如有道
> 胡越可为家
> 安用驱丁壮

翻因起怨嗟
即今凭吊处
不复有鸣笳

还有一首《月夜寄内》，那是他结婚后之作，很短，以他的爱人的口气写的。

之子不归来
楼头空怅望
新月来弄人
幻出刀环样

我在中学时代，他正做着铁路测量工作，每次都是从北京出发，因此他也常到北京来。他一离开北京，就由我负责给他寄北京的报纸，寄到江西萍乡等地。测量途中，他还常寄途中即景的诗，我只记得一两句，如：

瘦牛伏水成奇石

他在北京等待任务的时间，十分注意我的学习。他还似乎有意把我培养成一个“才女”。他鼓励我学写字，给我买了许多字帖，还说要先学“颜”，以后再转学“柳”、学“赵”。又给我买了许多颜料和画谱，劝我学画。他还买了很讲究的棋盘和黑白棋子，教我下围棋，说是“围棋不难下，只要能留得一个不死的口子，就输不了”。他还送我一架风琴，因此我初入贝满中学时，还交了学琴的费。但我只学了三个星期就退学了，因为我一看见练习指法的琴谱，就头痛。总之，我是个好动的、坐不住的孩子，身子里又没有音乐和艺术的细胞！和琴、棋、书、画都结不上因缘。喜舅给我买的许多诗集中，我最不喜欢《随园女弟子诗集》，而我却迷上了龚定庵、黄仲则和纳兰成德。

二十年代初期，喜舅就回到福建的建设厅去工作了，我也入了大学，彼此都忙了起来，通信由稀疏而渐渐断绝。总之，他在我身上"耕耘"最多，而"收获"最少，我辜负了他，因为他在自己的侄子们甚至于自己的儿子身上，也没有操过这么多的心！

这里应该补上一段插曲。一九一一年，我们家回到福州故乡的时候，喜舅已先我们回去了。他一定参与了光复福建之役。我只觉得他和他的朋友们——都是以后到我北京家里来过，在父亲书斋里长谈的那些人——仿佛都忙得很，到我家来，也很少找我们说笑。有时我从"同盟会"门口经过——我忘了是什么巷，大约离我们家不远——常见他坐在大厅上和许多人高谈阔论。他和我的父亲对当时的福建都督彭寿松都很不满，说是"换汤不换药"。我记得那时父亲闲着没事，就用民歌"墦间祭"的调子，编了好几首讽刺彭寿松的歌子。喜舅来了，就和我们一同唱着玩，他说是"出出气"！这些歌子我一句也不记得了，《墦间祭》的原歌也有好几首，我倒记得一首，虽然还不全。这歌是根据《孟子》的离娄章里"齐人有一妻一妾……"的故事，这妻妾发现齐人是到墦间乞食，回来却骄傲地自诩是到富贵人家去赴宴，她们就"羞泣"地唱了起来。调子很好听，我听了就忘不了！这首是妻唱的：

稳步出家庭
×××××
家家插柳，时节值清明
出东门好一派水秀山明
哎呵，对景倍伤情！

第二首是妾唱的，情绪就好得多！说什么"昨夜灯前，细(？)踏青鞋"。一提起《墦间祭》，又把许多我在故乡学唱闽歌的往事，涌到心上来了。

一九八五年三月三日

我的表兄们

中国人的亲戚真多！除了堂兄姐妹，还有许许多多的表兄弟姐妹。正如俗语说的："一表三千里。"姑表、舅表、姨表；还有表伯、表叔、表姑、表姨的儿子，比我大的，就都是我的表兄了；其中有许多可写的，但是我最敬重的，是刘道铿（放园）先生。他是我母亲的表侄，怎么"表"法，我也说不清楚，他应该叫我母亲"表姑"，但他总是叫"姑"，把"表"字去掉。据我母亲说是他们从小在一个院住，因此彼此很亲热。从民国初年，我们到北京后，每逢年节或我父母亲的生日，他们一家必来拜贺。他比我大十七岁，我总以长辈相待，捧过茶烟，打过招呼，就退到一边，带他的儿女玩去了。那时他是《晨报》的编辑，我们家的一份《晨报》就是他赠阅的。"五四"运动时，我是协和女大学生会的文书，要写些宣传的文章，学生会还让我自己去找报刊发表。这时我才想起这位当报纸编辑的表兄，便从电话里和他商量，他让我把文章寄去。这篇短文，一下便发表出来了，我虽然很兴奋，但那时我一心一意想学医，写宣传文章只是赶任务，并不想继续下去。放园表兄却一直鼓励我写作，同时寄许多那时期出版的刊物，如《新青年》、《新潮》、《少年中国》、《解放与改造》等等，让我阅读。我寄去的稿子，从来没有被修改或退回过，有时他还替上海的《时事新报》索稿。他就像我的亲哥哥一样，关心我的一切。一九二三年我赴美时，他还替我筹了一百美元，作为旅费——因为我得到的奖学金里，不包括旅费——但是这笔款，父亲已经替我筹措了。放园表兄仍是坚持要我带在身边，以备不时之需，我也只好把这款带走，但一直没有动用。一九二六年我得了硕士学位，应聘到母校——燕京大学——任教，旅费是学校出的。我一回到上海——那时放园表兄在上海通易信托公司任职——就把这百元美金，还给了他。

放园表兄很有学问，会吟诗填词，写得一笔好字。母亲常常夸他天性淳厚。他十几岁时，父母就相继逝世，他的弟妹甚至甥侄，都是他一手扶持起来的。自我开始写作，他就一直和我通讯，我在美期间，有一次得他的信，说："前日到京，见到姑母，她深以你的终身大事为念，说你一直太不注意这类事情，她很不放心。我认为你不应该放过在美的机会，切要多多留意。"原文大概是这些话，我不太记得了。我回信说："谢谢你的忠告，请您转告母亲，我'知道了'！"一九二六年，我回到家，一眼就看见堂屋墙上挂的红泥金对联，是他去年送给父亲六十大寿的：

花甲初周　德星双耀

明珠一颗　宝树三株

把我们一家都写进去了。

五十年代初期，他回到北京，就任文史馆馆员，我们又时常见面，记得他那时常替人写字，评点过《白香山全集》，还送我一部。一九五七年他得了癌疾，在北京逝世。

还有一位表兄，我只闻其声，从未见过其人。但他的一句笑话，我永远也忘不了，因为他送给我的头衔称号，是我这一辈子无论如何努力，也争取不到的！

我有一位表舅——也不知道是我母亲的哪一门表姑，嫁到福州郊区的胪下镇郑家——因为是三代单传，她的儿子生下来就很娇惯，小名叫做"皇帝"。他的儿子，当然就是"太子"了，这

"太子"表兄,大约比我大七八岁。这两位"至尊",我都没有拜见过。一九一一年的冬天,我回到福州,有一夜住在舅舅家。福州人没有冬天生炉子的习惯,天气一冷,大家没事就都睡得很早。我躺在床上睡不着,听见一个青年人的声音,从外院一路笑叫着进来,说:"怎么这么早皇亲国戚都困觉了?!"我听到这个新奇的称呼,我觉得他很幽默!

一九八六年七月二十五日

九十大寿

冰心和女儿吴青一家（左为外孙陈钢，中立者为女婿陈恕）

我的老师——管叶羽先生

我这一辈子，从国内的私塾起，到国外的大学研究院，教过我的男、女、中、西教师，总有上百位！但是最使我尊敬爱戴的就是管叶羽老师。

管老师是协和女子大学理预科教数、理、化的老师，(一九二四年起，他又当了我的母校贝满女子中学的第一位中国人校长，可是那时我已经升入燕京大学了。)一九一八年，我从贝满女中毕业，升入协和女子大学的理预科，我的主要功课，都是管老师教的。

回顾我做学生的二十八年中，我所接触过的老师，不论是教过我或是没教过我的，若是以“全心全意为人民教育服务”以及“忠诚于教育事业”的严格标准来衡量我的老师的话，我看只有管叶羽老师是当之无愧的！

我记得我入大学预科，第一天上化学课，我们都坐定了(我总要坐在第一排)，管老师从从容容地走进课室来，一件整洁的浅蓝布长褂，仪容是那样严肃而又慈祥，我立刻感到他既是一位严师，又像一位慈父！

在我上他的课的两年中，他的衣履一贯地是那样整洁而朴素，他的仪容是一贯地严肃而慈祥。他对学生的要求是极其严格的，对于自己的教课准备，也极其认真。因为我们一到课室，就看到今天该做的试验的材料和仪器，都早已整整齐齐地摆在试验桌上。我们有时特意在上课铃响以前，跑到教室去，就看见管老师自己在课室里忙碌着。

管老师给我们上课,永远是启发式的,他总让我们预先读一遍下一堂该学的课,每人记下自己不懂的问题来,一上课就提出大家讨论,再请老师讲解,然后再做试验。课后管老师总要我们整理好仪器,洗好试管,擦好桌椅,关好门窗,把一切弄得整整齐齐地,才离开教室。

理预科同学中从贝满女中升上来的似乎只有我一个,其他的同学都是从华北各地的教会女子中学来的,她们大概从高中毕业后都教过几年书,我在她们中间,显得特别的小(那年我还不满十八岁),也似乎比她们“淘气”,但我总是用心听讲,一字不漏地写笔记,回答问题也很少差错,做试验也从不拖泥带水,管老师对我的印象似乎不错。

我记得有一次做化学试验,有一位同学不知怎么把一个当中插着一根玻璃管的橡皮塞子,捅进了试管,捅得很深,玻璃管拔出来了,橡皮塞子却没有跟着拔出,于是大家都走过来帮着想法。有人主张用钩子去钩,但是又不能把钩子伸进这橡皮塞子的小圆孔里去。管老师也走过来看了半天……我想了一想,忽然跑了出去,从扫院子的大竹扫帚上拗了一段比试管口略短一些的竹枝,中间拴上一段麻绳,然后把竹枝和麻绳都直着穿进橡皮塞子孔里,一拉麻绳,那根竹枝自然而然地就横在皮塞子下面。我同那位同学,一个人握住试管,一个人使劲拉那根麻绳,一下子就把橡皮塞子拉出来了。我十分高兴地叫:“管老师——出来了!”这时同学们都愕然地望着管老师,又瞪着我,轻轻地说:“你怎么能说管老师出来了!”我才醒悟过来,不好意思地回头看着站在我身后的管老师,他老人家依然是用慈祥的目光看着我,而且满脸是笑!我的失言,并没有受到斥责!

一九二四年,他当了贝满女中的校长,那时我已出国留学了。一九二六年,我回燕大教书,从升入燕大的贝满同学口中,听到的管校长以校为家，关怀学生，胜过自己的子女的嘉言懿行，真是洋洋盈耳，他是我们同学大家的榜样！

一九四六年，抗战胜利了，那时我想去看看战后的日本，却又不想多呆。我就把儿子吴宗生（现名吴平）、大女儿吴宗远（现名吴冰）带回北京上学，寄居在我大弟妇家里。我把宗生送进灯市口育英中学（那是我弟弟们的母校），把十一岁的大女儿宗远送到我的母校贝满中学，当我带她去报名的时候，特别去看了管校长，他高兴得紧紧握住我的手——这是我们第一次握手！他老人家是显老了，三四十年的久别，敌后办学的辛苦和委屈，都刻画在他的面庞和双鬓上！还没容我开口，他就高兴地说："你回来了！这是你的女儿吧？她也想进贝满？"又没等我回答，他抚着宗远的肩膀说："你妈妈可是个好学生，成绩还都在图书馆里，你要认真向她学习。"哽塞在我喉头的对管老师感恩戴德的千言万语，我也忘记了到底说出了几句，至今还闪烁在我眼前的，却是我落在我女儿发上的几滴晶莹的眼泪。

一九八五年五月二十八日清晨

记富奶奶

——一个高尚的人

一九二九年六月初，我还在燕京大学教课，得了重感冒，住在女校疗养所里。院里只有一位美国女大夫和两位服务员。大夫叫她们为舒妈和富妈(这大夫和服务员只照看轻病的人，一般较为严重复杂的病，就送到协和医院去了)。这两位服务员都是满族，说的一口纯正的北京话。舒妈年纪大一些，也世故一些，又爱说爱笑。富妈比较文静，说话轻声细语地。我总觉得她和舒妈不同，每逢她在我身边，我的脑中总涌上"大人家举止端详"这一段词句。

有一天她忽然低声问我："谢先生，您结婚后用人吗？我愿意给您帮忙。"我说："那太好了，就是我们家里就两个人，事情不多，而且人家已经给我们介绍一个厨师傅了(那时在燕大教师家里的大师傅一般除做饭外，还兼管洗衣服、床单……收拾楼下的书房客厅等等)。楼上我们卧室什么的，也没有什么重活……"她说："我能给您做针线活。您新房子里总得有窗帘、床单、桌布什么的，我可以先给您准备。"这方面我倒没想到。那时候燕大指定给我们盖的小楼——燕南园60号，已快竣工了。我感冒好后，就和她到我们的新居，量好了门窗的尺寸，楼下的客厅兼饭厅想用玫瑰色的窗帘，楼上的卧室用豆青色的，客房是粉红色的(那种房子一般是两重帘子，外面是一层透明的白纱布，里面只是一道横的短帘和两边长的窄窄的长帘，这里层的帘子是有颜色的)。我就买了这几色的苏州棉绸，交给了她。那年的六月十五号,我同文藻结婚后,就南下省亲,我们到了上海和江阴的家,暑假之前赶回上课时,富妈已经把这些窗帘都做好,而且还做了各间屋子里的床单,被单都用的是白细布又用和窗帘一色的布缘了边,还“补”上一些小花,真是协调雅淡极了!我们把房子布置好了以后,她每天就只来一个上午,帮我们收拾房间。到了一九三一年,我们的大儿子吴平出世后,她就来帮我带孩子,住在我家里,做整天的活。那时文藻的母亲也来了,就住在原来的客房。我每星期还有几堂课,身体也不太好,孩子的照顾,差不多全靠富奶奶了(她比我大十岁,自从她到我们家工作,我们就都称她奶奶)。说起来她的身世也够凄凉的,有人说她是满族松公爷的堂妹,家道中落,从九岁起就学做种种针线活,二十岁又嫁黄志廷做续弦,黄志廷是清华学校校警,年岁比她大许多,她生了六个孩子,都早夭了,最后一个女儿活下来了,起名叫秀琴,是她的宝贝。她出来工作,自己指“富”为姓。她有心脏病,每星期必到燕大医院去取一次药水,但她还是把孩子的衣服(除毛衣外)全部揽了去。她总把孩子打扮得十分雅气,衣领和袖子上总绣上些和毛衣的颜色协调的小花,那时燕大中美同事的夫人们,都夸说我们孩子穿得比谁都整齐,其实都是富奶奶给他们打扮的。

一九三五年我的女儿吴冰出世了,也是她照应的,吴冰从小不“挑食”,长得很胖,富奶奶对于女孩子的衣着更加注意,吴冰被推着车子出去,真是谁看谁爱。一九三六年,是文藻的休假年(燕大的教授们是每七年休假一次),我们先到日本,又到美国代表燕大祝贺哈佛大学建校三百周年,以后又到英国、意大利、法国等,文藻自己又回到英国的牛津和剑桥大学,研究他们的导师制度,我那时正怀上了吴青,就在法国留下,在巴黎闲住了一百天。那时文藻的母亲虽然也在北京,但两个孩子的一切,仍是全由富奶奶照管。一九三七年我们从欧洲回来,不到一个星期,北京便沦陷了。因为燕大算是美国教会办的,一时还没有受到惊扰,我们就仍在燕大教学,一面等待十一月份吴青的出世,一面做去云南大学的准备。因为富奶奶有心脏病,我怕云南高原的天气对她不宜,准备荐她到一位美国教授家里去工作。他们家只老夫妇二人,工作很轻松,但富奶奶却说:“您一个人带三个孩子走,就不放心,我送您到香港再回来吧。”等到了香港,我们才知道要去云南必须从安南的海防坐小火车进入云南,这条路是难走的!富奶奶又坚持说:“您和先生两个人,绝对弄不了这三个孩子,我还是跟您上云南吧。”我只得流着眼泪同意了。这一路的辛苦困顿,就不必说。亏得在路过香港时,我的表兄刘放园一家也在香港避难,他们把一个很能干的大丫头——瑞雯交给了我,说是:“瑞雯十八九岁了,我们不愿意在香港替她找人家,不如让你们带到内地给她找吧。”路上有了瑞雯当然方便得多,富奶奶把她当自己的女儿看待,两人处得十分融洽。到了昆明,瑞雯便担任了厨师的职务,她从我的表嫂那里,学做的一手好福建菜,使我们和我们的随北大、清华南迁的朋友们,大饱口福。

我们到了昆明,立刻想把富奶奶的丈夫黄志廷和女儿秀琴都接到后方来,免得她一家离散。那时正好美国驻云南昆明的领事海勇(Seabold)和我们很友好,他们常说云南工人的口音难懂,我说:“我给你们举荐一个北京人吧。”于是我们就设法请南下的朋友把黄志廷带到了昆明,在美国领事馆工作。富奶奶的独女秀琴却自己要留在北京读完高中,在一九四〇年我们搬到重庆之后,她才由我们的朋友带来,到了重庆,我们即刻把她送到复旦大学,一切费用由我们供给。这时富奶奶完全放心了,我们到重庆时,本来就把黄志廷带来我家“帮忙”,如今女儿也到了后方,又入了大学,她不必常常在夜里孩子睡后,在桐油灯下,艰难地一个字一个字地给女儿写信了。说来真是“可怜天下父母心”!富奶奶本来不会写字,她总是先把她要说的话,让我写在纸上，然后自己一笔一划地去抄，我常常对她说："你不必麻烦了，我和黄志廷都会替你写，何必自己动笔呢？"她说："秀琴看见我的亲笔字，她会高兴的。"

我们到重庆不久，因为日机常来轰炸，就搬到歌乐山上住。不久文藻又得了肺炎，我在医院陪住了一个多月，家里一切，便全由富奶奶主持。那几年我们真是贫病交加，文藻病好了，我又三天两头地吐血，虽然大夫说这不是致命的病，却每次吐血，必须躺下休息，这都给富奶奶添许多麻烦，那时她也渐渐地不支了，也得常常倚在床上。我记得有一次冬天，在沙坪坝南开中学上学的吴平，周末在大雨中上山，身上的棉裤湿了半截。富奶奶心疼地让他脱下棉裤，坐在她被窝里取暖。她拿我的一条旧裤作面子，用白面口袋白布做里子，连夜在床上给他赶做一条棉裤。我听见她低低地对吴平说："你妈也真是，有钱供人上大学，自己的儿子连一条替换的棉裤、毛裤都没有！"这是她末一次给我的孩子做活了！

有一天她断断续续地对我说："我看我这病是治不好了，您这房子虽然是土房，也是花钱买的，我死在这屋里，孩子们将来会害怕的，您送我上医院吧。"我想在医院里，到底照顾得好一些，山下的中央医院（就是现在的上海医院）还有许多熟人，我就送她下山，并让黄志廷也跟去陪她，我一面为她预备后事。正好那时听说有一户破落的财主，有一副做好的棺材要廉价出卖，我只用了一百多块钱（《关于女人》稿费的一部分）把它买了下来，存放在山下的一间木匠铺里。

到医院后不久，她就和我们永别了。她葬在歌乐山的墓地里。出殡那一天，我又大吐血，没有去送葬，但她的丈夫、女儿和我的儿女们都去了。听说，吴平在坟前严肃地行了一个童子军的敬礼后，和他的两个妹妹吴冰、吴青，都哭得站不起来！五十年代中期，我曾参加人大代表团到西南视察，路经四川歌乐山，我想上去看看她的坟墓，却因为那里驻着高射炮队就去不成了。

黄秀琴同她的大学同学四川人李家驹结了婚，不久也把父亲黄志廷接走了。抗战胜利后，我们回到南京又去了日本，黄家留在四川，但是我们的通讯不断。

黄秀琴生了两儿两女后，也去世了。六十年代我们住在北京中央民族学院，她的次子李达雄在北京邮电学院上学，假期就到我们家来称我为“姥姥”。直到现在他夫妇到京出差还是给我送广柑、“菜脑壳”之类我们爱吃的东西。我们的孩子和他们的孩子一直是亲如一家……

关于这个高尚的人的事迹，我早就想写了，镶在一个小铜镜框里的她和我们三个孩子的小相片，几十年来一直在我的身边，现在就在我身后的玻璃书柜里。今天浓阴，又没有什么“不速之客”，我一口气把从一九二九年起和我同辛共苦了十几年的、最知心的人的事迹，写了出来，我的眼泪是流得尽的，而我对她的忆念却绵绵无尽！

一九八六年六月五日薄暮

记萨镇冰先生

萨镇冰先生，永远是我崇拜的对象，从六七岁的时候，我就常常听见父亲说："中国海军的模范军人，萨镇冰一人而已。"从那时起，我总是注意听受他的一言一行，我所耳闻目见的关于他的一切，无不加增我对他的敬慕。时至今日，虽然有许多儿时敬仰的人物，使我灰心，使我失望，而每一想到他，就保留了我对于人类的信心，鼓励了我向上生活的勇气。

底下所记的关于萨先生的嘉言懿行，大半是从父亲谈话中得来的。——事实的年月，我只约略推算，将来对于他的生平材料搜集得比较完全时，我想再详细的替他写一本传记。——在此我感谢我的父亲，他知道往青年人脑里灌注的，应当是哪一种的印象。

海军上将萨镇冰先生，大名是鼎铭，福建闽侯人，一八六〇年(?)生，十二岁入福州马尾船政学校，作第二班学生。十七八岁出洋，入英国格林海军大学(Green-Wich College)，回国后在天津管轮学堂任正教习。那时父亲是天津水师学堂驾驶班的学生，自此和他相识。

在管轮学堂时候，他的卧室里用的是特制的一张又仄又小的木床，和船上的床铺相似，他的理由是，"军人是不能贪图安逸的，在岸上也应当和在海上一样。"他授课最认真，对于功课好的学生，常以私物奖赏，如时表之类，有的时候，小的贵重点的物品用完了，连自己屋里的藤椅，也搬了去。课外常常教学生用锹铲在操场上挖筑炮台。那时管轮学堂在南边,水师学堂在北边,当中隔个操场。学堂总办吴仲翔住在水师学堂。吴总办是个文人,不大喜欢学生做“粗事”。所以在学生们踊跃动手,锹铲齐下的时候,萨先生总在操场边替他们巡风,以备吴总办的突来视察。

父亲和萨先生相熟,是从同在“海圻”军舰服务时起(一九〇〇年左右),那时他是海军副统领,兼“海圻”船主,父亲是副船主。

庚子之变,海军正统领叶祖珪,驻海容舰,被困于大沽口。鱼雷艇海龙海犀海青海华四艘,已被联军舰队所掳。那时北洋舰队中的海圻,海琛,海筹,海天等舰,都泊山东庙岛,山东巡抚袁世凯,移书请各舰驶入长江,以避敌锋,于是各船纷纷南下,只海圻坚泊不动。在山东义和团杀害侨民的时候,萨先生请蓬莱一带的教士侨民悉数下船,殷勤招待,乱事过后,方送上岸。那时正有美国大巡洋舰阿利干号(Oregan)在庙岛附近触礁,海圻又驶往救护,美国国会闻讯,立即驰函道谢,阿利干舰长申谢之余,也恳劝萨先生南下,于是海圻才开入江阴。

在他舰南开,海圻孤泊的时候,军心很摇动,许多士兵称病上岸就医,乘间逃走,最后是群情惶遽,聚众请愿,要南下避敌。舱面上万声嘈杂,不可制止,在父亲竭力向大家劝说的时候,萨先生忽然拿把军刀,从舱里走出,喝说着:“有再说要南下的,就杀却!”他素来慈蔼,忽发威怒,大家无不失色惊散,海圻卒以泊定。——事后有一天萨先生悄然的递给父亲一张签纸,是他家人在不得海圻消息时,在福州吕祖庙里求的,上面写着:“有剑开神路,无妖敢犯邪。君子道长,小人道消。”两人大笑不止。

萨先生所在的兵舰上,纪律清洁,总是全军之冠。他常常捐款修理公物,常笑对父亲说,“人家做船主,都打金镯子送太太戴,我的金镯子是戴在我的船上。”有一次船上练习打靶,枪炮副不慎,将一尊船边炮的炮膛,划伤一痕。(开空炮时空弹中也装水,以补足火药的分量,弹后的铁孔,应用铁塞的,炮手误用木塞,以致施放时炮弹爆裂,碎弹划破炮膛而出。)炮值二万余元,萨先生自己捐出月饷,分期赔偿。后来事闻于叶祖珪,又传于直隶总督袁世凯,袁立即寄款代偿,所以如今海圻船上有一尊船边炮是袁世凯购换的。

他在船上,特别是在练船上,如威远康济通济等舰常常教学生荡舢舨,泅水,打靶,以此为日课,也以此为娱乐。驾驶时也专用学生,不请船户。(那时别的船上,都有船户领港,闽语所谓之"曲蹄",即以舟为家的疍民。)叶统领常常皱眉说:"鼎铭太肯冒险了,专爱用些年轻人!"而海上的数十年,他所在的军舰,从来没有失事过。

他又爱才如命,对于官员士兵的体恤爱护,无微不至。上岸公出,有风时舢舨上就使帆,以省兵力。上岸拜会,也不带船上仆役,必要时就向岸上的朋友借用。历任要职数十年,如海军副大臣、海军总长,福建省长等,也不曾用过一个亲戚。亲戚远道来投,必酌给川资,或作买卖的本钱,劝他们回去,说:"你们没有受过海上训练,不能占海军人员的位置。"——如今在刘公岛有个东海春铺子,就是他的亲戚某君开的,专卖烟酒汽水之类,作海军人的生意——只有他的妻舅陈君,曾做过通济练船的文案,因为文案本用的是文人的缘故。

萨先生和他的太太陈夫人,伉俪甚笃。有一次他在烟台卧病,陈夫人从威海卫赶来视疾,被他辞了回去,人都说他不近人情。而自他三十六岁,夫人去世后,就将子女寄养岳家,鳏居终身。人问他为何不续弦,他说:"天下若再有一个女子,和我太太一样的我就娶。"——(按萨公子即今铁道部司长萨福钧先生,女公子适陈氏。)

他的个人生活,尤其清简,洋服从来没有上过身,也从未穿过皮棉衣服,平常总是布鞋布袜,呢袍呢马褂。自奉极薄,一生没有做过寿,也不受人的礼。没有一切的嗜好,打牌是千载难逢的事,万不得已坐下时,输赢也都用铜子。

他住屋子,总是租那很破敝的,自己替房东来修理,栽花草,铺双重砖地,开门辟户。屋中陈设也极简单,环堵萧然。他做海军副大臣时,在北平西城曾买了一所小房,南下后就把这所小房送给了一位同学。在福建省长任内,住前清总督衙门,地方极大,他只留下几间办公室,其余的连箭道一并拆掉,通成一条大街,至今人称肃威路,因为他是肃威将军。

"肃威"两字,不足为萨先生的考语,他实是一个极风趣极洒脱的人。生平喜欢小宴会,三五个朋友吃便饭,他最高兴。所以遇有任何团体公请他,他总是零碎的还礼,他说:"客人太多时,主人不容易应酬得周到,不如小宴会,倒能宾主尽欢。"请客时一切肴馔设备,总是自己检点,务要整齐清洁。也喜欢宴请西国朋友。屋中陈设虽然简单,却常常改换式样。自己的一切用物文玩,知道别人喜欢,立刻就送了人,送礼的时候,也是自己登门去送,从来不用仆役。

他写信极其详细周到,月日地址,每信都有,字迹秀楷,也喜作诗,与父亲常有唱和之作。他平常主张海军学校不请汉文教员,理由是文人颓放,不可使青年军人,沾染上腐败的习气。他说:"我从十二岁就入军校,可是汉文也彀用的,文字贵在自修,不在乎学作八股式的无性灵的文章。"我还能背诵他的一首在平汉车上作的七绝,是:"晓发襄江尚未寒,夜过荥泽觉衣单,黄河桥上轻车渡,月照中流好共看"。我觉得末两句真是充分的表现了他那清洁超绝的人格!

我有二十多年没有看见他了,至今记忆中还有几件不能磨灭的事:在我五六岁时候,他到烟台视察,住海军练营,一天下午父亲请他来家吃晚饭,约定是七时,到六时五十五分,父亲便带我到门口去等,说:"萨军门是谨守时刻的,他常是早几分钟到主人门口,到时候才进来,我们不可使他久候。"我们走了出去,果然看见他穿着青呢袍,笑容满面的站在门口。

他又非常的温恭周到,有一次到我们家里来谈公事,里面端出点心来,是母亲自己做的,父亲无意中告诉了他。谈完公事,走到门口,又回来殷勤的说:“请你谢谢你的太太,今天的点心真是好吃。”

父亲的客厅里,字画向来很少,因为他不是鉴赏家,相片也很少,因为他的朋友不多。而南下北上搬了几次家,客厅总挂有萨先生的相片,和他写赠的一副对联,是“穷达尽为身外事,升沉不改故人情”。

听说他老人家现在福州居住,卖字作公益事业。灾区的放赈,总是他的事,因为在闽省赤区中,别人走不过的,只有他能通行无阻。在福州下渡,他用海军界的捐款,办了一个模范村,村民爱他如父母,为他建了一亭,逢时过节,都来拜访,腊八节,大家也给他熬些腊八粥,送到家去。

此外还有许多从朋友处听来的关于萨先生的事,都是极可珍贵的材料。夜深人倦,恕我不再记述了,横竖我是想写他的传记的,许多事不妨留在后来写。在此我只要说我的感想:前些日子看到行政院“澄清贪污”的命令,使我矍然的觉出今日的贪污官吏之多,擅用公物,虽贤者不免,因为这已是微之又微的常事了!最使我失望的是我们的朋友中间,与公家发生关系者,也有的以占公家的便宜为能事,互相标榜夸说,这种风气已经养成,我们凋敝绝顶的邦家,更何堪这大小零碎的剥削!

我不愿提出我所耳闻目击的无数种种的贪污事实,我只愿高捧出一个清廉高峻的人格,使我们那些与贪污奋斗的朋友们,抬头望时,不生寂寞之感……

在此我敬谨遥祝他老人家长寿安康。

一九三六年三月二十三日夜

老舍和孩子们

我认识老舍先生是在三十年代初期一个冬天的下午。这一天,郑振铎先生把老舍带到北京郊外燕京大学我们的宿舍里来。我们刚刚介绍过,寒暄过,我给客人们倒茶的时候,一转身看见老舍已经和我的三岁的儿子,头顶头地跪在地上,找一只狗熊呢。当老舍先生把手伸到椅后拉出那只小布狗熊的时候,我的儿子高兴得抱住这位陌生客人的脖子,使劲地亲了他一口！这逗得我们都笑了。直到把孩子打发走了,老舍才掸了掸裤子,坐下和我们谈话。他给我的第一个难忘的印象是:他是一个热爱生活、热爱孩子的人。

从那时起,他就常常给我寄来他的著作,我记得有:《老张的哲学》、《二马》、《小坡的生日》,还有其他的作品。我的朋友许地山先生、郑振铎先生等都告诉过我关于老舍先生的家世、生平、以及创作的经过,他们说他是出身于贫苦的满族家庭,饱经忧患。他是在英国伦敦大学东方学院教汉语时,开始写他的第一部小说《老张的哲学》的;并说他善于描写劳动人民的生活和感情,很有英国名作家狄更斯的风味等等。我自己也感到他的作品有特殊的魅力,他的传神生动的语言,充分地表现了北京的地方色彩;充分地传达了北京劳动人民的悲愤和辛酸、向往与希望。他的幽默里有伤心的眼泪,黑暗里又看到了阶级友爱的温暖和光明。每一个书中人物都用他或她的最合身分、最地道的北京话,说出了旧社会给他们打上的烙印或创伤。这一点,在我们一代的作家中是独树一帜的。

我们和老舍过往较密的时期，是在抗战期间的重庆。那时我住在重庆郊外的歌乐山，老舍是我家的熟客，更是我的孩子们最欢迎的人。“舒伯伯”一来了，他们和他们的小朋友们，就一窝蜂似地围了上来，拉住不放，要他讲故事，说笑话，老舍也总是笑嘻嘻地和他们说个没完。这时我的儿子和大女儿已经开始试看小说了，也常和老舍谈着他的作品。有一次我在旁边听见孩子们问：“舒伯伯，您书里的好人，为什么总是姓李呢？”老舍把脸一绷，说：“我就是喜欢姓李的！——你们要是都做好孩子，下次我再写书，书里的好人就姓吴了！”孩子们都高兴得拍起手来，老舍也跟着大笑了。

因为老舍常常被孩子们缠住，我们没有谈正经事的机会。我们就告诉老舍：“您若是带些朋友来，就千万不要挑星期天，或是在孩子们放学的时候。”于是老舍有时就改在下午一两点钟和一班朋友上山来了。我们家那几间土房子是没有围墙的，从窗外的山径上就会听见老舍豪放的笑声：“泡了好茶没有？客人来了！”我记得老舍赠我的诗笺中，就有这么两句：

闲来喜过故人家，
挥汗频频索好茶。

现在，老舍赠我的许多诗笺，连同他们夫妇赠我的一把扇子——一面写的是他自己的诗，一面是胡絜青先生画的花卉。在“四人帮”横行的时候，都丢失了！这个损失是永远补偿不了的！

抗战胜利后，我们到了日本，老舍去了美国。这时我的孩子们不但喜欢看书，而且也会写信了。大概是因为客中寂寞吧，老舍和我的孩子们的通信相当频繁，还让国内的书店给孩子们寄书，如《骆驼祥子》,《四世同堂》等等。有一次我的大女儿把老舍给她信中的一段念给我听，大意是：你们把我捧得这么高，我登上纽约的百层大楼，往下一看，觉得自己也真是不矮！我的小女儿还说："舒伯伯给我的信里说，他在纽约，就像一条丧家之犬。"一个十岁的小女孩，哪里懂得一个热爱祖国、热爱人民的作家，去国怀乡的辛酸滋味呢？

一九五一年，我们从日本回来。一九五二年的春天，我正生病，老舍来看我。他拉过一张椅子，坐在我的床边，眉飞色舞地和我谈到解放后北京的新人新事，谈着毛主席和周总理对文艺工作者的鼓励和关怀。这时我的孩子们听说屋里坐的客人是"舒伯伯"的时候，就都轻轻地走了进来，站在门边，静静地听着我们谈话。老舍回头看见了，从头到脚扫了他们一眼，笑问："怎么？不认得'舒伯伯'啦？"这时，这些孩子已是大学、高中和初中生了，他们走了过来，不是拉着胳膊抱着腿了，而是用双手紧紧握住"舒伯伯"的手，带点羞涩地说："不是我们不认得您，是您不认得我们了！"老舍哈哈大笑地说："可不是，你们都是大小伙子，大小姑娘了，我却是个小老头儿了！"顿时屋里又欢腾了起来！

一九六六年九月的一天，我的大女儿从兰州来了一封信，信上说："娘，舒伯伯逝世了，您知道吗？"这对我是一声晴天霹雳，这么一个充满了活力的人，怎么会死呢！那时候，关于我的朋友们的消息，我都不知道，我也无从知道……

"四人帮"打倒了以后，我和我们一家特别怀念老舍，我们常常悼念他，悼念在"四人帮"疯狂迫害下，我们的第一个倒下去的朋友！前几天在电视上看到《龙须沟》重新放映的时候，我们都流下了眼泪，不但是为这感人的故事本身，而是因为"人民的艺术家"没有能看到我们的第二次解放！一九五三年在我写的《陶奇的暑期日记》那篇小说里，在七月二十九日那一段，就写到陶奇和她的表妹小秋看《龙须沟》影片后的一段对话，那实际就是我的大女儿和小女儿的一段对话：

看完电影出来……我看见小秋的眼睛还红着，就过去搂着她，劝她说："你知道吧？这都是解放以前的事了。后来不是龙须沟都修好了，人民日子都好过了吗？我们永远不会再过那种苦日子了。"

小秋点了点头，说："可是二妞子已经死了，她什么好事情都没有看见！"我心里也难受得很。

二十五年以后，我的小女儿，重看了《龙须沟》这部电影，不知不觉地又重说了她小时候说过的话："'四人帮'打倒了，我们第二次解放了，可惜舒伯伯看不见了！"这一次我的大女儿并没有过去搂着她，而是擦着眼泪，各自低头走开了！

在刚开过的中国文联全委扩大会议上，看到了许多活着而病残的文艺界朋友，我的脑中也浮现了许多死去的文艺界朋友——尤其是老舍。老舍若是在世，他一定会作出揭发"四人帮"的义正词严淋漓酣畅的发言。可惜他死了！

关于老舍，许多朋友都写出了自己对于他的怀念、痛悼、赞扬的话。一个"人民艺术家"、"语言大师"、"文艺界的劳动模范"的事迹和成就是多方面的，每一个朋友对于他的认识，也各有其一方面，从每一个侧面投射出一股光柱，许多股光柱合在一起，才能映现出一个完全的老舍先生！为老舍的不幸逝世而流下悲愤的眼泪的，决不止是老舍的老朋友、老读者，还有许许多多的青少年。老舍若是不死，他还会写出比《宝船》、《青蛙骑士》更好的儿童文学作品，因为热爱儿童，就是热爱着祖国和人类的未来！在党中央向科学文化进军的伟大号召下，他会更以百倍的热情为儿童写作的。

感谢党中央，粉碎了"四人帮"，也挽救了文艺界，使我能在十二年之后，终于写出了这篇悼念老舍先生的文章。如今是大地回春，百花齐放。我的才具比老舍先生差远了，但是我还活着，我将效法他辛勤劳动的榜样，以一颗热爱儿童的心，为本世纪之末的四个现代化的社会主义祖国的主人，努力写出一点有益于他们的东西！

一九七八年六月二十一日

悼念林巧稚大夫

四月二十三日早晨，我正用着早餐，突然从广播里听到了林巧稚大夫逝世的消息，我忍不住放下匕箸，迸出了悲痛的热泪！

我知道这时在国内在海外听到这惊人的消息，而叹息、而流泪、而呜咽的，不知有多少不同肤色、不同年纪、不同性别的人。敬爱她的病人、朋友、同事、学生实在是太多太多了。

她是一团火焰，一块磁石。她的“为人民服务”的一生，是极其丰满充实地度过的。她从来不想到自己，她把自己所有的技术和感情，都贡献倾注给了她周围一切的人。

关于她的医术、医德，她的嘉言懿行，受过她的医治、她的爱护、她的培养的人都会写出一篇很全面很动人的文章。我呢，只是她的一个“病人”、一个朋友，只能说出我和她的多年接触中的一些往事。就是这些往事，使得这个不平凡的形象永远在我的心中闪光！

我和林大夫认识得很早，在本世纪二十年代，我在燕京大学肄业，那时协和医学院也刚刚成立。在协和医院里的医护人员和医院的社会服务部里都有我的同学。我到协和医院去看同学时常常会看见她。我更是不断地从我的同学口中听到这可敬可爱的名字。

我和她相熟，还是因为我的三个孩子都是她接生的（她常笑说“你的孩子都是我的孩子”）。在产前的检查和产后的调理中，她给我的印象是敏捷、认真、细心而又果断。她对病人永远是那样亲人一般地热情体贴，虽然她常说，“产妇不是病人。”她对她的助手和学生的要求，也十分严格。我记得在一九三五年我生第二个孩子的时候，那时她已是主治大夫，她的助手实习医生是我的一个学生。在我阵痛难忍、低声求她多给我一点瓦斯的时候，林大夫听见了就立刻阻止她，还对我说，“你怎能这样地指使她！她年轻，没有经验，瓦斯多用了是有危险的。”一九三七年十一月，当我生第三个孩子的时候，她已是主任大夫了。那时北京已经沦陷，我们的心情都十分沉重抑郁，林大夫坐在产床边和我一直谈到深夜。第二年的夏末我就离开北京到后方去了。我常常惦念着留在故都的亲人和朋友，尤其是林巧稚大夫。一九四三年我用“男士”的笔名写的那本《关于女人》里面的《我的同班》，就是以林大夫为模特儿的，虽然我没有和她同过班，抗战时期她也没有到过后方。抗战胜利后，在我去日本之前，还到北京来看过她。我知道在沦陷的北京城里，那几年她仍在努力做她的医务工作。她出身于基督教的家庭，一直奉着“爱人如己”的教义。对于劳动人民，她不但医治他们的疾苦，还周济他们的贫困。她埋头工作，对于政治一向是不大关心的。珍珠港事变以后，美国人办的协和医院也被日军侵占了，林大夫于是自开诊所，继续做她的治病救人的事业。我看她的时候，她已回到了胜利后的协和医院，但我觉得她心情不是太好，对时局也很悲观，我们只谈了不到半天的话，便匆匆分别了。

一九五一年我回到了解放后的祖国，再去看林大夫时，她仿佛年轻了许多，容光焕发，她举止更加活泼，谈话更加爽朗而充满了政治热情。作为一个科学家，一个医务工作者，她觉得在社会主义祖国里，如同在涸辙的枯鱼忽然被投进到阔大而自由的大海。她兴奋，她快乐，她感激，她的“得心应手”的工作，得到了党和国家领导人，尤其是周总理的器重。她的服务范围扩大了，她更常常下去调查研究。那几年我们都很忙，虽说是“隔行如隔

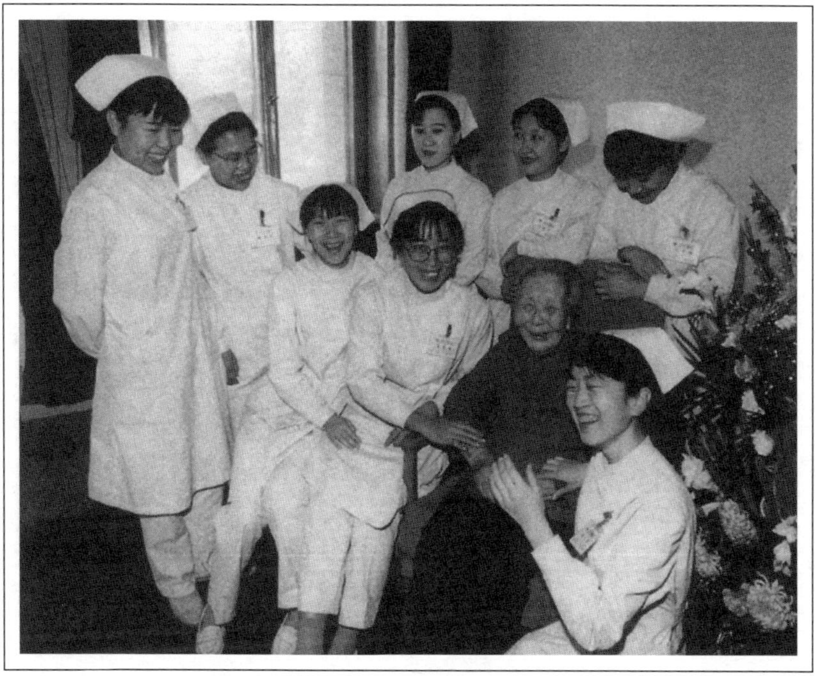

冰心与北京医院的护士们在一起

黎巴嫩授予冰心国家级勋章

山”，但我们在外事活动或社会活动的种种场合，还是时时见面。此外，我还常常有事求她：如介绍病人或请她代我的朋友认领婴儿。对我的请求，她无不欣然应诺。我介绍去的病人和领到健美的婴儿的父母，还都为林大夫的热情负责而来感谢我！

十年动乱期间，我没有机会见到她，只听说因为她桌上摆着总理的照片，她的家也被抄过。七十年代初期，我们又相见了，我们又都逐渐繁忙了起来。她常笑对我说：“你有空真应该到我们产科里来看看。我们这里有了五洲四海的婴儿。有白胖白胖的欧洲孩子，也有黑胖黑胖的非洲孩子，真是可爱极了！”这时我觉得她的尽心的工作已经给她以充分的快乐。

一九七八年她得了脑血栓病住院，我去看她时，她总是坐在椅子上，仍像一位值班的大夫那样，不等我说完问讯她的话，她就问起“我们的孩子”，我的工作，我的健康。我看她精神很好，每次都很欣慰地回来。一九七九年全国人大开会期内，我们又常见面，她的步履仍是十分轻健，谈话仍是十分流利，除了常看见她用右手摩抚她弯曲的左手指之外，简直看不出她是得过脑血栓的人。一九八〇年夏，我也得了脑血栓住进医院。我的医生、她的学生告诉我，林大夫的脑病重犯了，这次比较严重，卧床不起。一九八〇年底她的朋友们替她过八十大寿的时候，她的脑力已经衰退，人们在她床头耳边向她祝寿，她已经不大认得人了。那时我也躺在病床上，我就常想：像她那么一个干脆利落，一辈子是眼到手到，做事又快又好的人，一旦瘫痪了不能动弹，她的喷涌的精力和洋溢的热情，都被拘困在委顿松软的躯体之中，这种“力不从心”的状态，日久天长，她受得了吗？昏睡时还好，当她暂时清醒过来，举目四顾，也许看到窗帘拉得不够平整，瓶花插得不够妥帖。叫人吧，这些事太繁琐、太细小了，不值得也不应当麻烦人，自己能动一动多好！更不用说想到她一生做惯了的医疗和科研的大事了。如今她能从这种“力不从心”的永远矛盾之中解脱了出来,我似乎反为她感到释然……

林大夫比我小一岁,二十世纪初,我们的祖国,正处在水深火热的内忧外患之中,我们都是“生于忧患”的人。现在呢,我们热爱的祖国,正在“振兴中华”的鼓角声中,朝气蓬勃地向着建设社会主义现代化的途上迈进。我们这一代人在这个时期离开人世,可算是“死于安乐”了。我想林大夫是会同意我的话的。

一九八三年五月十一日

一代的崇高女性

——纪念吴贻芳先生

我没有当过吴贻芳先生的学生，但在我的心灵深处总是供奉着我敬佩的老师——吴贻芳先生。

记得我第一次得瞻吴先生的风采，是在一九一九年，北京协和女子大学大礼堂的讲台下，那时我是协和女大理预科的学生，她来协和女大演讲。我正坐在台下第一排的位子上，看见她穿着雅淡而称身的衣裙，从容地走上讲台时，我就惊慕她的端凝和蔼的风度，她一开始讲话，那清晰的条理，明朗的声音，都使我感到在我们女大的讲台上，从来还没有过像她这样杰出的演讲者！

从那时起，我心里就铭刻上这一位女教育家的可敬可爱的印象，我时常勉励自己，要以这形象为楷模。

我和她见面较多的时期，是在一九四一年以后的重庆国民参政会上。我是参政员，她是参政会主席团之一，我最喜欢参加她主持的会议。我又是在会堂台下，仰望吴主席，在会员纷纷发言辩论之中，她从容而正确地指点谁先谁后，对于每个会员的姓名和背景她似乎都十分了解。那时坐在旁边的董必武同志，这位可敬的老共产党员，常常低低地对我说："像这样精干的主席，男子中也是少有的！"我听了不知为什么忽然感到女性的自豪。

吴贻芳先生常住南京，我则常住北京，见面的机会很少。但解放后，因为我们同是全国人大代表，更因为她也是中国民主促进会的副主席，我们在一起开会时，谈话就多了。她是一位伟大的爱国者和教育家。她的一言一行，都表现着饱满的爱国热情，忠诚于教育事业。她是一位老留美学生,曾多次赴美开国际会议。她学贯中西,也誉满中外!一九七九年美国密执安大学的女校友会授予她“智慧女神”奖,我觉得这个称号她是当之无愧的。

她是我所敬佩的近代人物之一。一九八五年十一月十日与世长辞了。但像她这样的人物是不朽的。她的桃李遍天下,敬佩者更是不少。她的崇高的人格与影响,将永远留在我们心中,我们要努力向她学习。

(本篇刊载于《吴贻芳纪念集》,江苏教育出版社 1987 年 8 月初版。)

入世才人粲若花

《人民日报》海外版的编辑，让我写一篇关于中国女作家的文章，我心头立刻涌上古人的一句诗："入世才人粲若花。"

从"五四"以来，直至八十年代的今天，我所认识或知道的女作家，如同齐放的百花，争妍斗艳：梅、兰、荷、菊、月季、牡丹、合欢、含笑……从我的心幕上掠过一幅接着一幅的人面和文字，十分生动，十分鲜明。这些花各有各的颜色，各有各的芬芳，各有各的风韵、风度和风骨！

"五四"时代，算是现代女作家的早春吧，山桃先开，颜色还是淡红的，以后就是深黄的迎春，浓紫的丁香，接下去春色愈浓，可以说是万紫千红、百花齐放了。

记得"五四"时代，我们的前辈有袁昌英和陈衡哲先生，与我同时的有黄卢隐、苏雪林和冯沅君。再往后有凌叔华，她是我的燕大同学，多年侨居英伦，至今还有通讯。说起燕大的同学，还有杨刚和韩素音，她们比我年轻得多。杨刚在抗战时期任香港大公报编辑，我那时写的文章，多是她"逼"出来的。韩素音久居瑞士，是用英文写作的。她常回国探亲，每次几乎都来看我，每出一本书也都寄我。一九二五年我在美国的绮色佳会见了林徽因，那时她是我的男朋友吴文藻的好友梁思成的未婚妻，也是我所见到的女作家中最俏美灵秀的一个。后来，我常在《新月》上看到她的诗文，真是文如其人。我与丁玲是一九二八年通过我的小弟冰季相识的，关于我们的友谊，在去年我写的《悼丁玲》中都说过了。一九五一年我从日本回国后又认识了许多女作家，如杨沫、草明。与茹志鹃的接触要稍后一些，有一年我到上海，在巴金请客的席上，见她又抽烟，又喝酒，又大说大笑，真有一股英气。我在《人民日报》上曾写过一篇文章，介绍她的小说《静静的产院》。我羡慕她还有个作家的女儿王安忆，我也曾给安忆的作品写过序。张洁和谌容都是我比较熟悉的，我很喜欢张洁的《沉重的翅膀》，也曾为她的初期作品写过序。谌容是女作家中最有幽默感的，她和茹志鹃都抽烟，可惜我早已戒烟，不能再奉陪了。谌容还是个美食家，曾到我家做过葱油鸭。我从来是个会吃不会做的人，乐得"坐享其成"。张辛欣是我最近才认识的，她的作品不少，我比较欣赏她写的《北京人》，使人感到亲切。昨天散文家丁宁带了一盆仙草花来看我，她是我的"棚友"，十年动乱中，我们曾"同居"过一些日子。四十年代初在四川，老舍向我介绍了赵清阁，她写剧本，曾和老舍合写《万世师表》，是写清华校长梅贻琦的事迹。我和赵清阁至今还常通信。散文家宗璞，五十年代我们就认识了。她的散文就像我现在桌上的水仙那样地清香。杨绛是我看了她的《干校六记》，很欣赏而认识的，她不但有创作，也有译作，是个多才多艺的人。多才多艺的还有黄宗英，我从影屏上看到她演巴金《家》中的梅表姐，以后又读了她的《小丫扛大旗》等极有风趣的文章。新凤霞是个演员，但她的自传文章十分真挚动人，吴祖光带她来看我，让我为她的文集作序，我欣然答应了。陈愉庆是和她爱人马大京用达理的笔名合写小说的，我十分欣赏他们的作品。他们经常来看我，愉庆还送我一个自制的小布人，我把它挂在我床前的墙上，它天天对着我笑。同我见过面，或者来看望过我的，还有叶文玲、益希丹增、张抗抗以及很年轻的铁凝、喻杉等，都是很有才气的作家。

如今该谈到女诗人了。柯岩的追悼总理的诗，尤其打动了我的心。她和我年轻时一样，爱穿黑色的衣服。诗人中还有舒婷，我从读到她歌颂祖国的诗起，就总在书刊上找她的诗看。一年作协开会时，有七位福建同乡来看我，其中一位穿绿色上衣的，便是舒婷。女诗人里还有李小雨，是诗人李瑛的女儿，她四出采访、寻探，诗写得很好。

韦君宜是我在五十年代就熟悉的一位编辑，后来看了她写的几本书，才知道还是一个极好的作家，她的作品非常质朴真挚。今年年初吧，她也患了脑溢血，我听了很着急，前些天我小女儿的爱人陈恕，替我去探问了她，她还从沙发上站了起来，表示她还“可以”。这形象正像她那刚正不阿的人格！年轻的还有陈祖芬，我在评论她写的《经济和人》中，曾把她比做一只戏球的幼狮，她本人却是十分温文尔雅。写儿童文学的有葛翠琳，是一九五一年我从日本回国时，陪同老舍来看我的一个小姑娘，现在是写儿童文学的老手了。

这里必须谈谈海外的女作家。在美国的於梨华，七十年代初曾来看过我。聂华苓呢？有一年我到华侨大厦去看回国来的凌叔华时，曾看望过她一家。这些在国外的作家，她们的作品都充满了对故土和人民的眷恋和关怀，使人十分感动。此外还有在美国的年轻女作家，还有我的朋友的女儿刘年玲，笔名木令耆，她写小说；浦丽琳，笔名心笛，她写诗；她们都回过大陆。年玲在北大教过学，丽琳在我家住过一个夏天。她们都和我自己的女儿一样。

以上的女作家，国内或海外的，都是我见过的。没有见过的而心仪已久的方令孺、陈学昭、刘真、陈敬容、航鹰、程乃珊、王小鹰……；在海外的陈若曦、李黎等，我一时想不完全了！女作家里还有几位女记者，最早见到的是凤子，以后有彭子岗，戈扬……我们之间的友谊，以后有时间另说吧！

我认为中国女作家的“才”，并不在男作家之下，她们也是淋漓尽致地写出自己对家庭、社会、国家、世界的独到的感想和见解。遗憾的是她们的作品大多数没有译成外国文字，应该让中国的女作家们冲出亚洲，走向世界！

（本篇最初发表于《人民日报》（海外版）1987年3月7日。）

忆实秋

我和实秋阔别了几十年。我在祖国的北京,他在宝岛台湾,生活环境,都不相同。《文汇报》“笔会”约我写回忆文字,也只好写些往事了。

记得在我们同船赴美之前,他“在一九二三年七月写了一篇《繁星与春水》,登在《创作周报》第十二期上,作了相当严格的批评”。他那本在国内出版的《雅舍怀旧——忆故知》中的《忆冰心》那篇里,也说繁星和春水的诗作者“是一个冷隽的说理”的人,又说“初识冰心的人,都觉得她不是一个容易令人亲近的人,冷冰冰的好像要拒人于千里之外。”以后我们渐渐地熟悉了。他说:“我逐渐觉得她不是恃才傲物的人,不过有几分矜持……”,底下说了几句夸我的话,这些话就不必抄了。

一九二六年我们先后回国,一九二七年二月他就同程季淑女士结婚了。这位程季淑就是他同我说的在他赴美上船以前,话别时大哭了一场的那位女朋友。真是“有情人终成眷属”。

婚后,他们就去了上海,实秋在光华、中国公学两处兼课。一九三〇年夏,他又应青岛大学之约全家到了青岛。我一九二六年回国后,就在母校燕京大学任教。一九二九年文藻自美归来,我们在燕大的临湖轩举行了婚礼,以后就在校园内定居了下来。我们同实秋一家见面的机会就少了,不过我们还常常通信。实秋说我爱海,曾邀我们去他家小住,我因病没有成行,文藻因赴山东邹平之便,去盘桓了几天。

我们过往比较频繁，是在四十年代初的大后方。我们住在重庆郊外的歌乐山，实秋因为季淑病居北平，就在北碚和吴景超、龚业雅夫妇同住一所建在半山上的小屋，因为要走上几十层的台阶，才得到屋里，为送信的邮差方便起见，梁实秋建议在山下，立一块牌子曰"雅舍"。实秋在雅舍里怀念季淑，独居无聊，便努力写作。在这时期，他的作品最多，都是在清华同学刘英士编的《时代评论》上发表的。

抗战胜利后，我们到了日本，一九五一年又回到了祖国。实秋是先回北平，以后又到台湾。在那里，他的创作欲仍是十分旺盛，写作外还译了莎士比亚的全部著作，这是一项了不起的收获！

在台湾期间，他曾听到我们死去的消息，在《人物传记》上写了一篇《忆冰心》(这刊物我曾看到，但现在手边没有了)。我感激他的念旧，曾写信谢他。实秋身体一直很好，不像我那么多病。想不到今天竟由没有死去的冰心，来写忆梁实秋先生的文字。最使我难过的，就是他竟然会在决定回来看看的前一天突然去世，这真太使人遗憾了！

一九八七年十一月十三日

海棠花下

——和叶老的末一次相见

好几年以前，圣陶老人就约我去他家赏海棠花了，但是每年到了花时，不是叶老不适，就是我病了，直到去年春天，才实践了看花之约。

那天天气晴朗，民进中央派来了两辆小车和一位同志，把我和女儿吴青一家(因为他们一直是和我同住)接到叶老家去。我的女婿陈恕，带了一架录像机，我的外孙陈钢，带了一架照相机，兴冲冲地我们一同上了车。

到了叶家门口，至善同志已在门口欢迎了。我扶着助步器由吴青他们簇拥着进了这所宽大整洁的四合院的外院，又进入了内院，叶老已经笑容满面地从雪白的海棠花树下站了起来。老人精神极好。我们紧紧地握手，然后才仰首看花，又低下头来叙谈。这时录像机和照相机都忙个不停，我女儿吴青却抱起叶老旁边的一只卷毛的小黑狗，抚摸着，笑着说："这小狗真乖。"

我们又从花下进入了堂屋，屋里摆设得十分雅致，房屋隔扇框里也都有书画。我有好多时候没有见到过这样精致的真正的北京四合院了。

至善指点着叶老宽大的卧室墙上一张叶老夫人的相片，说："这是他们结婚后七个月照的。"我笑着同至善说："那时候还没有你呢！"大家都笑了。

时间过得真快，我向叶老献上我带去的一个小月季花篮，叶老还赠我一个很精美的小黑胆瓶，里面插着三朵他们花圃里长的三支黄色的郁金香。

回家的路上，我捧着那个小胆瓶，从车里外望，仿佛北京城里处处都是笑吟吟的人！

一九八八年二月二十九日清晨

一位最可爱可佩的作家

这位作家就是巴金。

为什么我把可爱放在可佩的前头？因为我爱他就像爱我自己的亲弟弟们一样——我的孩子们都叫他巴金舅舅——虽然我的弟弟们在学问和才华上都远远地比不上他。

我在《关于男人》这本书里《他还在不停地写作》一文里，已经讲过我们相识的开始，那时他给我的印象是腼腆而带些忧郁和沉默。但在彼此熟识而知心的时候，他就比谁都健谈！我们有过好几次同在一次对外友好访问团的经历，最后一次就是一九八〇年到日本的访问，他的女儿小林和我的小女儿吴青都跟我们去了。在一个没有活动节目的晚上，小林、吴青和一些年轻的团员们都去东京街上游逛。招待所里只剩下我们两个。我记得那晚上在客厅里，他滔滔不绝地和我谈到午夜，我忘了他谈的什么，是他的身世遭遇？还是中日友好？总之，到夜里十二点，那些年轻人还没有回来，我就催他说："巴金，我困了，时间不早了，你这几天也很累，该休息了。"他才回屋去睡觉。

就在这一年的九月，我得了脑血栓后又摔折了右腿，从此闭门不出。我一直住在北京，他住在上海，见面时很少，但我们的通信不断。我把他的来信另外放在一个深蓝色的铁盒子里，将来也和我的一些有上下款的书画，都送给他创办的"中国现代文学馆"。

他的可佩——我不用"可敬"字样，因为"敬"字似乎太客气了——之处,就是他为人的“真诚”。文藻曾对我说过:“巴金真是一个真诚的朋友。”他对我们十分关心,我最记得四十年代初期在重庆,我因需要稿费,用“男士”的笔名写的那本《关于女人》的书,巴金知道我们那时的贫困,就把这本书从剥削作家的“天地出版社”拿出来,交给了上海的“开明书店”,每期再版时,我都得到稿费。

文藻和我又都认为他最可佩服之处,就是他对恋爱和婚姻的态度上的严肃和专一。我们的朋友里有不少文艺界的人,其中有些人都很“风流”,对于钦慕他们的女读者,常常表示了很随便和不严肃的态度和行为。巴金就不这样,他对萧珊的爱情是严肃、真挚而专一的,这是他最可佩处之一。

至于他的著作之多,之好,就不用我来多说了,这是海内外的读者都会谈得很多的。

总之,他是一个爱人类,爱国家,爱人民,一生追求光明的人,不是为写作而写作的作家。

他近来身体也不太好,来信中说过好几次他要“搁笔”了,但是我不能相信!

我自己倒是好像要搁笔了,近来我承认我“老了”,身上添了许多疾病,近日眼睛里又有了白内障,看书写字都很困难,虽然我周围的人,儿女、大夫和朋友们都百般地照顾我,我还是要趁在我搁笔之前,写出我对巴金老弟的“爱”与“佩”。

为着人类、国家和人民的“光明”,我祝他健康长寿!

一九八九年一月二十六日阳光满案之晨

再写萧乾

我在李辉写的《浪迹人生——萧乾传》的序上，写过萧乾，写后觉得意犹未尽。他和巴金都是我最疼爱的老弟。文藻和我最欣赏巴金之处，是他的用情十分严肃而专一。萧乾却是一辈子结、结、离、离，折腾了多少次，但是我们却是怜悯（如果允许，我说“怜悯”）他，原谅他，而且了解他。

萧乾是个遗腹子，一生辛苦的母亲又在他七岁时弃他而逝。他从小就没有像我们似地，享过天伦之乐，他从小就渴望着“爱”，他心灵深处有流不尽的涌泉般热烈的“爱”，到处寻求发泄，所以在少年时期就有早恋的事，他都告诉我了。

他从会写字起，就用文字来倾泻他对一切的爱，他热爱他出生地的北京，北京的音、色、香、味，北京的一切都从他笔下跳跃了出来，一只小小的北京的昆虫，也能引起他写出几万字的文章！

他一生孤独，一生辛苦，一生飘泊，步入老年的他——我可爱的小弟弟，终于走上他一生最安定最快乐的生命道路。他定居在他热爱的北京，做上了他熟悉的文史工作，最称心如意的还是他终于有了一位多才多艺的终身伴侣。他们志同道合，心投意合，他那一颗炽热飘泊的心，终于有了一个最温馨、最妥适的安顿地方。他的写作精力更加旺盛了！怪不得在我每天收到的种种书刊上都有他的文章！昨天我收到一本《香港文学》，没想到那上面也有一篇他写巴金的长文。小老弟，你真是老当益壮！

你把精力匀给我一点好不好？我从“五四”后写到现在，只落得勉强写一篇篇的“千字文”！

一九九一年九月十三日浓阴之晨